《後窗》為吳正中篇小說集卷一，收錄：《愛倫黃》、《後窗》、《胥》、《敘事曲》四部中篇小說。小說著重記錄大時代中小市民的悲哀，描寫了一個時代留給心靈的傷痛，以及人類如何自愈，又如何面對永遠無法磨滅的疤痕。吳正用獨特、嚴密多變，收放自如的筆法，穿梭進出於時空間，具有電影感的多變性和記實性。其專注於價值世界人類的內心探索，對人物的心理刻劃，對環境細緻的描寫，對作品故事的雕琢，對時代命運的關注以及對一個時代的記錄，成為他文學創作的個性化特點。

——編者按

目錄

愛倫黃

1997

愛倫黃

一

每次，我從上海返港後去公司上班的第一個早晨，總會遇到那張臉，那張搽白了粉的老女人的臉：我托你的事辦了嗎？辦事？什麼事？記憶從一個不顯眼的角落提醒說，好像真有一件什麼事她要我辦的，但我已忘得徹徹底底，竟連立馬找一個諸如此事我也真是在某一天去辦過，不巧那次正好如此這般的藉口來搪塞一下也缺乏服人服己的理據，於是，我衹得訥訥地站着，想來臉上的表情也已清楚地告訴了她：此事我已忘卻。

唉，白臉嘆口氣說，「我知道你也記不住，這種小事……不過你是經常回上海去的，下次擺在心上就是了，辣菲德路馬思南路口，衹要你有經過……」

「噢，我記起來了！」我迫不及待地搶下了她的話頭，「那是『美專』的舊址，還有卡爾登戲院側邊的國立音專。」經她這麼一提，記憶便立刻帶我回到了那個她曾鄭重拜託我的瞬間。

「美專在法租界，我在她的音樂系學鋼琴；而音專在英租界：梅白克路，大光明戲院後面的那條路呢——曉得哦？」粉臉笑了，為我能準確地說出一家戲院遙遠的英文原名而笑。但由笑容犁開的皺溝令白粉光滑的邊緣出現了塌方式的肉紅色隱紋，倒叫她的面對者感到了些許難堪。

「那條馬路現在叫作黃河路，」我將目光避開了她的那張臉，說，「這是上海有名的食街，開滿了個體飯店，一進入晚上便燈紅酒綠地通街點亮，人來車往，水泄不通，霓燈歌舞，通宵達旦。」

「我可不管它現在叫什麼，黃河也好，長江也罷，反正那時叫梅白克路，是一條很安靜的馬路。周圍有不少外國人經營的酒吧和咖啡館，大光明戲散後，雅座裡便坐滿了對對情侶。」說話聲停頓了有一刻，但在我還沒能收拾起勇氣來面對那張面孔之前，它又重新響起，「每星期三和六的下午，當我結束了聲樂課走出校門時，他總站在路的對面等我，筆挺的條紋呢西服領上斜插着一朵白色的，而手中卻握着一枝紅色的玫瑰。見到我出現後，他便會橫過馬路走上前來，將花交給我，並輕聲地說一句‘My darling，i miss you（親愛的，叫我好想你）……’於是，兩輛「藍翎」腳踏車便一前一後地飛馳上了幽靜的靜安寺路。那時的上海路上人很少，樹陰又特別濃，下午的陽光是柔和的，金黃色的……上海現在的陽光還那樣麼？」她的敘述突然沒頭沒腦地轉變成了一句對我的發問。

上海今日的陽光該怎麼來形容，並不是一個我能立即答全面的問題；然而，這隻故事，我卻聽過不下百回了。故事中的那位「他」便是她的首任丈夫——她的美專同學，一位來到上海學西洋美術的泰國華僑。至於時代背景，那是在孤島期前後的上海。周圍戰爭風雲密佈，處於颶風風眼中的上海租界卻在享受着短暫的陽光的溫馨。在法國公園的大草坪，在兆豐公園的碧湖面上，年輕的人們繼續着三十年代上海繁華全盛期的記憶慣性，黑絲領結，白紗飄裙的沉浸在年華允諾給他們的奢侈中，渾然不覺歲月已在前方如何猙獰地等待着他們。

愛倫黃

愛倫黃便是他們之中的一個。雖然她那條疲憊的人生航船現在是暫泊在我們公司的港灣裡，擔任一位收入穩定的鋼琴教師，但誰也說不定的是：她哪一天又會一咬牙一跺腳地將船駛出港灣去重經風浪。其實，愛倫黃這個名字就有些古怪，這是因為它本身就是一件中西合璧的產物——時代以及姓名的擁有者都在這裡留下了他們的性格的痕跡。愛倫是西洋女子名 Ellen 的譯音，「黃」當然是姓，但卻模仿着西洋習慣倒過來念的。然而有一天，公司卻收到了一封收件人為「黃鳳仙」的信函。函件寄自香港的一家專打遺產官司的律師行，且還是急件。正準備退郵，我說：「先問問愛倫黃吧——看看同她有沒有關係。」

我如此提議的原因是：大半年前她的第三任丈夫剛剛去世，雖然他是個據說會是經常對她犯點兒精神虐待症的丈夫，但她還是又掛黑紗又戴白花地折騰了好幾個禮拜，而讓全公司的人都知道，如今她死了丈夫，她很不幸，她很悲傷，同時，她也因此而恢復了自由身。

愛倫黃之所說所為經常是藏有某種雙重涵義的，有時別人一點即通，她卻仍要執意地演繹了一遍又一遍，直到見聽者們都忍受得實在不能再耐煩下去，而終於在某次將她的隱義徹底捅穿，她才肯停止表演。但有時，涵義卻模糊不清地把旁觀者的思路都不知引向了哪條理解的死胡同裡去，她卻煞有其事地一經聲明之後，便從此守口如瓶。比如說此回的「黃鳳仙」，沒人特意去琴房將函件交給她，她是在課隙的時間裡出來走動一下時才發現了那封並不太顯眼地攤放在了收發櫃面上的律師樓函件的。

她隨即一把搶在手中，並迅速地將信的封面翻了個倒轉，周圍一陣環視，之後又悄悄地潛回琴房裡去了，據說臉色都有些發白。好就好在這麼多年同事，大家對她性格的脈絡與分佈多少也有些了解，再說香港這地方，誰也不會有對誰的隱私產生興趣的必要和時間。然而，幾個時辰之後，她卻重新補了妝，再次自琴房中神色淡定地露了面，並趁着同事們也有不少個在場的機會，鄭重其事宣佈說：黃鳳仙不是誰，黃鳳仙正是她本人的原名——但哪又怎樣？哪沒啥可大驚小怪的！這一天也快到了，你們不要以為我愛倫黃有什麼不可告人的隱秘，到時間大軍一到，工會黨組一成立，就會有人去告密……

告密？告誰？又向誰告？再說，「黃鳳仙」與「那天」又有什麼關係？「那天」又是指哪天？同事們面面相覷，等她再度回琴房上課後，才捧腹了好一陣。

但對於我，承蒙她總還另眼相看。這不僅因為我是這裡的老闆，而且還可能因為我不常笑話她，總認定她那性格與舉止的背後應該是藏着些什麼理由的。

「黃鳳仙」信件後的沒幾天，果然，她又找了個午休的機會來向我作出當面解釋了。她是個一旦作出了解釋的決定後，不管你愛聽不愛聽，她都要將準備好了的話吐完而後快的人；然而對於我，這祇是對她曲折的人生故事又增多了一節發黃了色彩的伸展部而已。

她說，她是姑蘇人，卻生在上海。那是二十年代之初的事了，在租界區，人口還很稀少。她童年的記憶是有一條叫作「四明裡」的石庫門弄堂，剛造不久，簇新的朱紅色磚牆上鑲飾着整齊的水泥灰線。弄堂很寬敞，還有大鐵門與看更人。那時的她大概衹有三、四歲，淨面烏髮，伶俐乖巧，十分逗人喜愛，而

愛倫黃

「鳳仙」就是她的乳名。再之前？再之前，他們應該也是從上海某處搬來這裡的，反正，她祇是聽說自己在半歲的時候死了生母，而這，可能便成了她日後坎坷人生的始端。儘管她可愛，活潑，但早已被深深烙刻上了「剋母」的罪名。父親再娶，四明裡可能就是他再築的愛巢。當律師的父親那時還不足五十，但已是緞袍瓜皮帽，手杖山羊鬍地呈現出一副準老人的模樣了。繼母當然還很年輕。她所記得的是父親的那對老不敢正視她的無奈的眼神，以及繼母的那條嫩白粗壯的手臂，擰着她的耳朵，將她像小雞一樣地扔鎖進一間晚上不着燈的亭子間裡，任她哭喊，沒人敢應答或施以援手——這是在許多許多年之後，當她第一次讀到夏洛蒂的《簡·愛》時才放聲大哭出來：她，實在太像那個可憐的小女孩啦！

她便這麼地長大了，且升入高小班了。那年的深秋，在一個冷雨淅淅的晚上，她被從睡夢中輕輕搖醒。父親就站在她面前，極其溫柔地望着她，無言。「爹爹，……」

他摸出一包銀元，沉甸甸地塞到她的枕底下：「……都已經交了錢了，從明天起，你將搬到學校去住……」

「搬到學校去住？住幾天哪？」

「不，這是……是寄宿學校。」

她睡夢惺忪的眼睛困惑地望着父親，兩顆豆粒大的淚珠從父親的眼眶中滾出來，她突然明白了一切，瘋了一般地抽身拔被而出，撲進父親的懷中。她無力的小手死命地掐進父親瘦骨嶙嶙的肩胛裡，像溺水者抓住了一條漂浮而過的稻草：「爹爹，你別拋棄了我啊，你別……！」

她嗅到一股強烈的油脂味從父親的領頸間蒸發出來，父親的兩塊胛骨劇烈地顫動着——這是他無聲抽泣的背部動作。

第二天一早，一輛掛着黃銅馬燈的人力車便將她連同一隻小皮箱一起載去了學校。她從此再沒回過家，也沒再見過他——直到她快近二十歲了，連第一次專場音樂會都轟轟烈烈地開過了；甚至在泰柬邊境的那片農莊裡，接到一份「父親病危速歸」的加急電報時，她都抗拒這樣做。她恨他，當然她也愛他；但她對他的愛平衡不了對他的恨。多少年後，那種脆弱的父愛，那種自父親那兒缺少了的安全感都轉化成了另一類需求而向她伸出了始終不肯縮回的，索討的手。她渴求通過婚姻來滿足，來獲取——這便是她一生都在尋找，都在選擇，而又都不決的原因，當然，這已是後話了。

愛倫黃

二

認識愛倫黃的第一幕至今仍清晰地保鮮在我的記憶裡，且看來今後的歲月也很難再使它變得朦朧。

那是在九龍亞皆老街窩打老道匯流處的一家琴行裡，當時我也才來港定居剛半年。白日的正職幹完後，傍晚與禮拜天的業餘時間就去琴行裡教提琴，並在其中體味摸索一番假如有機會，在香港經營一項商藝事業的可行性。

年過半百了的她濃脂厚粉地飄進店來，而一股太強烈了的香水味先她而到達，而後她又留在了他人的鼻孔中。天氣炎熱，她十指蔻紅點點外，十隻露趾也一樣，仿佛要在人體所有的肢端上都開放一盞醒目的霓虹燈。她四周圍點頭地向人打招呼，問候「午安」與「你好」之類——甚至也包括素無謀面的我。她說的是廣東話，但卻明顯着滬式的語腔，而這，正是來港不久的我的聽覺最易從他人的發音之中鑒別出來的一種特徵：上海人！這更令我產生一種離凳而起，與她作一番自我介紹的衝動。但一位已在店裡侯她許久的西洋學生已先我而起立：「Good Afternoon，Miss Wong……（午安，黃老師）。「Hello，How are you？Ok，please follow me to the studio room（你好，請隨我上琴房去）。」她流利的英語之中含有一種屬於純粹英國語音的齒聲，當然，這令我對她更刮目相看起來。

這就是香港，頹王敗族，孤臣孽子，遺老遺少——而眼前這一位又算是何方神聖？一團疑雲擴散着，還未及細想，已到了課隙的時間。我打開琴盒，拉一段巴赫還是孟德爾松，想抓緊時間練練手指，就聽得有敲門聲傳來。

「請進。」

半邊粉臉自推開的門縫中擠了進來。「大音樂家，能與你談談嗎？」——這樣，我們便正式認識了。

倒不是她那麼一句空洞的恭維話就讓我得意了，連音樂家都沾不上邊的我，更何來個「大」字？其實，她第一眼見到我的印象並也不佳，鬍鬚拉碴，一派頹廢提琴手的模樣。她一向喜愛高尚，喜愛乾淨，喜愛富裕以及顯赫，但她也一樣真誠地喜愛藝術。當時不是我，是巴赫們旋律中的那種不可抵擋的魅力將她拉進了門來——這是多少年之後，當她已成了我們公司的一名雇員後方才告訴我的話。「聰明人一個裝得比一個笨，有錢人一個裝得比一個窮，嘿，這就是我們老闆給我上的第一課！」——我不知道，這是不是也算為一句變了形的恭維話？

並不像你經常在結識了一位普通的點頭朋友後從此就不再有下文，直到你在某天意外遇見他（她）時才記起，與愛倫黃的相識帶給你的常常是一連串出其不意的驚奇故事。

一天，她的課正好與我的又排在了同段時間內，我於是又能有幸目睹她上琴行來上班的一幕。脂粉香水蔻紅自然不用說，這回她的身邊更多了一位二十歲上下的歐陸青年。金髮碧眼，皮膚白皙，挺拔的鼻樑教人聯想起小時候地理書上曾經讀到過的阿爾卑斯山脈。他挽着她的手臂，樣子十分親昵。「來，叫

愛倫黄

Uncle（叔叔）。」

「Uncle，奈好。我係歐文（Irving）。」青年用幽藍的眼眸望着我，說的竟是一口極其純正的廣東白話。

驚奇第一擊。被一位比自己也小不了若干歲的人叫作Uncle的感覺效應本已令我相當地局促不安，再說，連預先準備好的英文問候語我也在剎那驚訝時流失得精光。「這位是……？」

「我兒子。」──驚奇第二擊。而驚奇的第三、四擊則是在幾個星期乃至幾個月後，她才陸續向我揭開的。

「你看歐文的人品怎麼樣？」有一次，也是在課隙間，她在走廊中遇到我，便停下來這樣問，神情有些自豪。

「很好──真很好。」我急忙回答，「漂亮又有朝氣──他現在在哪兒？我的意思是……是說，他現在是讀書呢，還是工作？」

「他在酒店任公關。」她表情突趨冷漠，但下一句的表達卻又將另一種熱情在她臉上被點燃起來，「他就像他的父親，像極了！簡直就是他父親年輕時的化身──」她略作停頓，似乎在等待一個我會詢問有關「他的父親」之種種細節的可能性，但我衹「哦」了一聲，並無下文。

「──他是英國人，」她衹能再追加了一句。

「誰？」

「歐文的父親。」

但我也祇是用「噢」代替了「哦」——英國人，美國人還是德國人並不重要，反正，這樣一個兒子的父親，或者說，這麼一個兒子的母親的丈夫當然不會是中國人。這在香港是件很普通的事，也是我在知道她有這麼個兒子時一早已在心中肯定了的事實，再說，打聽他人私事從不是我的習慣。於是，談話便這麼中斷了。

一星期後，我又在琴行門口碰見了她。我們在路邊站定，亞皆老街上的雙層巴士來回駛過，廢氣噪音之外，更有一種歪歪斜斜地好像隨時準備沖上街來的趨勢。「我們去喝杯咖啡，好嗎？」她指指琴行隔壁的一家燈光幽暗裝修別致的咖啡館，而我看了看錶，覺得推託似乎有點缺乏理由。

「聽說你家很有錢，住半山區。」剛坐下，點了飲料，她便單刀直入，眼中勃勃着興趣的光彩，「怎麼不去開一家琴行？去，去開一家！開了我來幫忙——」

「假如真有那一天，一定找你。」我淡淡地推擋了一句，想回避轉一個話題，「你就這麼一個孩子嗎？」

「什麼？」她抬起眼來望着我，「我……還有個女兒。」

「女兒？那一定很漂亮啦。」

「為什麼？」

「你兒子都已經那麼帥，就甭說女兒了——混血兒一般都很漂亮，不是嘛？」

「但她是中國人。」

我沉默了，明顯地感到觸及了一條無形的禁區線。我把目光望別處移去，將注意力集中在了屋角的一盞壁燈上，一股濃濃的咖啡香漫溢在屋內，一個戴紅領結的侍者托着盤子，直挺挺地走過。

當然，這一切一切的謎底後來總是會有那麼一回被揭開的時候——我們畢竟相識了這麼許多年，而且還反復又反復地同過事。衹是每一次與她談話常叫人有一種從鋼絲一端走向另一端的惴惴不安感，這使我產生出了一種可以回避就回避她一下的欲望。但對於她，或者就因為了我的這種對他人隱私毫不感興趣的個性而滋生出一種莫明的信任來。這，便是其中的某一次。

「歐文他爸爸死了，是心肌梗塞……」有一天，她突然在一種極不協調的上下文中向我宣佈這麼個消息。

「是嗎？」我震驚非常，並下意識地為自己調節好了一種向她示哀的極端姿態，但她的臉部表情並不顯示有一樁驚天動地事件發生後的強烈反應。「在哪兒過的生？」

「倫敦。」

「幾時的事？」

「二十五年前。」

「啊？！——」我幾乎不能相信自己的耳朵。

而這，又是另一次。那會兒，我太太也已從上海申請來了香港定居，她懷孕了，挺着個大肚子請愛倫黃一同出來去帝苑酒店（Royal Garden）的 Lobby（大堂）內廳咖啡座消耗一個禮拜天的下午。周圍人造噴泉淙淙，一株絹織的桃花樹正「怒放」出一種如火如荼的勢態。一個菲律賓樂手坐在大理石人工島的一架三角琴旁，正掀背俯身地彈奏着 Richard 的《水邊的阿蒂麗娜》。飄忽的琶音流動出一種人生經歷，愛倫黃彈開了她硬質手袋的金屬環扣，取出一張發黃的 135 型照片，遞到了我們的眼前。

照片上一個着短袖香港衫的青年人正叉手張腿地站立在馬路中央，微笑地等待着相機快門按下的那個瞬間。他臉膛黝黑手臂也黝黑。周圍是一派上海的盛夏景象，背景中寫着英文彩字的大光明戲院的玻璃樓殼就矗立在他身後。幾個着仿綢衫戴白禮帽的行人剛巧在此時邁開了匆匆的腳步。而一行模糊的鉛筆字跡留在了相片的背面：1943 年 8 月，攝於滬上。「就是他。」

「誰？」

「我女兒的父親。」

我們當然知道這便是那位每個星期三、六都要持花等她放課的泰國僑生，當時他正在國立美專攻讀油畫。他苦苦追求了她五年，在消耗了不知多少朵紅白玫瑰之後，終於在 1947 年的 5 月，才能扶着一個大了肚子的她登上一艘美國遊輪，途經東海、南海、南中國海、暹邏灣，踏上了泰國的土地。之後，再一路長途車程，他們又疲憊不堪地來到了一片接近柬埔寨邊境的農莊裡，那兒是他的祖業，他在那兒出生。而她，同樣也在那兒生下了她的第一胎，這是個女兒，她為她取名叫麗莎（Lisa）。這些，都是我們在見到那幀發黃照片之前已瞭解了的事。然而，一個畫家與一個音樂家的結合並沒能寫成一部有始有終的愛情長篇，她在一年之後便離開了他，而且是在某個朗月之夜突然消失的。她說，她忍受不了那種寂寞，更忍受不了那裡的風俗：在終年是炎夏的泰國，為了多子多孫，主人與女傭間的私通，據說是一件理所當然的事。

與她私奔的是一位曾參加過二戰的英國飛行員，而他的照片我們也是在那同一次才見到。他更年輕，年輕得像一個不諳世事的大男孩。他額上佩戴一副航空鏡，身上穿一件皮茄克，細順的鬈髮柔軟地貼在頭頂上。他像歐文，但更像某位黑白片時代的，頗覺眼熟了的男主角，正準備告別情人，駕機沖霄赴前線。

她不顧一切地與他一同來到了香港，這是她生命之中最浪漫的一個時期。碧天澄莎，棕櫚風帆；星斗海潮，燭光晚餐；有時在墨綠的有軌電車上搖晃過灣仔古樸的街市，有時則嬉笑地奔跑上中環石板街的陡陡臺階，一個彎腰以及氣喘的動作之後，便是閃電般的擁抱與烈火樣的熾吻——他們，祇是生活在夢中！

在那個改變了她一生生活軌跡的月夜之後的多少年，其實，她也曾回去過，回到過那片靠貼在泰柬邊境的農莊去。而到了那時，她才知道，原來那位油黑肥胖的女傭已替代了她的位置。他與她，或者再加上一打其他女人，已有了十三個孩子。他老了，他望她的眼神令她記起了當年她自己父親望她的那一種。而最可憐的是那個被她遺棄了的麗莎，一撩就是二十多年。她已變得怪癖而內向——她始終沒曾結婚，直到現在。她說，她既怕女人更怕男人。而所有這些，愛倫黃應該都是理解的。她畢竟是她的母親，她愛她，她也愛她。但她們中間卻永遠相隔着一座不可逾越的關係的高牆。她想推翻它，她也想；但她推不倒它，她也一樣不能。

愛倫黃的身世故事到此暫告一段落。我們款步走出帝苑酒店的大門，兩個穿金紅制服的後生，拉開大門，筆挺地站立在了兩旁。

門外已是七十年代末的香港了，陽光猛烈，照射在人背上產生一股熱辣辣的滲透感。從剛落成不久的尖東休憩區放眼而去，對岸港島參參差差的樓廈的森林正隱隱約約在一層淺藍色的霧氣裡。我扶着懷孕的妻子慢慢地行走在傍海的漫步徑上。走在另一邊的她也挽住了我妻子的另一條胳膊：「我也有過兩次類似的經歷，女人在走過這段歷程時的感情最脆弱也最複雜。」她沖着我莫名其妙地笑了笑，完了再向我妻子肚腹上的那條動人的曲線丟去了理解的一瞥。「而且，兩次都是登船離開一個地方去到另一個地方。一次是從上海去泰國，由他扶着我；而另一次則是從香港回廈門，孤單一人，時間是在 1950 年的 2 月。

三

1979 和 1980 年的我，蓄着長髮，戴着一副深褐色的寬邊眼鏡，喇叭褲，人造絲 T 恤衫以及一雙圓頭半高跟皮鞋——這些都是那個時代的青年男士的時尚。

我正忙碌非常地奔進奔出，本來祇是說說而已要開一家琴行，現在居然已到了正式籌備的階段。妻子快生產了，仍挺着個大肚子幫我手，父母親都老了，打算將他們經營了多少年的企業與產業都歸交我一併去管理。

我兌現了我的諾言，打電話給愛倫黃。「是嗎？」她在電話的另一端高興地大聲叫了起來，並立時搭的士從九龍某處越街穿隧道地趕來了香港的太古城區。

太古城那時還是個發展剛不久的大型地產藍圖項目，英資的太古集團計畫在這片昔日的船塢上建造全球最具現代生活品位的中產階級住宅區。對於英資、英國、甚至英國人，她似乎都懷有一種特殊的感情。聽說是太古的發展計畫，她便更來勁了，硬押着我以及我的那位已相當不利於行的太太穿過一幢大廈走上一個平臺，越過一個平臺再進入另一幢大廈，滿太古城參觀。她站立在栽種滿了綠色植物的清醒氣息中仰望天空與浮雲，她說，假如她哪天也能搬來這裡住就好囉。這兒的天空似乎都比九龍區的藍，「而且，」她很輕聲地加了一句，「他那時便是在國泰航空駕駛飛機。」——沒人去應她，也沒人再追問她多些什麼，因為在香港的誰都知道，國泰航空正是太古集團旗下的一項重要的業務分支。

當在新琴行的辦公室裡坐下時，別說我太太，就連我都大汗淋漓，腿癱如泥了。但愛倫黃的興致仍很高昂，她用手絹抹了抹汗津津的額頭，呷一口職員端送上來的冰七喜，取出來兩本冊集。這是兩冊相片與報刊的剪輯，記錄着她從樂里程上的每一隻腳印。她曾給不給過第二個人看，我不清楚；反正，這是我的第一，也是唯一一次的翻閱。為着一個她所希望能獲得的新職位，這種資歷的呈送，她認為是必要的。

厚厚的兩冊歲月的縮影攤在我們面前。冊集呈現一種厚薄層次上的極度不均，剪報脆黃的摺疊邊緣透露出集外。在自製的厚馬糞紙的其中一冊的封面上，她用粗黑的水筆寫着：Long long ago……（很久很久之前……）；而另一冊上的則是：When I was yong……（我也曾年輕過……）。我與太太的共同選擇都是後一冊，並將它打開。

第一頁是空白的，除了在中央鑲有一幅她本人攝於四十年代上海王開照相館的八英寸着色彩照外。我望望太太，我見到她也正同時在望我——事實上，我們都驚呆了，這就是我們所認識的愛倫黃嗎？美麗、高貴、飄逸，簡直是中國的英格麗·褒曼！歲月真會作弄人，我們誰都不敢抬起眼來對比她那幾條深深而且狠狠的粉溝；至於太太的想像，我則更清楚：這會不會是一切女人都逃避不了的悲劇呢？事後，我們在談到進入大腦的第一個想法時，發現竟是一致的：青年畫家怎可能不癡戀她，一朵出水芙蓉，含苞欲滴在雨後的晨塘？

愛倫黃

冊集記錄着的是她昔日的連篇輝煌，以及時代的那種一旦被打開，便不肯淡褪的氣息，迎面撲鼻而來。很多錯位了幾乎整塊時代的人的面孔，遙如傳說：李維甯，那位曾培養出了中國第一代音樂家的音樂教育家們，「知道那首歌嗎？我——是——天——空中——的——一片——雲……」她說着，就隨手打開了她身邊的一架鋼琴蓋自彈自唱起來，「他，便是這首當時風行一時的歌的詞曲者。」但我們都搖頭，「沒聽過？沒聽過就算了，繼續往下看——」

聲樂系的周小燕，弦樂系的馬思聰，鋼琴系的吳樂懿，指揮系的李德倫，那些曾使我們這些習樂晚輩像星座一樣仰望的名字的擁有者們竟都是她的同窗或學長。假如不經她的指點，誰也無法從那些135相片的密密麻麻的面孔的叢林中去將他們一一辨認出來。隨着冊集的翻閱，她本人也愈趨成熟，開第一次個唱會了，在音專禮堂，第二次在辣菲德路某戲院，第三次在「蘭心」，第四次在「美琪」，第五次在……。當時的上海市長前來道賀，臺前擺滿了鮮花；一張整版彩照，更赫然記載了泰國帝后與她左一邊右一個的合影，她站在中間，拖着演唱會的白色紗裙，鑽戒與眼瞳一樣在鎂光燈下閃爍。愛倫黃在上海開演唱會成功！愛倫黃在曼谷開演唱會成功！愛倫黃在新加坡開演唱會成功！愛倫黃在吉隆玻開演唱會成功！愛倫黃在香港開演唱會成功！愛倫黃……！妙齡與藝術，美姿與歌喉，中英文報紙一哄而上，她成了究竟是屬於人間還是天堂的哪種身份都無法確定了。然而，就在這生命與事業的顛峰期上，她，突然從上海消失，讓記者以及她的崇仰者們像追蹤着風月一樣地追蹤着她留下的日益稀薄了的氣息以及投影，直到第二顆新星又從社會的地平線上升起。而她便被人從記憶中從此抹去，直到今天。

她離開了上海，就是在那個致命的五月的早晨，她被戴着白色細藤涼帽的他輕輕地扶進了「總統」號的船艙。「女人哪，明知愛情是陷阱，也甘心情願地往下跳！」她的目光從舊報的剪貼上慢慢而又緩緩地抬起來，仿佛在攀着一根援藤，企圖從「陷阱」裡爬出來一樣——而我們這才記起：那兩張已被我們熟悉了的面孔似乎從未在這兩本冊集中出現過。

愛是另一主題，她這樣解釋，音樂讓人神往，愛情叫人心碎；我祇是不願自己在閱讀流水般的美好憶程時遭受痛苦的困擾與打斷而已。

然而，當她成了我們公司的正式雇員後，常令我們為之困擾與打斷的卻是那第三個名字和第三張面孔。他姓鄧，一個退了休的日本導遊，她的現任丈夫。比如說，她會經常鼻青臉腫地來公司上班，並一個上午地脾氣暴躁，藉口訓斥，嚇得學生一個個地站在琴房門口連敲門內進的勇氣都失去。有一段時期，她變得更加古怪，兩眼珠突神怖，四面環視，仿佛周圍都對她埋伏着殺機。同事們也都有幾個很同情她的，問她，近來老鄧對你怎麼啦？沒打你嗎？她說，打我？你怎麼知道他打我？——上帝說，誹謗也是一種罪。她更漸漸變得語無倫次起來，並伴有通宵失眠症以及聽到誰在不停地呼喚她的名字。她懷疑這是歐文的父親，但我們覺得情況有點不妙，硬陪着她去見了醫生。這，才真相大白。原來她已患了精神分裂的初期症狀，吃了藥打了針，病休了整整三個月才算逐步好轉。

愛倫黃

再一回的情況更是驚險。那天已過了上課時間很久仍不見她的影蹤，一連幾個學生等在侯堂室裡，安排課程的小姐又打電話又打招呼，急得團團轉。忽然，就有電話進來。電話來自於差館（警察署），告訴說，愛倫黃現在在伊利莎白醫院急診室，她被人斬傷了！果然，過不一會兒，一個軍裝警員便陪着滿綁繃紗的她來到了琴行。我慌忙將他們請進辦公室中，這才知道，斬傷她的人確實是老鄧。

「還不是為使用一隻電飯煲的小小口角？」當警員錄完口供走了之後，她輕描淡寫地這樣說，面色蒼白，嘴唇顫抖，手臂上六寸長的傷口仍在滲血不斷。「原諒他吧，上帝，他是個粗人……」說完在胸前劃了個十字，之後，便不再言語了。

她的這種守口如瓶，以及動輒就懷疑他人詢問動機的個性，令大多數的同事對她的事都不再有過問的興趣和勇氣，但有時，在某些氛圍合拍的場合中，她倒也會即興地蹦跳出幾句按耐不住的論斷，來讓人吃驚的同時，也讓人能一閃而過地窺探到她內心深埋着的某些什麼。

這通常是有關於那些男歡女愛情節的。

她會很一針見血地評斷說，自己其實是一個最容易墮入戀愛，然而又是個最厭惡性愛的人：「污濁邋遢！」在這種非常時刻，她會突然地使用一句廣東土語來表達一種剎那間的強烈情緒——即使她的對話者是一個諸如像我那樣的純粹的上海人——「噻！咪搞我（不要來搞我）！」她說着，便將一條皺巴巴的蒼白手臂自空中斷然劃下，似乎要與那「污濁邋遢的」性愛一刀兩斷似的。「沒有溫存的性愛最殘酷，做起上來呼哧呼哧地像頭野獸；幹完活兒，便又當什麼都沒發生過一樣……」她徒然插入這麼一段「三級」情節，沒有所指，也沒有非所指，令所有在場的人都有些感到臉熱，她卻若無其事地將目光望去了別處。她說，她一生有過三次婚姻，一次美滿一次浪漫一次糟糕。雖然祇有我才瞭解那前兩次，但同事們都明白所謂糟糕指的是哪一次？有時，她還會指導某個新近剛墮入了情網的女同事說，其實，愛是一種緣份，不能強求更不要錯過；但最重要的還是：愛要專一，千萬不要像我……

她會於此突然自斷了話頭讓大家靜候着一截永遠也不再會有的下文。其實，是沒人不想能聽個究竟的，卻誰，也不敢貿然提出，祇得怔怔地望着她略見微駝了的背影走回琴房去，幾分鐘後，那首淒柔的蕭邦升 f 小調夜曲的旋律便又從琴房中飄了出來。

升 f 小調夜曲是一首蕭邦的並不很熱門的作品，但卻一直是她感情演奏會的保留節目。每逢雨灰的早晨，她都不會錯失時機地提早來到公司，躲進琴房與蕭邦對話。她喜愛自彈自唱的還有那首叫作 Memory（往事）的名曲，聲音顫抖且有少少走調，這是一個老年的，久經荒廢了歌喉的歌唱家所常見的情形，她不會不清楚，然而，她卻執意要唱，並不理會他人會產生些什麼感受。她不唱給誰聽，她唱給自己聽，唱給自己年輕的歲月聽，唱給某段記憶聽。而記憶是人生最豐富的礦藏，有的能開產，有的則永遠祇有埋藏。

就像每年的聖誕前夜（Christmas Eve）對於愛倫黃來說永久是個隆重非凡的日子。再歡樂的舞會還是聚餐她都一概推卻，而她的節目總是那同一套，且一早就安排好了的。她會去電「半島酒店」預定一間臨海的單間，並將一輛酒店的「勞斯萊斯」喚駛到她的那幢位於尖沙嘴老街上的舊公寓的門前。一身盛裝的她出現了，這種三十年代的淑女型打扮，殘破的公寓，嘈雜的舊街與賊亮烏黑、金銅輝閃的最新款「勞斯萊斯」房車形成了一種錯亂了時空的滑稽感，令那些連港督與巨星的出現也未必會引起哄動的香港人，都駐足圍觀起來。但她可不理會這些，在徽服筆挺的司機的伺候下，她從容鑽入房車，絕塵而去。她要去那張漿白了臺布的長桌跟前去獨自享受一頓燭光晚餐。這是一種一擲千金的消費，消耗的可能是她三個月薪金的總和，但她並不覺得不值得：租界期的青春歲月，曼谷酒吧的溫柔燈光，一一復活，雖是單獨面對，但她卻幻想着一襲一直在陪伴她的人影。燭光跳躍，一切便恍惚在了不穩定的幻覺中……究竟，這段情結對應着的是她記憶裡的哪個盲點？沒人——可能包括她自己——都說不清。

但人們總會下意識地將她的這類怪癖與她當前婚姻的不幸去作某種暗聯。那時候，她的那位有着阿爾卑斯山脊鼻樑的兒子已經結婚，娶的是一個單眼皮高顴骨的廣東女人，並追隨酒店舉家移居去了美國。女兒雖仍保持獨身，卻也恢復了與她的往來，每月至少有一回從泰國打長途來琴行，從而將她置於了雀躍一片的快樂之中足足有好多天。按理說，年逾花甲的老夫妻倆，相敬相愛相助相扶過日子應已進入了一個順理成章的階段，然而，鼻青臉腫，繃布膏貼，驚恐竄入琴房不再露面的日子每隔若干時候總難免要有那麼一兩次鏡頭的重新剪輯，令大家都已見怪不怪，每次至多祇是用手指戳一戳緊閉的琴房門，扮一個鬼臉，或作出一個「噓」字封口的動作，繼而再搖頭感歎一番就算是過去了。

有一年，形勢在發展得愈來愈嚴重之後，她突然於某一日以人間蒸發的形式消失了。差館打來電話，她的親友們打來電話，連老鄧，也來過電話查詢她的下落。而我們的課程安排更是由於她的突然離開而被全盤打亂。但幾個月後，她又出現了，我們這才知道，她去的是她那單眼皮媳婦的加州的家中。這種情形又再出現過好幾回，但每次都以她黯然回歸香港，回歸我們的琴行，回歸琴行的那間琴房，回歸升 f 小調的蕭邦而告終。我們向她提出嚴正警告，說，如果還有下一次的話，琴行將不再會扮演她生存航船的避風港。她也知錯地垂下了眼瞼，幸虧她與歐文的關係也陷入了一段相當長的冰川期，互相除了每年一次的聖誕卡往來外，再無其他資訊的相通。穩定，因而，便也相對了好多年。

但有一次，普遍被我們想像成蠻獅一匹，黑猩猩一隻或河馬一頭的老鄧讓大家都有了個見識的機會。這是個大雨滂沱的傍晚，他挽着褲腿，拖着拖鞋，為愛倫黃送來了雨具。

「老闆！——」當她那曾受過訓練的女高音尖嗓在店堂裡響起時，我正躲在辦公室理準備進入一首寫雨中黃昏詩的創作意境，「老鄧拜候您來啦！」我拉開趟門，揉一揉眼睛，誰？老鄧？我祇見到一位高大潤澤的謙謙老者笑容和藹地站在店堂中間，而愛倫黃則表情十分燦爛地站在他的一邊。

他伸出手來與我相握，我發現，這是一雙柔軟而多肉的大手。他說：「久仰閣下大名，年輕有為，才思並茂——」倒不是他的恭維話讓我失重，而是我無論如何都不能在他身上偵查出任何獅虎河馬之類的隱藏習性來。我們閒談了有相當的一會兒，他們才離去。那天，愛倫黃的情緒是亢奮的，她在琴行裡跳出跳進，又拖凳又倒茶又開冰箱又取飲料地忙個不停，儼然一位女主人的姿態。她望望談話之中的我和他，眉宇間有一種古怪的自豪感。末了，她挽着他的手臂一同離開，他為她打開傘，而她，竟將頭依靠在他寬厚的肩上，表情羞澀溫柔得像個初戀的少女。

她當着老鄧面的真實表態，令我與同事們都一個個大跌眼鏡；雖然我們大家都未曾作出過些什麼表示，但卻從此在心中都不約而同地對老鄧負擔上了一種莫名的歉疚感。

然而，她對這些似乎都毫無體察，照舊早晨傍晚上班下班，鼻青臉腫神情驚慌之戲照演，對「糟糕」婚姻的暗示一樣透露，直到有一天。

那天，她表情漠然地走進琴行宣佈說：老鄧，他死了。死在瑪麗醫院急診室，死因是高血壓糖尿病。她說，最慘的是他被鋸了一條腿之後又鋸了另一條。見到他衹剩下了半截肢體，昏迷不醒地躺在白被單覆蓋的牀上時，她哭了。她想到他神采飛揚高大魁梧的昔日，想到他呼哧呼哧地趴在她身上時所做的一切。「哪怕是在孽緣中都可以提煉出愛啊！」她說。

我抬起眼來去勇對她臉上的那幾凹殘忍的粉溝，時間與場景是在「黃鳳仙」的故事剛剛講完後的那個午休時刻——人生常是一出倒敘的戲。而她的那場的最始一章卻是一直留到現在才添補上去的。

她的童年故事雖讓我感動，但我已沒時間來表達啊呀呵呀一類的同情或感慨了。首先是下午開工的時間已近，再說我也是真有點正經事兒要與她好好相談。

事情是這樣的：自從老鄧過世，而她又以太太的名義成了那筆不大也不小遺產的當然繼承人的消息傳出後，各方關係的解凍期也隨之來臨。先是兒子打來長途，接着便是那位單眼皮的兒媳。他們說什麼也要叫她來加州與他們一同生活，理由是母親老了，還把她一個人丟棄在香港，早幹晚幹的，做兒女的能安心麼？他們雖都已入了美籍，但中國的孝道永遠還是遵循的人生宗旨。

愛倫黃對他們的關懷表示了理所當然的感謝，但她還是有她自己的打算。她神神秘秘，她鬼鬼祟祟，她總在懷疑根本就無暇來過問她私事的眾人都在注視她的一切。她竟引來了一個大鬍子澳洲人，體格壯健，滿頭銀髮，躲進琴房，一談便是整日。有人還見到她挽着大鬍子的手臂漫步在中環某著名的商場裡。「這是最後的機會啦，她理應好好珍惜，合理安排這筆老本——但她的事，別人還是少出主意為妙。」背地裡，同事們的議論無非都是環繞這同一種觀點。看來，祇剩下我了，為了她好，我覺得我有責任找她作一次懇談。

我說，我要說的也就是這麼多。

她支吾着，扯此涉彼，儘量作一些離題的漫遊。「四明裡，」她突然冒出了個新請求，「除了美專與音專的舊址，在你回上海時，能不能同時為我確定一下四明裡所在的方位？如果可以，又能不能為我拍攝一幅目前的弄口照片？」

我說，當然可以，當然可以啦。

到時別又說忘了啊，她笑了，成功地把主題導向了「四明裡」。而下午的開課時間也恰巧在此刻到達。

四

正如她告訴我們的那樣：她再度挺着個大肚子從香港登船赴廈門的時間是在1950年的2月。這是在境外的一切前途通道看來已向她關閉了之後。

歐文的父親死於心肌梗塞。當然，那時還沒歐文這個名字，但卻已存在了今後將會被喚作歐文的那塊生命的肉體，肉體留在她的肚子裡，肚子擱在赴廈門之船的某艙某房某鋪位之上。再說——我必須在此嚴肅聲明——她的話未必全可信，一是幻覺，二是經常會另藏隱機。飛機師患的究竟是不是心肌梗塞症？甚至，他有沒有真死？還是有在倫敦，或在蘇格蘭某小鎮上，摟着另一個金髮女郎接吻作愛，然後再讓她懷上一個不叫歐文的歐文？所有這些均存疑。但有一點可以肯定，她再也見不着他了，她的那段石班街梯級上互相追逐嬉笑的情節衹能永遠地留存在了記憶的底片上。對於她來說，他的確已死——而且死於某類心變之症。

畫家再娶也值得探討。一是娶的是否就是那個他倆昔日的侍女？二是真會育有十三個那麼龐大的子女連隊？三是與婢女通姦難道真是當地風俗——怎麼很少有人聽說？反正，農莊的正門與邊門都已向她關閉，她明白，挺着一個大肚子去找回不辭而別的前夫，破鏡重圓的機會幾近於零。再美的誘姿，再甜的蜜語都再難施返魂之術——尤其是在那個時代，那個閉塞的地區。

於是，她想起了上海，上海的那些色彩斑斕的歲月。

其實，在回國之前，她在香港也暫住過若干月。那時內地乾坤已換，天地正變，每日從羅湖關口流入的避難人口不下幾千。其中不乏拎皮箱咬雪茄的廠主商賈，但更多的是提籃挑擔而行的城鎮貧民以及軍隊潰敗了之後的遊兵散勇。英國政府將他們聚居在九龍一處叫「調景嶺」的山頭上，在那兒，他們過着缺水無電的日子，等待到不知將會是哪一日？

所有這些，報上的報導無日無之。但她全不理會，記憶中的上海玫瑰園圖在遠方向她招手，她悄悄地登上了那艘空蕩蕩的返國的班船，待到房東發現她那張留言條，再電告她在港的親友時，她早已悠蕩在了大海的碧波之上了。

這便是她的個性——直到今天。抗爭命運，叛逆傳統，挑戰社會，蔑視人言，集可愛可恨可敬可憎可惜可憐於一身。當時的她剛三十出頭的年紀，亮麗的像一朵盛放的牡丹，浪漫之血在她全身流動，藝術之魂在她額前召喚，她將現實與夢境混為了一談。

她在輪船到港的汽笛聲中走下舷梯，激動，盼望，同時也發覺，原來全船除了她，衹有寥寥數位搭客。

她從未到過廈門，也想不到廈門竟是個如此破爛的城市。碼頭上空蕩蕩的，幾個佩武裝帶與手槍的軍管會人員來回走動。一張長檯兩把椅子設在當路口上，一個先她而下的入境者被示意去桌前作出登記。這是後來，當她再度回到香港後才瞭解到的歷史：當時對岸的金門解放戰，我軍所向披靡的鐵甲雄獅碰巧（還是碰不巧？）剛失利了一役，因此廈門的形勢更顯嚴峻。她眩目的打扮，她耀眼的美麗，並不能令那幾位軍服穿着者分心，相反倒更使人增添了幾分懷疑的色彩——所謂美蔣女特不是一個個都擁有桃花般的姿色，毒蛇樣的身段的？

總之，她回國的天時地利人和諸因素上均存有誤差。

她被分配到一所機關模樣的地方去其中學習，兩個穿灰布幹部服的女人終日與她為伴。她填了履歷表，寫過一份「情況說明」之類的文檔。飛機師？什麼？你懷了英國飛行員的骨肉？——她想不到她根本不認為是什麼的什麼居然會掀起軒然大波。同她來談話的人更多了，除了女幹部還有男幹部。白天，在宿舍在走廊上，在飯廳中，或叫去辦公室；晚上，則搬張板凳，坐到屋前的那塊類似於打穀坪的方場上。談話的內容無非是要她回憶回憶了再回憶，細節細節了再細節。他們一個個地態度和藹，笑容可掬，然而言語之間卻藏着有一種絕不能讓你有逃遁機會的圍剿感。她被「追趕」得很有些累了，想上街去買些零用品。但他們說，這你就不用操心啦，區區小事，讓我們來替你代辦就是了。而她這才記起，自己似乎已有數星期不曾踏出過這所大院的門口了。有一次的晚間談話，逆着月光，她依稀見到院牆上的一道鐵絲網，以及一個橫挎槍的人影晃動在高高的瞭望臺上——她，突然明白了一切。

「讓我回上海去！！」她吼得昏天黑地。

但情況好像並不似她想像得那麼糟：灰布裝的女人坐到她病倒了的牀前來安慰她，向她作出解釋，給她送來了緩解頭痛與失眠的藥丸。最後，一位身材高大的「龔同志」出現了，他是她在內地上遇到的第一個令她印象深刻的男人（令她「印象深刻」的似乎總是男人）。他笑吟吟地向她伸出手來：愛倫黃同志（第一次被人喚作「同志」的感覺親切感人得幾乎使她掉淚——尤其在月光，鐵網與挎槍的人影之後），我們（「我們」指誰？）是相信你回國來參加新生活建設的決心的。祖國歡迎你！人民歡迎你！組織上（組織？什麼組織？我並未參加過任何組織哇！）歡迎你！

雖然，對他談話的通篇還相當有一些理解上的朦朧，但她的心情是充滿了興奮以及感動的。她預感到即將出來的陽光，她覺得衹有他所說的一切才乎合情理。她恰如其分地運用了一句學成剛不久的表達法：「龔同志，您的話真是說到咱心坎裡啦！」她覺得很得意，於是，她笑了，龔同志笑了，大家都笑了。

第二天一早，她就被送上了北上的火車，帶着一封火漆封印的介紹信，她回到了闊別三年的上海。

她悄悄地回來，就像她悄悄地離去。她見回上海的第一個衝動就是想哭，她覺得她對不起上海，她記起了徐志摩的一首詩或者蕭邦的某首樂曲。這是三十多年後的一個陽光耀眼的琴行下午，她說給我聽她當時的感受。

落地大玻璃窗外的太古城平臺花園上，樹陰翠綠，蟬鳴震天，她剛好準備打開冰箱取一罐飲料來喝時，如此回頭來望着我們。那天下午她沒課，而我與太太又恰好帶上了兩個剛放假在家的女兒一同到公司來消磨一個暑午。「嘿！都這麼亭亭玉立了！」她很喜歡小孩，尤其是我那兩個可愛的女兒。她說，她是親眼看着我太太如何懷孕，如何抱着她們，領着她們，手推車推着她們，一年年地，她們就如此這般地長大了。每次見面，她都要重複這同一句話，餘下的一半，她不說，我也能替她補上：「——那我們還能不老嗎？」

其實，所謂「老」，祇是她說說而已的一種心理逆動，因為下一刻，她已同兩個孩子玩成一群，鬧成一堆，笑作一團了。她教她們跳蘇格蘭舞，跳法蘭西宮廷舞；她扮紳士，而讓她們充當淑女。她一圈又一圈地跳完了三拍跳四拍，邀完了這個又邀那個。直跳到大汗淋漓，氣喘吁吁，才肯猶意未盡地退下陣來，走到冰箱前，想喝點什麼來消熱兼補充水分的流失。

她取出一瓶礦泉水，旋開藍色的瓶蓋，喝了一口，順勢拉出身邊的一張琴凳坐了下來：「人是有緣份的，他救了我，但我卻被註定與他僅有一回的面緣。」她指的是那位「龔同志」，那位氣宇軒昂，心底又善良的「龔同志」。她說，記憶有時會奇跡般地將一場場人生斷幕清晰、呈放大型地反復放映在你眼前，卻讓它的上下文都隱沒在了絕對的黑暗之中。此類人生鏡頭甚至細微得諸如某人手指的長度，手背的質感，眨眼時的神韻，以及脖子通往肩胛處去的某一塊疤痕都深刻得怎麼樣都無法從記憶中抹去——她指的當然還是「龔同志」。因為是他送她上的車，火車臨動時，他自車廂下握着她從車廂上伸出來的手說：我有一個小小的私人要求，能提嗎？她的心止不住地一陣狂跳。然而，他說的祗是：愛倫黃的名字讀來怪彆扭的，黃是你的姓吧？假如改成黃愛國或黃新生什麼的，豈不更好？

她沒聽他的話，當然，她不會聽的。

在內地，第二個令她無法從「記憶中抹去」的男人是一位姓李姓的校長。

那時，她已安抵上海。孩子也已在某家外國人留下的教會醫院中順利產下，且被宋慶齡基金會創辦的幼稚園暨托嬰所接納全托。這是一家祗有高級幹部和社會名流的子女才能得以入門的機構，高雅、整潔、師資優秀，托費則基本全免。人民政府對她另眼相待，這一點，即使在幾十年後的今天說起，她還不得不承認。

而她自己則被歸口去了一所中學擔任音樂教員。這所叫作「天山」的中學，她也說不清應該是坐落在上海哪個方位的哪個角落裡。反正是一條路轉上一條街，一條街再拐上另一條路，在接近市郊的交接地段，學校便到了。

學校有幾排平房式的教育樓，一片沙礫地的操場，幾座已經凋零了顏色的籃球架；颳風的日子，當她夾着琴譜疾步走過操場，走向對面的教室時，她必須眯眼遮額，低首而過，一不湊巧，就會有小沙粒被吹進眼睛的麻煩。

愛倫黃

學校還有一位姓李的校長。

時近1954年年尾。鎮反之後是肅反，肅反之後又輪到三反五反。歲月在「反」字聲中過去。反反得正，不反倒了反動派，又哪能邁得開社會主義的正步？——這是當時人們的理解邏輯。霞飛路上的舞廳一家家地關閉，舞女們作鳥獸散；美國電影逐步絕跡；咖啡館也衹剩下不多的幾家，經營慘澹，不知是沒人願，還是沒人敢，前往光顧。

她帶回國來的香水用完了。上海從前滿街滿市的進口香水不知何時都消失了蹤影，她問了好幾家老牌商店，一律搖頭，且被人以一種帶點兒嫌惡與疑問的目光凝望着。現在的女人怎麼啦？怎麼一下子都不用香水了呢？但她卻覺得香水是一種非備不可的用品。不搽香水的日子幾乎一天也不能過，一身汗臭，連自己的嗅覺關都過不了，還說別人？

照理說，她不是反動派不是反革命不是反動資本家——她當然不是——但又好像樣樣與她都有些關聯。政治學習，小組開會，每個人的目光都「刷刷」地射向她：愛倫黃，看你的浪費！絲襪一打打地用，勾絲一隻扔掉一雙；愛倫黃，看你的三寸高跟鞋！看你的銀狐皮大衣！看你的口紅！看你的甲油！……你的這種資產階級的生活方式該不該批判？你的這種資產階級的思想配不配做人民教師？愛倫黃，看你的香水！看你的「力士」！看你的「玉蘭」！看你的「密絲佛陀」！——你知不知道這些都是帝國主義的產品？愛倫黃！……她嚇壞了，她真害怕他（她）們會叫喊出「看你的睡袍！」「看你的胸罩！」「看你的三角褲！」

來。她換了件寬大的列寧裝棉襖，剪了個童花式短髮；她躲躲閃閃，她回回避避，連年許沒見過面的好友來探望她，打對面經過竟也認不出她來。

每遇這種窘況，李校長都會在暗中保護她。他在全校的大會上說，建設新社會不是指形式，而是指內容。互幫互勉互助互愛，共同奔向共產主義的美好明天，不正是我們黨一貫向我們提出的要求嗎？私下裡，他則提醒別人說，愛倫黃是華僑，她從國外來，她還有過一個外國人的丈夫，這些已經組織上審查過，我也瞭解，大家對她的要求不能過高。李校長很有些權威，李校長又是領導，他看到的材料別人看不到，他不清楚誰清楚？於是，愛倫黃的壓力便開始減低，她發現周圍有了些笑臉，但，不知道她當時是否已患有精神幻覺一類的症狀，反正她敏感到這笑容的底層正隱藏了些什麼，正壓制了些什麼。它們在等待時機，一旦有爆發的一天，其能量將加倍地可怕。

李校長把她叫到校長室。他叫她不用擔心，濃妝豔抹或者太惹眼，淡施脂粉還是可以的。絲襪高跟鞋，其他同事也都有穿麼，沒關係——啊？沒關係的！她感激地望着李校長，他是五十開外的人，肩寬體魁，溫文儒雅，一頭花白了的寸發，讓人望一望就能產生出一種安全感來。他告訴她，他畢業於三十年代某屆的聖約翰大學的英國文學系，他沒提到他的太太，卻說他有二個女兒一個兒子。他們間的談話，一大半以英語進行。他們談到雪萊談到拜倫談到蕭邦談到貝多芬談到莎士比亞，她覺得興奮覺得舒暢，她甚至覺得對方的目光中閃爍着一種異樣的什麼。

這目光經常往下瞧，她整了整自己過膝的裙邊，但她發覺有半截白裸的小腿是永遠遮蓋不住的。她突然抬起臉來，遇到的恰好是他匆匆打算避開的目光。他的臉一陣緋紅，一切於是便開始冷場。最後，他將她送出校長室，聯手，都遲疑了一下沒同她相握。

就這樣，她與他衹有過這麼一次單獨的接觸。但她深知他是個好人，正派，厚重又有她所仰慕的一切風度。然而這種人那個時代是容忍不了的。他成了右派，他下放，他去了外地。「文革」之中被揪被鬥自不在話下，然後又在毫無選擇的前提下，他走上了那條與他有着很多相似經歷與氣質人們的共同道路：自殺。所有這些，都是愛倫黃在許多年之後的一次香港友人的聖誕派對上，偶然見到一位與當年的李校長長得極為相似的中年人，探詢之下，才驚奇地得知原來他正是李校長之子後，才聽說的一段情節。「嬸嬸，」他這樣來稱呼她，「虧你得出來的早哇，否則，……」

這次相遇，對她脆弱的神經架構似乎又造成了某種壓迫。其效應無非是三種，一是接連幾星期，她都夢見李校長（衹有在夢中，他仍像今日他兒子般的年輕，壯健），有臉紅的一瞥，有躲避的目光；她說，她甚至有點內疚：假如沒有她冰冷的拒絕，或者不會有他最終的結局。二是她會在夜半時分猛然驚醒，坐起身，虛汗淋漓，連被子都有被掙踢過的痕跡。她彷彿覺得自己仍留在那個時代，那個時代的廈門，廣州，上海。三是她會在白天工作的時隙裡，反復不斷地問我那同一個問題：基督在上，人為什麼要如此猜疑、仇恨、明爭、暗鬥？撒旦鑽進了他們的心中啦，她說，像李校長那樣的好人他們都容不得，這世界還能容得誰？

其實，這世界能容得的恰恰是與李校長品行相反的那類人。在那個時代的那塊土地上，祇有兩種人能生存，一是隨大流的糊塗蟲，二是見風使舵的打手、聽令而撲的鷹犬。不要說李校長，不要說愛倫黃，任何一個稍有個性者都會被當時的社會機器絞成一團精神的肉泥。我當然沒將我的這些思維後的答案告訴她聽，因為，她究竟能理解多少，以及合不合她基督在上的理論，這些都成疑問。

在她夢中出現的，除了上述的那些外，當然，還少不了另一張面孔。這是一張美少年的面孔，白面紅頰鳳眼酒窩。它們都是屬於一位東山區的二十歲上下的戶籍幹警的。

1956年的她，又重施故技，選了個無月的淫淫雨夜，先去宋慶齡基金會幼稚園，偷偷將孩子接了出來，再潛回學校宿舍。她包了包隨身的衣物，便登上了南下的火車，那時的戶籍制度還沒進化到嚴密得連隻蒼蠅都飛不越的程度，當學校當局匆匆登報尋找所謂「我校失蹤教工愛倫黃」時，她已被安頓在廣州東山區一幢花園住宅裡，向着她的好友，粵劇名伶薛某人捂胸嗔聲道：「好險哪——真好險！在北火車站見到的每一個警察，我都懷疑是來抓我回去的……」

白天，她外出工作，晚上，她就借宿在薛公館三樓的一間面朝花園的大房裡。孩子在這裡長大，一頭金絲鬈髮，常被人好奇地注視，而該說某外國話的嘴說着一口流利的粵語。

她的工作是在一家被從香港放逐回廣州的歌舞團中，擔任西洋流行歌曲的獨唱演員。歌舞團是個自負盈虧的單位，並不從屬於任何官方的文化機構。他們巡迴演出於各大酒店、茶樓、劇場、公園。她的加盟，頓使歌舞團的業務火紅火綠起來，進帳也隨之大增。而她，因此也過起了一種收益豐厚的富裕日子。

但所有這些都不是她的目標。廣州祇是她的跳板，她要從這裡跳回香港去，跳回在那個瘋狂的早晨她從那兒搭船離岸的地方去——於是，她便走了東山區的派出所，並遇到了那位姓陸的少年幹警。

其實，他倆間的愛火是在見面的第一個瞬間已經擦出。她覺得他很像歐文父親的年青時；而他對她美豔的驚羨當然更是無法掩蓋地，被那個大他有十多歲的她，在眼神中活捉。他常常藉故「瞭解情況」來探訪她，而「瞭解」的時間則從一小時到幾小時，又從幾小時到半天一天；地點更是從家中移到了戲院，移到了越秀公園，移到了東湖的一葉蕩船上。

那一個朦朦着月光的深春之夜，在經過近郊一條偏巷的時候，他突然向她跪了下來，他說他愛她，他願為她放棄工作，雙雙私奔，一走了事。她將他扶起身來：這是不可能的，她說，在我倆之間即使有愛，也不存在能共度一生的條件。但她還是捧着他的臉吻了他，她說，我希望得到一份去香港的通行證，你能幫我嗎？

他確實幫了她。

當他把一份整個東山區唯一名額的，寫着她名字，貼着她相片的「來往港澳通行證」擺在她面前時，已經是 1957 年年中的事了。她再次吻了他，她說，她祇能把他當作是一個可愛的大男孩，她的好弟弟，而永遠永遠地珍藏在她的記憶的深處。而他則俠意凜然地表示：能為自己所愛的人盡力，已是一種莫大的榮耀：愛不能自私，愛是一種奉獻——看來，他讀過的文藝小說的數量一定不會少。

時間又回到了那個盛夏之午，地點在太古城平臺花園的琴行。她手中握着的那瓶礦泉水已近乎於喝完。我五歲的小女兒走過來，雙膝跪在她所坐的琴凳的那半端空位上，把手搭在了她的肩上：「AUNT（姑姑），再陪我們跳舞，好嗎？」

她親熱地將她摟在懷中，用自己的臉蛋貼着她的。

「結果呢？」她無法集中的目光散射在琴行大堂偌大的空間裡，「結果是他。」

「那時他剛退休不久，在美孚新村擁有二疊收租樓，以及幾份美金定期存款單，求婚時，他一一向我展示。」

「唉，還不是為了那個沒有了爸爸的孩子？」——為孩子還是為自己，當然沒人能說清。

三個月後的一個神清氣爽的秋晨，我駕車朝公司方向飛奔，心情興奮而輕鬆，我邊開車邊用口哨吹奏着一首蕭邦的圓舞曲。

昨天深夜我剛從上海回港。辣菲德路馬思南路轉角現在是一家牛奶棚，而佔據梅白克路國立音專舊址的則是一爿製藥廠和兩家個體飯店。「四明裡」當然還在，貫通延安路巨鹿路，甚至連「天山中學」的方位與現況，我都收集到了一鱗半爪的下文。我盤算着先向她賣個關子吊個胃口什麼的，並不急於將一切——

包括那幾幀我站在「四明裡」弄堂口拍攝的照片——都一古腦兒地一倒為快。一則我很想細細地觀察她表情的變化，二則，我倒是真想說服她去上海看看。上海不同了，上海的惡夢做完了，上海醒啦！——我想用如此形象的比喻來撩撥她回家去一看的欲望。

我泊定車，疾步走出停車場。我推開公司的玻璃大門，一切如舊，金燦燦的朝陽灑滿了整座琴行，我去琴房匆匆找了圈，不見她，再回出來：「愛倫黃呢？」

「她？還不又是上演了那出老腳本？」

「又不辭而別了？」

同事們都咯咯地笑開了，笑聲在晨光中的琴行裡蕩漾開來，而我則站在大堂的中央，愣了呆了傻了。

除了搖頭，你告訴我，我還能幹些什麼？

五

再次見回愛倫黃，是在兩天一夜之後。

那是個冷雨霏霏的灰色早晨，我早起去了公司，推開大門，便見到迎面站着的她。

我自然吃驚非常，吃驚得連應該相互寒暄一番的常規臺詞都忘了個精光。但她卻若無其事地走上前來，與我熱烈握手。她說，她先去了澳洲，再去了美國，現在決定仍回來香港。錢呢？錢就不要提啦——她說——反正還是你說得對。能再讓我回來教琴嗎？這是我一生的職業，我已在太古城租了間單人的房間。我還得以此為生。

她說話的時候，用眼神望着我，這是一種懇切的眼神，緊緊尾隨着我的，就如探照燈尾隨着敵機一樣。我突然發現有一層白色的薄膜網住了她的雙眼，「你生白內障了，怎麼也不去醫院治一治？」

老啦，她笑着說，老了什麼病不會有？別說白內障，就是兩耳也都有些聾了！現在別人說什麼，我都聽不太清楚，除了鋼琴聲。

不說不要緊，一說倒覺得她真老了許多：頭髮白了。背也駝了，雖然仍厚粉濃脂，但粉之凹溝似乎更深更駭人了——一股強烈的憐憫感自我心底升起。「你究竟離開香港有多久了？」我對自己的判斷也有些懷疑起來。

「兩年——不足足有兩年了嗎？」

什麼，兩年？我快蒙了。我四周圍圍望望同事們，同事沒人表態，大家不約而同地將頭低了下去。他們知道我正在醞釀一個決定，一個推翻我自己曾嚴厲警告過愛倫黃不準再幹某事的決定。

「老闆同意了？」我看見她患白內障的雙眼煥發出興奮的光彩，「老闆同意啦！——我早就知道老闆會同意的。」

我沒言語，默默地走進了自己的辦公室。一個彎了腰駝了背的老嫗，一個耳聵目瞽的鋼琴教師，這，妥當嗎？我在辦公室裡不知道忙碌了些什麼，想起，就真是要再度留任她，也要與她再好好兒地說個清楚。我重新回到琴行大堂裡：「愛倫黃？」

「她？不又走了？」安排課程的那位小姐面色冷淡得叫人吃驚。

「什麼？」我飛奔出公司的大門，見她微駝的背影正在雨濛濛的背景之中消失。

「愛倫黃！——」我把雙手圍在口邊，喊出了一個長長的拖音。但，她並沒回頭，而我這才記起了她就耳聾問題的有關解釋。我追了上去，追過了一個平臺又一個，繞過了一幢大廈又一幢，她始終行走於翠綠雨滴的樹陰間。

我離她漸近了，但她的背影似乎愈走愈年輕，愈走愈柳曲，愈走愈婀娜。「愛倫黃，」這時的我已進入了一種祇需要輕輕一聲呼喚，她便可能掉轉頭來的距離。果然，她轉過了臉來。但這是一張美豔非常的青年女子的臉，我驚呆了：「對不起，我認錯人了……」

她丟給我的是十分嫌惡的一瞥——她必定認為我是白撞無疑。我很後悔，也很懊惱。我沒來得及帶雨具，獨自站立在冷雨中，覺得渾身上下都起了一陣寒顫感。

我望着那幅美麗的背影在雨簾間完全消失：「愛倫黃！——」我仍心有不甘地補上這麼長長的一聲呼喊。回答我這聲呼喊的，仍是我自己的一個驚彈而起的動作，我，醒了過來，發現自己原來正被毯未遮地暴露在清晨的寒意裡。我坐起身來，將頭靠在牀板上：做一個關於愛倫黃的夢，嘿，真有意思。

我將此夢當作笑話說給了妻子聽。她十分認真地聽完了，並沒笑，反倒一臉嚴肅地說：「難道，你不認為這是某一天真又會發生的事嗎？」

對於愛倫黃，這確實很難說。然而對於我，這為什麼就不能成為我以此為題材寫點兒什麼的提示呢？於是，我立馬起身，洗梳刷牙，喝茶靜坐，讓意識的清醒又重新回歸大腦。我走進書房，攤開紙，提起筆；我走過了長長的冥思的甬道，走進了愛倫黃的世界。

1997年8月13日完成於上海西康公寓

1997年8月31日改定於香港太古城

後窗

2000

後窗

一

應該是在5月底的某個春末夜。

氣溫已溫潤地帶點兒粘糊糊的燠熱了，空氣裡浮動着的是一種夏的氣息。反正是個周日之夜，這點可以確定。在我們青少年的那個娛樂活動高度匱乏，而思想改造運動又連綿不斷的特殊年代，周日之夜意味着整整又是一個星期的緊張而連續的學習，工作和政治議題的寬廣的展開。孩子們都已早早上了牀，大人們也都開始休息。低矮的弄堂房子群落中，低支數的黃燈光一盞接連一盞地熄滅了，周圍很靜，很黝黑，很有些黑白片時代的藝術處理效果。這便是當我的記憶回眸時，放大並出現在我眼前的一幅畫面。

我見到了我自己：一個十四五歲的我，正在一座剝落殘破的曬臺上依欄而站。我年輕的手掌緊緊地握住一條齊腰、粗糙的水泥欄杆，有汗珠從掌心沁出來。我的身後是一座雙筒的灶頭煙囪，緊貼它剝落的紅磚牆基而築的是一座鴿棚，然而此刻，在這一派靜黑的環境中，在一束斜光流瀉的路燈的昏暗裡，鴿兒們也已棲息了，衹在偶然的互相碰撞間發出低沉的「咕咕」聲與一種淡淡的鴿屎味滲入到這燠熱的空氣中。

當我說這是一片純黑白情調的佈景時，我的意思是指至少除了兩件存在物：一件是一輪掛在東北天角的澄黃澄黃的滿月，另一件則是一扇仍沉浸在一片柔和的橙色燈光中的後窗。

從我後曬臺的位置望出去，這是一扇與其僅相隔丈把距離，卻被涵蓋了大半個視角的側面，上海再普通不過了的老式里弄房子的後窗。自一方剝落了朱紅色油漆的木窗的取景框中望進去，一張老式紅木梳粧檯的橢圓型鏡面和半截由牀罩改製而成的彩條泡泡紗窗簾遮掩去了一小半的場景，在這五月的薰風之中舞起了又平靜，平靜了又舞起。

那點亮的應該是盞牀頭燈，從我站着的那個角度並不能看見，但卻知道有一點光源，在房間的另一個角落開放，將光線水墨畫一般滲散開來，融化成了一片由強到弱由亮到暗由淺到深的，均勻的亮度的分佈——至少襯托在這片黝黑而沉睡了的背景上，這是除了圓月之外的另一個仍醒着的弄堂亮點。

窗簾舞起來了，從化妝鏡的反射中，我能見到四條赤裸的人腿：兩條毛茸茸的，兩條光潔潔的；兩條肌健健的，兩條柔嫩嫩的。而一隻細嫩精巧的腳丫正在那條毛茸茸的腿肚上來來回回地搓動。

就在此刻，泡泡紗簾平靜了下去。當它再度激動地飛舞起來時，我見到那條嫩白的小腿已經跨越毛腿而過，從鏡面中，我能全方位地望見那隻光溜溜的腳丫，那是一隻擁有五個非常精緻的腳趾的腳丫，即使在淡淡的光線下，仍能分辨出它們柔嫩呈微粉紅的色彩，此時都僵直成一個微微張開了的角度。一切靜止。毛腿，白腿，空氣以及我自己的呼吸。足足有半分多鐘，直到紗簾又重新靜垂下來為止。

我像被釘在了原地，動彈不得。等？等第三幕場景的拉開？當紗簾三度飛掀時，進入我視野的是一隻白嫩的纖纖玉腳正從臨窗而放的雙人牀上擱擺到那剝落了朱漆的窗臺上。燈光的餘暈從室內射出來，將那隻細巧的腳掌側影出一個十分優美的弧度來。一隻黑黝黝的大手將它輕輕地提起來放回到牀上去，並順便將那半幅沒拉上的窗簾拉上，燈也跟着熄滅了。

燈沒再亮。站在寂無人聲的黑暗裡，我問我自己看見了什麼？我回答不了我自己。在路燈昏暗的光流裡一張矜持的鵝蛋臉溜進來又溜出去。我渾身大汗，我心跳怦怦，我覺得全身都膨脹着一股巨大向外的能量。關於那條白腿那隻腳的所屬者的爭論，在我心中肯定之後又否定，否定之後再肯定。一切都是多餘的，徒勞的，慣性的，在下意識之中進行着，如此周而復始的原因，祇是為了給予自己理由能儘量拖延站立在原地的時間。月亮已升得老高了，銀白色的冷輝鍍刻在上海弄堂群屋的屋脊之上，產生出一種浮離感來。

咕……咕……鴿兒們不安的夢囈聲又從鴿棚裡傳出來。很晚了，真的很晚了嗎？晚到真是我們都該要離去的時候了嗎？

在一場三十五年前的夢的邊緣徘徊，徘徊複徘徊，月色依舊，但我卻在少年與中年的邊界線上忘我地跨出又跨入。春末夜，天氣仍有些燠熱，是的，夏，一般都是在深春的夜色之中悄悄萌芽的。

雙筒囪的紅磚更見剝落，曬臺的水泥欄杆已搖搖欲墜，昔日鴿棚拆除的位置上仍可清楚地分辨出鏽釘釘入牆身時的痕跡。我站在原位，面對着婆娑樹影之間大樓的一扇扇窗口中收捲了又開放，開放後又收捲去的電視廣告的彩色畫面，努力收集着從各個黑暗角落裡浮現而出的記憶碎片。少年，你在哪裡，你就在我身邊麼？

二

童年的我的住所是位於上海東區的一排帶庭園與小鐵門的日式住宅之中的某一幢。前門坐落的一條僻靜的、濃蔭遮日的街上，後門則開啟在一條弄堂裡。這是一幢二樓帶三層閣的屋子。據說五十二年前，我便出生在它二樓的正房裡。正房有一座帶鐵圍欄的露臺，推開草綠色的落地百頁長窗，可以瞥見四五十年前上海東郊一帶的景色：蟬聲囂噪的排樹之後是一條彎流的小河，再過去，便是一大片墨綠色的樹冠的海洋——這是東上海的一座著名的公園。公園周圍散落着若干木材廠煤屑廠或豆製品加工廠車間的平房的屋脊，幾杆煙囱鶴立雞群，將濃濃的黑煙源源地送入半個世紀前上海的，湛藍湛藍的天空中去。

然而，我的童年的最大癖好並不是站到二樓的陽臺上去欣賞風景，而是在屋前的那方小庭院中從事任何一個男孩可能最喜歡的遊戲：粘知了，捉蟋蟀，或在梅雨季來臨時將帶點兒粘性的泥土構築起一道又一道帶堤壩的「水利」工程，然後再在壘起的小丘上插上一枝紙做的小紅旗，寫上：××合作社之類的字樣。幼稚園的老師告訴我們，如今農業合作化了，這是蘇聯老大哥教會我們幹的事。國家把農民伯伯們組織起來，興修水利，往後的日子便不用再為每年的收成而犯愁啦。

之後，滿手泥巴的我便會蹦跳着穿越客堂間、走廊以及樓梯間，進入到那間「天棚」裡。所謂「天棚」，是房屋正規建築之間的一截對着天空的通氣口，被父親網蓋成一幅鐵絲毛玻璃的棚頂，棚下種了一池荷花，養了一缸金魚。大雨滂沱的灰色早晨，聽着獵獵的雨點打落在玻璃頂蓋上，讓人無端地滋生出一種酥酥軟軟的憂鬱來。

天棚之後才輪到廚房，水斗、灶頭以及深褐色的切配菜檯，鍋、勺、砧板以及法蘭盤什麼的，油烏烏地排滿了一牆。廚房有一扇朱紅漆的雙頁門，開向後弄堂。這是一扇除了過年這樣的大節日才會毫無保留地敞開以外，平時衹開半扇的後門。童年的我，就老是喜歡從這虛掩的半扇門中偷偷地溜進後弄堂去，在門內還未傳來母親的呼喚和父親的訓斥聲之前，我是決不肯自願回家的。與那一批被父親斥之為「野蠻小居（鬼）」的夥伴們玩個昏天黑地，是我童年記憶中最最快樂的時光。

如此長長的一段記憶細節，當三十五年後重臨故里時才發覺：原來那些門廊都是十分狹窄的通道，而所謂自花園到客堂間，從客堂間到天棚，再從天棚穿越灶間進入後弄堂的總共距離也不過十來米，怎麼竟然會讓童年的我始終保存如此漫長而又景深豐富的一段回憶呢？記憶之變形是現代藝術的某種特殊的捕捉技巧；記憶的被打碎，切入與重新組合是人能始終珍藏一些美好畫面，直至生命終點的重要原因。明知有誤，卻誰也不願去深究，藝術表達有時抓住的正是人們的這種潛在心態。

當然，如今後弄堂的多數陋房矮屋及其居民都已拆遷，衹留下我們這排「新裡」，可能因了其建築時的特色與品質仍得以保存，見證着半個多世紀以來東上海歲月的殘酷與嚴冬。同時逃過被夷平命運的還有若干當年屬於後弄堂的磚牆、拱門和甬道，用今日的目光來丈量，彼此間的距離也衹不過丈把之遙，一個成年男人於一伸手一展臂之間便能左一掌右一腳地攀爬上去。在這樣狹窄的甬道間，當年人山人海的批鬥會是如何進行的？我又穿越一道拱門，一張嫩白的鵝蛋臉自我眼前一晃而過，就是在這兒嗎，第一有記憶的偶遇？我定了定神，但什麼也沒有，衹有不遠處新建的「虹豪花苑」商品房的某個高層單元的某扇沒關上的窗戶間，一幅紗簾被風吹鼓成了降落傘的模樣。

另一個我愛呆在的地方是三層閣——那是我十歲之後的事了，之前，它是我父親的書齋。

我愛呆在那裡的大部分原故是與它的建築結構有關。三層閣的房頂傾斜出一個很陡的角度，有粗梁暴露在外面。而三層閣的窗戶卻是豎開且南向的，推開窗頁，你能見到眼鼻子底下的一片暗紅色的寬瓦平坦地展開，以及初春時節瓦簷前的樹枝杈上剛爆發出來的嫩綠的新芽。

那個年歲的我已漸漸變得內向起來，愛讀書，愛沉思，愛孤獨，愛一個人憂鬱地享受着一種古典的閣樓風情。

閣樓雖傾斜，但卻不會使人有陋室之感，原因是閣樓四周不能站直的部位都已圍築成了壁櫃，父親的千冊藏書就儲於其中。房間有限的空間擱放着我的一張帶圓頂蚊帳的單人牀，一張柚木寫字臺，一盞垂着湖綠色燈罩的檯燈下，我與巴爾扎克、托斯陀耶夫斯基們對話完了一本又一本佳作。

夏天午後的閣樓悶熱似蒸籠，我打着赤膊，一把四翼的搖頭扇「嗡嗡」地鳴叫，而窗外則是一片蟬兒們的燦爛歌聲。冬日的近暮時分，閣樓陰冷得十隻趾頭完全失去知覺，我陪伴着燒煤餅的紅彤彤的火爐，

後窗

一壺開水「嘶嘶嚓嚓」地沸騰着一股小小的激動，將一縷蒸汽送入乾燥的空氣中。當橙紅色的夕輝自窗玻璃間射入，塗出一片輝煌時，那斜頂的屋構竟然會讓人生出一種莫名的安全感來。

當然，我愛三層閣的另一層原因是那兒有一大片上海人叫作後曬臺的場地恰好與它毗鄰。春天，尤其是深春季節，當空氣中溫潤潤地帶着股醉意時，便可以經過幾步臺階而跨出閣樓去，呼吸那種由遠遠的公園裡傳送來的松子與新葉們發出的清香。那兒，我還飼養了一窩鴿子，有時書看得連頸脖都感到酸疼時，就可以走到後曬臺上一舒筋骨，梳理梳理思路，逗逗鴿兒，聽「咕咕咕」的親昵的叫喚聲，俯望那片斜脊的里弄房頂，望着那扇扇裝飾着花點布簾的後窗發一陣呆。

是那個少年的我嗎？那個澎湃着想像、蘊藏着感性、蠢動着欲望的我嗎？三十五年後，當我自那斑剝的煙囪旁猛然轉過身去時，一個影子正從通往三層閣的臺階上急步走下。影子的一切都隱隱約約在陰暗裡，唯有一對眸子閃閃發亮。「回去了哦，晚了。」一個佝僂拄杖，行動已相當遲緩了的老婦人在我一旁說道，她的蒼發蓬亂而灰白。

「潘家姆媽，讓我來攙儂，讓我來攙儂。」

「前排洋房裡個人，像阿拉地輩個還都已經一個個的走得差勿多了，唉，現在祇剩下儂姆媽搭自我了。下一輩當中，要算儂頂有點出息，去了外頭介些年，還想到回來看看。虧儂還記得我……」

「當心臺階，潘家姆媽，當心……」我覺得影子正與我擦肩而過。我知道他的去處。他要去到那條曬臺的水泥欄杆前，他要握住它，緊緊地，且要讓掌心中微微地有汗水沁出。

潘家姆媽不提我倒真是記憶已十分模糊了，所謂「前排洋房裡個人」，正是後弄堂的鄰居對我們這些住在前排新裡結構房子裡的人們的稱謂，似乎也算是一種街坊頭銜，久而久之，被喚叫之人出出入入也就自自然然地高人一等起來。

應該說，住在所謂「洋房」中的人一般都還算有些臉面。我父親那時在滬上一所大學任教，每次上下班，夾一個黑皮公事包的他總喜歡叫人力車把他拉到前門口進出，他憎惡與後弄堂任何人為伍。

隔壁潘家伯伯也是一家洋行的高級職員，還兼做些輪胎與火油的生意。他們的天棚裡不種荷花不養魚，而是充當貨倉，堆滿了整聽整聽的火油和成排成排的「鄧錄普」車胎。小時候去他家與他的兒子玩「拌野朦朦」（捉迷藏）的遊戲最有趣也最刺激，將小小的身軀藏在某條車胎肚中，就誰也甭想把你找出來。然而隨着一聲「鬼來嘍！」的叫喊，全都嚇得從那間似乎從來也不開燈的黑乎乎的天棚間裡逃出來，一個個臉蒼唇白，卻都高興得笑彎了腰。

被母親喚作潘師母，而我則稱其為「潘家姆媽」的女人，那時約莫四十多，白嫩胖胖的臉蛋上搽着厚厚的雪花膏，勾着眉線，一身緊腰旗袍把人裹得像個肉粽，而「雙妹牌」花露水的香味始終彌漫四周。串門是她的愛好，從先生躉輪胎賺了錢到兒子測驗得了個滿分，她都不忘過來吹噓一番。每回，我母親總是充當她的斯文而忠實的聽眾，面帶微笑，從不搖頭也不點頭，衹有當提到「斜對門 16 號裡的范女人」，兩人似乎才有了共同的話題。

「男人討伊回來是二婚頭，伊自家還勿是勿曉得——像啥有介其事，哼！」

就連很少對坊事發表評論的我的父親在提到范女人話題時，也都忍不住會有一種輕飄若煙的興趣滋生出來：「我看啊，今後伊個小囡長大，還勿會好得到哪裡去……」

三

范女人不姓范，范是她丈夫的姓氏。至於為什麼叫她范女人，而不是范太太、范師母或索性直呼其名，或因表達某種故意的鄙夷之情，或因眾坊家那時根本就不清楚她姓甚名誰。

至少在我記憶所及的這麼多年中，范女人就是她的名字。

後弄堂的住家，說實在的，確也沒幾家像樣，小商小販小職員二房東三房客之類，一般都分租一幢石庫門單宅。祇有范大塊頭范老闆家與眾不同，他單獨擁有一套東西正廂房的紅磚石庫門住宅不說，還有兩扇常年油得烏黑的黑漆大門，終日緊閉。一對黃銅獅面門扣，一塊白瓷底青凸字的門牌與一道鑄着金光閃閃「范宅」兩字楷書的銅牌並列門上。一棵每逢五月都盛開點點白花的夾竹桃越牆而出，兩隻精緻的青石小麒麟門口那麼一蹲，儼然一副迷你型小公館的派頭。他是後弄堂眾坊中公認最接近「前排洋房裡個人」的那一個。

因為說來他也算是個生意人，日偽時期雇了幾個蘇北逃難者穿越日本人封鎖線做單幫活計；光復之後，又在外灘中央商場一帶做起美軍剩餘物資的生意。他常說自己的「店」裡生意如何如何火紅，但按父親的說法，他祇不過是在那裡擠擠攘攘地設了個地攤而已。

不過，他的氣派倒是有點非凡：高大魁梧，一條像刀鋒般畢挺的闊腿西褲，是靠兩條墨綠的橡筋背帶吊掛在身上的。大肚腩，中分頭，溜光烏黑，斯迪克是棕褐色鑲象牙手柄的，走起路來，斯迪克先行，漆光皮鞋隨後，昂首闊步地叫我們這班小鬼頭迎面遇到，即使仰首，也要先倒退三分。

再說，他家的佈置也算是有點豪氣——我曾尾隨那班「野蠻小居」從那扇緊閉的黑漆大門中溜進去過一次，全靠他的那個比我們小四五歲的女兒偷偷開的門。

范小妹，是我們對她順口的稱呼。

她有些訥言，童花髮型，嫩白的臉蛋上含有一種對於我們這些自以為是英雄好漢式的男孩子們不大敢向她正視的俊俏。她總愛抱着一隻梳得光滑可愛的大眼睛洋娃娃，喂她吃奶嘴，哄她睡覺——這些無疑對我們這些拆天拆地的男孩們來說，是一樁最無聊最可笑的活計。雖然平時看上去文質彬彬，但千萬不要也不能去觸怒她，否則，她的報復將會是使盡其全身解數，並傾其全部詞彙，向她父母添油加醋地投訴——我們怕，就怕她這一招。說也怪，在我們這一堆「野蠻小居」中最遭人瞧不起的，便是當誰玩不過誰時就向自家的大人申訴的傢伙，每遇此種情形，全體玩伴都會向他翹起鼻孔來，並用拇指頂着鼻尖做出個吹喇叭的鄙夷動作，惟獨對她不敢、不想、也不願這樣做。這是我們這群孩伴中間誰也不想去揭穿的秘密。是因為她是我們之中的唯一的女孩，還是因為她的長相總帶點兒「那個模樣」，令大家不約而同地對她產生了一種討好的心態？這倒是大家都未曾細究過的事。

現在，在我記憶的眼前展現的是一間大客堂，地板是菱形的拼花瓷磚，兩排紅木太師椅兩邊開；每隻椅背上都鑲有一塊朦朧山水畫面的大理石，寬寬大大，爬上去一坐，衹覺得屁股硬背也硬，屁股冷背也冷。太師排椅的盡頭安放着一長條紅木供品桌，之上，福祿壽三星笑眯眯地望着你。一旁一隻圓瓷花瓶中，一枝雞毛撣在「嗖嗖」的穿堂風中不住地抖動羽毛。

二樓的正廂房中央擱着一張寬大的紅木雙人牀，雕荷的牀頭上夾着一盞歪戴帽的夜讀燈。一幅七彩條的泡泡紗牀罩覆蓋其上，被扯得一絲不苟。斜對着木牀的是一座紅木梳粧檯，矮矮的底座上擺滿了各種高低參差的化妝奶液，而一面橢圓形的化妝鏡正面對着四扇寬大的推窗，恰好反映出了某幅後弄堂的紅磚牆和半棵夾竹桃的葉影。

這宅石庫門擁有五六間房，其中有一扇後窗正好斜對着我家後曬臺的那一間，便是我最想去看的地方。

我的好奇是：從他人的窗口看自家的曬臺與屋子究竟會是個啥模樣？「就從這條扶梯上去！」一個綽號叫「樊癩疤」的小夥伴一把討好地拉住了我的袖口，神色激動而誇張地表示願在前面引路。他誇口說，祇有他才最清楚范大塊頭家的一切。「范小妹姆媽一有啥事體」就會喚他來幫個忙，端端弄弄，做個免費的下手什麼的，而每次事畢，還總會有兩粒水果硬糖之類的賞賜。但我們大家都笑話他「看中」的是范小妹，討好前討好後，「勿要太膩心喔！」我們甚至在弄堂的磚牆上用拾來的粉筆頭畫滿了壁畫來「歌頌」他倆至死不渝的「忠貞」愛情：一口開棺之中睡着一男一女，女的頭頂上飛出一線長長的箭頭來，表示這就是范小妹，男的則是「樊癩疤」。為了這些「宣傳畫」，范小妹哭得死去活來，並終於引動她父親有一次正當我們在玩飛香煙牌子玩得勁高時，一個闊步闖進我們的玩圈裡來，他用斯迪克一個挨一個地指着我們，咬牙切齒地說，假如再讓他看到這些「勿三勿四」的圖畫的話，他就會立即去報告「你們那些勿教管自家小囡個爺娘」；而假如「你們的那些勿教管自家小囡個爺娘」繼續「勿去教管」的話，他就會出面來負起「教管」的責任，他的「教管」方法很簡單，那就是用手杖打斷那個作畫者的腿！

此法果然奏效，宣傳畫在後弄堂牆上出現的頻率少了很多，祇是樊癩疤溜進黑漆大門中去聽人差遣的習慣依舊，遭人白眼與斥罵之後還是任勞任怨還是耐性依舊。然而我們這群「野蠻小居」，一旦對某人某事不再也不敢再感興趣時，我們的遺忘也是最快最徹底的，因為有着太多的快樂讓那個年歲的我們去沉浸，去瘋癲，去丟掉一個愛好而拾起另一個愛好。

當然，這一刻情形不同，他畢竟是范家的常客，由他帶路絕對是最佳選擇，他的靈感型的熱情甚至讓我產生了一種帶點兒內疚的感動。

這是一間從二層去三層的轉角亭子間，黑咕隆咚地位於兩條扶梯的轉接處。當我們正「吱呀」一聲推開虛掩的房門時，就有一個梳着髮髻的、噴着一股強烈刨花髮水的女人沖出門來：「啥事體！啥事體！白相還勿要白相到此地塊來！」她大聲地嚷嚷着，兇神惡煞。

「嘿嘿，張媽，嘿嘿，我是樊……樊癩疤，斜對門吳家少爺想來看看……」

「看？有啥好看咖？！——去！去！去！」她十分惱火地揮動着她那張開的手掌，仿佛要拒我們於千里之外似的。

原來這裡是他家女傭張媽的睡房，雖說不讓看，但畢竟還是從大開了的門中過了一瞥之癮。房間總共也就七八平米，一張單人牀靠窗放，窗外呈現的恰好是我天天要單獨去耍一會兒的我家的後曬臺，以及那座用油毛氈蓋搭出來的鴿棚，看上去就像一座簡易的兩層樓房。我心中一陣無名激動：對於一個孩子，這就如在一個沒有約定的時刻與地點遇到了熟人的心情。

但就在這時，范小妹已蹦跑上樓來了：「阿爸姆媽已經進弄堂口了——伊拉回來啦！」如此一聲叫喚，猶如一聲霹靂，將我們這群小毛孩一個個嚇得屁滾尿流，旋風般地滾下扶梯，甚至連當時是怎麼走出黑漆大門的，事後也都漂白成了一片失憶狀態。

我的第一次、最後一次，也是唯一一次的劉姥姥進16號大觀園的冒險歷程也就這樣子完成了。

四

「還勿是勿曉得，伊討伊回來是二婚頭，哼！——」三十五年之後，在殘破的後曬臺的臺階上回首時，耳畔響起的是一句尖辣辣的中年女性的聲音，清脆豐滿，嫋嫋的餘韻之中仍蘊含着一種鄙夷與酸意。

這就是她嗎？初升的溫暖的月光將她蝦彎的體形輪廓出一個可愛的弧度。「晚了，回去了哦？」她再一次地說道，她的手杖的尖頂已觸到了前一級的臺階上。

「小心，潘家姆媽，小心！讓我來扶儂……」

據說，那個被喚作范女人的女人也出身於某正派人家的閨房，當時，她衹是揚州一家女子中學的學生。解放前幾年，范老闆春遊瘦西湖，驚豔於某風景點的茶座間，從此，便一發不可收拾地迷戀上了她。他已是個有家有室的人了，然而，他竟不惜一切代價地休了前妻，幾條大條子將她打發走，再去揚州把她娶了回來——於是，便有了這個故事的主角：范女人。

後窗

那時代，一個外地女子能嫁到大上海來的榮升感，就與今日出國差不多。范老闆將石庫門第裝飾一新，青石麒麟門鎮就是在那時候添加上去的。據說，他還打聽過搬來「前排洋房」裡住的代價，雖說最終還是放棄了，但那日迎娶的盛況卻是把整條後弄堂都給煮沸騰了。三部強生計程車載滿了嫁妝，而第四部上走下來的是一個桃容花貌，水蛇腰身的她，踩着三寸銀色高跟，狐皮圈領狐皮袖筒，挽着范大塊頭的手臂，招搖而過這條陋巷窄弄。

當然，這都是在多少年後我才聽說的事。當時的我還在繦褓之中，而她，其實也祗不過是個十六七歲的女子。「哼！裝成是啥個大人家嫁過來個派頭，」在潘家天棚裡玩遊戲時常會聽到潘家姆媽有關那一天那一次，以及那時的她的細節的種種描繪，「地種綢緞被面子一看就曉得是大馬路上『協大祥』買夾嘛事，還勿是范大塊頭出個銅細？」有時，潘家伯伯也會走上前來插上一句半句的：「人倒是長的真蠻標緻個，假使走到四馬路朗向一站，保儂生意濤濤！……」潘家姆媽狠狠地盯了丈夫一眼，「哼！」鼻孔中噴出的還是她的那個輕蔑加憤恨的招牌性音節。

但我小時候對她最早的實體印象卻是遙遠得帶點兒想像的成分。一套玄湖色的綢緞旗袍閃亮亮地裹着她曲柳一般的身段，高領和盤起的髮髻之下露出一截長長的玉頸。她若無其事地挽着碩大壯健的范老闆的手臂，表情矜持。前後左右投射過來的驚羡、妒嫉的眼光在她身上溶化開來，而她每次在後弄堂的出現都像是一艘破浪而進的傲艇，人群都會自然而然地分開去，當她婀婀婷婷而過時，人群再合攏過來。男人以及女人，嘰嘰喳喳，各自發表也發洩着各自的感受。一個在弄堂口設攤修鞋打釘的小皮匠，邊用袖口抹一把清水鼻涕邊說道：「兩個人在外頭人面前已經是個能纏心纏肺，勿要講是到了牀上了——個種叫牀頭勢啊——嘻嘻嘻！……」說完，再用切刀在頭皮上刮一刮，逕自去完成他的那道穿縫納線的工序了。

然而，他們卻是絕然不理會他人感受的一對。范老闆永遠叼着一枝粗雪茄，騰騰的煙雲迷霧裡，范女人俊俏的鵝蛋臉更顯示出一種朦朧美來。如此一對若入無人之境的夫妻，在那麼一個時代的那麼一條小小的弄堂裡形成了一道別開生面的風景線——甚至連引起「前排洋房裡個人」的某種心態不平衡也都不成為什麼不可理解的事了。

但厄運，終於降臨到了他們身上。

那應該是在 1953 年、1954 年間的事了。其實，新時代的管治特色在那個時候已經開始顯現出來，稍微能敏感一些時勢的人都已經開始夾緊尾巴做人，中山裝、解放裝、幹部裝、列寧裝的流行便是一種無聲的說明。所謂槍打出頭鳥，當太搶眼了的他倆旁若無人地從千百雙人的眼前流動而過時，代表着專政階級的那杆獵槍的準星之中，也同時出現了他們的身影。

當那輛被我們小孩喚作「強盜車」，裝置有軍綠帆布扣篷的小吉普，在我住的那條後弄堂口前「嘎！」地剎住時，正是午睡時間。而我們這班「野蠻小居」恰好趁這弄堂裡最清靜的時分玩「捉強盜寨」的遊戲。這是一種最會令小孩們着迷的遊戲，玩法是一個充當捉手的人將額頭往牆上一按，自蒙眼睛，倒數十個數位之後猛然睜開，而其他玩伴必須在此時間內各找地點藏匿玩畢；當捉手探頭探腦地走離「強盜寨」時，突然現身且逃回的人就算是勝者。

老實說，一說到童趣時代的遊戲，我的思路便會離題：阿二，阿三，長腳，吊眼皮，梘籃頭，樊癩疤，這些曾令無數個童年的我的日日夜夜變得等待、渴望、顛狂的綽號與渾名，每一個都可以為你釣出一連串鮮活的往事。

其他的人，雖說也有不少粗野與狡黠，但事後回憶，不管怎麼說，總會有不少妙趣橫生的章節，惟「樊癩疤」不太一樣。三十五年之後，當我再度與他相遇的前一刻，一想起他來總是那副猥猥瑣瑣的神情與模樣的復活。他有個習慣，就是老是喜歡斜低着頭，不正眼瞧人，而讓他太陽穴方位上的那塊在年幼時因撞破而留下的不再長髮的永久疤痕，亮閃閃地對着你。他的臉色蒼白蒼白的，枯瘦的手掌與小臂上不斷有冷汗沁出，因而他又獲得了另一個頗為切題的雅號「鼻涕蟲」。他不合群也不太愛說話，除了在遭范小妹白眼和惡言相向時，才會在面頰上飛上兩片罕見的紅暈及咕噥幾句聽不清的言辭。然而，他卻會對一直懷恨在心的某位玩伴猛地蹦出句：「我操那娘個×××！」之類的粗口來，並立即循其預姿而逃遁，待那位被罵者搞清是怎麼一回事時，衹能氣得唇抖面白，卻又對他無可奈何，也無計可施。有一次，年僅十歲的他竟被「請」進了派出所，在經過他那個在小菜場斬肉的老子的橫求豎拜，和他娘的一把眼淚一把鼻涕之後，才給放出來。後來聽說，他就是在玩得好端端的時候，倏地猛捏了隔壁一個小姑娘的下身一把而被人告到派出所去的。此一劣行自然又成了日後范小妹在斥罵他時的一個新依據，而他也因此在一個相當長的時期內，被所有小夥伴們的家長警告自己的子女，再也不能與其為伍，而孤零零地遠望着我們沉浸在歡天喜地的玩興裡，不敢也無臉靠攏過來，儘管在最後，玩的誘惑和與對玩伴的渴求仍戰勝了一切。

就如這一次，當小吉普在弄堂口戛然而止時，我記得，充當「強盜寨」捉手的正是樊癩疤。他傻了，當一個個的「強盜」們都輕輕鬆鬆地「回寨」時，他仍呆若木雞，眼巴巴地望着幾個佩武裝帶的軍警神情肅穆，大步流星地往弄堂深處的某個地點走去。

是范大塊頭家！當軍警們的方向感被明確了之後，我們大家也都放棄了遊戲的興趣，身不由己地跟了上去。

嘭！嘭！嘭！獅面銅扣被猛烈地敲打着，樊癩疤臉色蒼白，嘴唇顫抖，他一個箭步湊了上去：「他家我熟，我可以帶路，我……」但他被一把推開了，他一個踉蹌地跌撞在我身上，臉色更蒼白了。

五十年代之初的上海，抓人與抄家是件帶有點強烈神秘、恐懼兼刺激的事。連頑童們之間也常有如此侃法：叫儂阿爸（父親）去派出所「談談」。一「談」之下便永久消失蹤影的情形在當時相當普遍，而范大塊頭就是這樣的一個個案。衹是留在我記憶中的他的最後形象與之前的他倒是完全不同：他穿着一套寬條睡衣，腳上拖一雙硬質皮拖鞋，沒有斯迪克、雪茄和刀一般鋒利的西裝褲。他被從黑漆大門間推出來時，手是反拷的，警察左一個右一個地扭住了他的臂膀。

當穿着一套粉紅色絲質睡袍的她哭喊着從門口奔出來時，他已差不多走到弄堂口了，「范哥！……范——！」他有過一個企圖轉頭的動作，但沒能成功。而尾隨犯人與押送者的那位警察卻掉轉頭來，一把擒拿，就將她提了起來，她被摔拋了出去，一隻絲絨繡花拖鞋飛脫了，她坐在牆角的一潭泥水中，不再去追。她掩面而泣，縷縷長髮從前面將她的面容遮着，活像個女鬼。

黑色石庫門宅被燈光通明地折騰了半個白天與一個晚上，天明時分，人才退去。從此，兩扇緊掩的黑漆大門之後便開始了死一般的寂靜，而後弄堂裡當然也消失了那道柳曲加壯健、旗袍加雪茄的風景線。但我們這班小頑皮鬼仍不甘心，總喜歡將耳朵貼在門縫上屏神細聽些什麼，在不知那個高叫了一句：「范大塊頭回來嘍！」時，大家才哄笑着散開去。

范小妹再也不參加我們的玩伴群了，我很少再見到她。直到某一日突然驚異地發現她原來也有着與她母親一樣的桃白臉頰與矜持表情時，已是在相當幾年後的六十年代之初的事了。那時，我們那班「野蠻小居」已自動解體，大家已先後步入了青少年的生理與心理階段，彼此見到也祇是一笑一點頭而已的成年人動作，不要說是面對異性了。

樊癩疤是否繼續往范家跑，我就不得而知了。我後來聽說范大塊頭被抓後，張媽也不見了。原來她是公安局的線人，在拘捕范老闆的事件中立了大功。幾年後，當她一家在後弄堂某門牌號分配到一間廂房式的公房時，她已成了全里弄人人見到都要面帶幾分敬畏與笑容的治保主任了。她的階級立場始終十分堅定，不要說是對范老闆的家眷，就是對我們這些「前排洋房裡個人」，她都不苟言笑。

16號的石庫門的各廂房在幾個月後拆封，並分別被指配給若干家工人和復員軍人的家庭居住，范女人與她的女兒搬到了以前張媽的那間亭子間去住。從我家的後曬臺常能望見16號後窗框間的梳粧檯鏡和用彩條牀罩改制的泡泡紗窗簾輕柔飄揚，已是屬於我記憶長篇裡的第二章節了，然而，這倒是構成了我青少年時代漫漫歲月軌跡上的一塊永不褪色的暈黃色的亮點。

五

范女人依然是全弄堂人聚目的焦點。

一是其丈夫於肅反期間，據說擁有一架隨時能與美蔣特務機關聯繫的發報機的駭人聽聞的罪行。二是她本人始終不肯褪色的美色與風情。三是其頻頻相傳卻始終得不到證實的豔聞。一切男人皆因了興趣，一切女人則因了嫉羨。

可能人總是不甘心的，如此一朵盛開的女人，怎能忍受沒有男人在身邊的一個個日夜？

後窗

那時候的范女人已被分配到毗鄰公園的一家鋸木廠去當會計，三十來塊的工資，除自謀其生外，還要拉扯大一個女兒。范大塊頭當然再沒回過家。起初，范女人還能提着餅食毛毯之類的，每月都能有一次機會去到提蘭橋高高圍牆的陰影裡，排隊輪候探監，以後據說范老闆被押解去了青海。三年自然災害期間的某一日，母親說，范女人是在她工作的單位裡被公安局叫去的，人家交給了她一封剪去了一隻角的通知信函。她哭得死去活來，當場昏暈了過去。她被抬回了16號。當她再度在後弄堂露面時，她的臉色已蒼白如紙，行動也飄忽得好像隨時能被風吹起來一般。當然，所有這些都是我在聽母親與他人閒聊時收集而成的情節與情狀的連續，有幾成真實度，其實也無從把握；我知道當自己還衹是個十一二歲的孩子時，已悄悄對范女人的一切感興趣了。玩得再投入，聽覺的濾網也會將有關她的種種細節留存下來，存進憶庫，並以一個兒童的聯想加以潤色與完成。「就是戴了朵白花，伊還是迷煞人。」我記得，這是潘家姆媽的評論，而母親的感慨則是：「這個紅顏薄命的女人，作孽哪，作孽……」

作孽？作孽是什麼意思？是自作還是他作？是前世作今世報，還是今世作今世受？當我逐漸長大，在零零星星的書籍中讀到類似佛學理論的片言隻語時，我都有掩書作一番少年式沉思的習慣。我記起了母親的這句常用語，以及「她」那總是飄飄忽忽的猶在眼前的形象，久久揮之不去。

伴隨而來的，說來也怪，還有一股似有似無的幽香，就像仲夏時節從盛放的草蘭叢中飄逸出來的那一種，令我既神往又躁動。

那時，我已是個十五六歲的、感覺與感情都已十分澎湃了的少年了。與她窄弄相逢，面面相對在刹那之間。周圍沒人，很安靜，盛夏午後的弄堂裡，陽光火辣辣地灑滿了一地，而隔了幾條街外的公園樹蓋的葉蔭裡，蟬聲大合唱的宏亮覆蓋了這一片安靜。她的腳步停下了，赤足拖一雙半高跟的閩式烘漆木屐，嫩白的趾甲在陽光下閃閃發亮。我之所以會有如此記憶的原因是在那段叫人窒息的數分鐘內，我目光所及的方向多是朝下的，然而卻不是說它從沒有過向上，甚至與她目光對峙的一刻——是的，應該是有的。她用目光整個兒地籠罩住了一個比她小十六七歲的男孩，神情中性，而中性之中又蕩漾着一波紋笑意。這是一種脈脈、綿綿、軟弱非常的目光，軟弱得甚至叫它的對峙者都喪失了一種承受的勇氣。而最奇特的是：目光中還含有了一種莫名的自責、內疚和無辜感——這是三十五年後，當我再度與兩束類似目光相交時才得以用語言形式總結出來的內涵。

這是兩道出自於既是她又不是她的靈魂之窗的目光，在一個光鮮非常、觥籌交錯的社交場合。此時從一個已年屆天命的我的立場出發，我衹是好奇，對於一個比她小十六七歲的，靦腆而又不諳世事的大男孩，被那目光籠罩，究竟能產生多大的心理與生理場效應？

因為這種場效應正是當時的我在承受的，我分明感到有一股熱力從那個方向逼射過來，讓我周身都燃起了一股烘熱。我想，我當時的動作一定是趕快用眼神來避開，笨拙、慌亂、渴望、好奇，以及不知所措？但臉是肯定無緣無故地漲得通紅的了。

她索性駐足來凝望着我，凝望着我那匆匆逃離的模樣，凝望着我像所有的里弄居住者們一樣回避她的模樣——祇因為她是一個瘟疫病毒的帶菌者？她覺得好笑，還是歎息？但她絕對不知道的是：在她早已離開了那度拱門之後的很長一段時候，我又悄悄地繞了回去，且在她曾站立過的位置上，傻傻地站立了很久。我聞到一股蘭之幽香在周圍彌漫開來，它甚至讓腳下那條陰溝污水的臭味都變得微不足道起來。

那夜，我有點發燒，且睡得十分的不安穩。母親說，怎麼啦？感冒了？還是中了什麼邪風了？早就同你說過，後弄堂那種地方少去……

但不去後弄堂又怎麼樣呢？當秋月圓白而明亮地掛在當空時，秋蟲們唧唧求伴的歌聲也此起彼伏在了我們周圍的一切溝渠、草叢、石縫和磚牆處，我們這班玩伴們的另一個瘋狂季節又來臨啦！捉蟋蟀，是的，通常是在深夜十時後，我們全副武裝，配備了一切必需的捕具：網篩、竹管、泥盤，還有手電筒——這真是一件十分有用的器具，一旦方向確定，磚瓦翻開，「唰」地一道手電筒光，任何獵物都會在迷亂之中被你束手就擒。

我們偷偷地從公園後門的一處與鋸木廠露天堆棧直接相通的籬笆窟窿鑽入廠裡。繁星眨眼，好一個爽秋的月夜。大家一致認定，祇有在木廠淩亂的堆庫中，才是蟋蟀們最佳的藏身處。誰也不願放棄這個機會，因為在第二天蟋蟀的比武會上，不論是「紅頭」還是「青頭」大王，一般都產自於那裡。

一到堆木棧，大家都迅速而自動地散開去，像偵察兵，各自定位着各自的目標，各自發揮各自的優長。

一大片薄雲漂浮過來，月色開始朦朧，堆砌成疊的原木連綿成一種丘原起伏的景象，鋪展在乳白的月色下構築成一幅太空畫面，不免讓人長出一種膽怯來，然而為着次日的「紅頭」大王的誕生，我仍壯膽向木棧廠的縱深地區挺進。

目標發現了！一隻叫聲宏亮的某「大王」肯定就藏身在前方那堆木棧之中的某一處。我躡手躡腳地向目標靠近，並在木棧的底部蹲下身來，屏氣細辨。

然而，令我驚奇的是：木堆開始震動，並伴有一些細小木棍滾下的輕微聲息。聲息甚至還引起紅頭大王的叫聲也有過一段受驚了的間歇。我將目光移向木堆的上層，我見到一條白色的類似天鵝長頸的人的手臂在彎曲，在移動，而且還有一些低低的呻吟聲。

有人！我的第一反應該是大聲叫喊起來，呼援就在附近的偵察兵團。但不知是出自於紅頭大王對我的誘惑呢，還是對眼前這一切的好奇，我奇跡般地制止住了自己。現在我辨清楚了：除了那條天鵝曲頸的手臂外，還有幾條裸腿互相交錯、盤纏；其中一條在月色之下泛着乳白色的光澤，令我聯想到母親無名指上戴着的那枚玉戒來。它們和諧地扭動着，聯動着小腿、腳踝，朦朧飄忽得就像是一場月光下的舞蹈表演。

呻吟聲更大了，擴大成了一種低低細細、柔柔軟軟的叫喚。刹那間，一切寂靜了下來，當紅頭大王的歌聲又在夜空中起勁地歡唱時，我竟失去了一切渴求要逮住它的欲望——我祇想躡手躡腳地離開就像我曾躡手躡腳地來到這堆木棧下一樣。

我一個貓腰的轉身動作竟然絆倒在一根滾下了木棧的細木棍上，由此引動了一連串木棍的滾動與下滑，我被我自己所引發的巨大聲響驚呆了。

我趴在沙礫地上，不敢動。逆着月光，我看到有兩個身影，一高一矮，一粗一細，一壯實一柳曲，飛快地從木堆上攀爬而下，並向我臥倒之處逼近過來。慌亂之中，我取出了手電筒，像現代戰爭中使用的某種電子武器，我朝着目標本能地按下了鍵鈕開關——

是她？！在一道雪白的光亮中，她側着頭，用手掌遮擋在了前額上。她，半敞着一件黑絲絨滾邊的大扣襟短上裝，衣冠零亂，髮式蓬鬆，雪白的指掌，雪白的手臂，雪白的臉色，雪白的一片前胸的暴露部分，在雪白的手電筒光的照射下顯得特別刺眼。而逆着朦朧的月色，我見到一個高大的身影正自她的背後隱遁而去。

「原來是吳家弟弟啊？」不知在何時，我已熄滅了手電筒站起身來與她在月光下面面相對了。與她祇差幾步之遙，第一次，我真切地聽到了她銀鈴一般敲打着的聲音，「來這裡玩嗎？」她的聲音鎮定極了，就像是一個家長在關心比她小一輩的孩子一樣，「已經很晚了呀，還不回去？——」

我望着她，一樣白皙得耀眼的膚色，一樣天鵝曲頸的手臂，一樣夏蘭幽幽的體香，一樣脈脈綿綿自責式的眼神。

她，是她的復活嗎？

僅僅在幾分鐘前，我借着一個撿落筷的機會俯下身去。在桌肚底下，四圍長長拖下的白色的臺布邊緣在空調與吊扇的雙重作用下飄飄蕩蕩。她穿着半截尼龍質的緊身中褲，圓潤優美的小腿曲線和光滑細嫩的膚質與烏絨色的褲料形成了一種火辣辣的反差。她赤足趿一雙拖鞋式皮鞋，火紅色的細高跟，這是今夏市面最流行的款式。她的一隻腳從鞋肚裡退出來，踩在另一隻腳的腳背上。一樣的腳掌弧線，一樣的嫩白腳趾，一樣的晶晶趾甲在即使是臺底微弱的光線中都有一種瑩瑩的反光。

她，是她的復活嗎？

桌面上與桌面底下是兩個完全不同的世界，一個碰杯賀辭嬉笑囂鬧，另一個在相對安靜之中，在眾人腿褲與鞋襪默默的背景上，盛開了這樣的兩枝與一雙。周圍白桌布的色彩在變幻，變幻成了彩條，起皺成了一幅泡泡紗的窗簾，在五月熏熏然的熱風中，而不是在空調與吊扇的作用下蕩然地飄舞。那扇亮着黃光的後窗在簾布的飛動之中一遮一擋一隱一現：有一隻精巧的光腳丫在一條毛茸茸的腳肚上來回搓動，就是眼前這一隻嗎？我定了定神，毛茸茸的腿肚不見了，而那同一隻腳丫在另一隻的腿背上若有若無地搓動着。

我撿起了一根落筷，將它緊緊握住，我覺得手心中都有汗水沁出來了。

然而，她仍在笑，笑容在她的臉上盛開就如波紋在湖心蕩漾開來一樣。我假裝撿拾動作有些困難地、慢吞吞地從臺肚之下鑽出來，再一次地望見她。她傲然地仰着頸，波浪型的長髮甩動之間，飄來一股洗髮液的清香。「作孽啊，作孽！……」這是母親說的。「還勿是勿曉得自家是二婚頭，像煞有介其事！……」這是潘家姆媽四十歲的音色。但看得出來，一桌的男士都向她投來殷勤的眼色，而一桌的女人都面露羨慕的神情。妒嫉？妒嫉的殘渣仍然存在，不過早已埋在其它諸多心理因素的深深的海底了。

她，是她的復活嗎？

「嘸事落脫了就勿要再去拾了，吳作家，再叫服務員小姐替儂拿一雙乾淨個來就是了，喂，小姐！——」

「勿要了，勿要了，謝謝！我已經……」

我覺得她老有一種想從眼角間瞟我一眼的衝動，不過又總在克制。她怎麼可能記不起我，儘管她在若有若無地笑？那拱弄間的偶遇，那木棧邊的驚險，我與三十五年前的自己變化真有如此大麼？她的兩枝從深寶藍色無袖衫筒中曲頸而出的玉臂，前後交錯地擺動，令我再一次陷入幻覺與現實的交替中。

音樂響起來了，這是一首節奏感與旋律感都十分現代的歌曲，一個男中音在沙沙地唱着英文歌。全體男士渴望的眼光都一起投向了她，而她，仍若無其事地開放着笑容。

「黃局長，先同黃局跳一個……」幾乎所有的男人都不約而同地投票他們之中某個最有分量與影響力的當選者。

她笑盈盈地站起來與一個禿頂的矮男人旋進了舞池裡。

「劉總，劉總下一個！」

一個彬彬有禮的瘦長個男人早在舞池邊等着，挽住了剛打算步出舞池的她的赤裸的臂膀。祇是一會兒，她的一對火紅色的高跟和兩枝嫩白如雪海棠的手臂，就像兩團紅色和白色的火焰，在人群間忽隱忽閃起來。

下一個回合來到時，氣喘吁吁，桃容色的兩頰上盛開了兩朵紅暈的她，是主動走到一個後生跟前的。這是個看上去比她要小十來歲的青年，靦腆、優雅、女性化。他修理得一身細窄的條杆，白嫩的面頰，細軟服貼的頭髮中分到兩邊。這是一曲舒緩的舞曲，當燈光幽暗下來的時候，她摟着他，投入地跳着一曲貼面舞。

周圍的目光都投向他們：對她是渴求，對他是忌羨。

「樊總，小白臉倒貼上門了……嘻嘻……」

「樊總，上去把伊搶下來啊！——」

「沒勿關係！沒勿關係！」已進入半酣狀態的黃局滿臉都放射出紅光來，「勿管儂哪能講，到了今天夜裡向，伊總歸是屬於阿拉樊總個人，哈哈！哈哈哈！……」

「儂叫我哪能講呢？」樊總嘿嘿的乾笑聲中，藏着幾分醋意，幾分自嘲，幾分尷尬。「現在已經到了啥個時代了，勿要再翻老皇曆了好勿好？開放形勢一旦千里，包括性關係。還勿曉得是啥人倒貼啥人，啥人屬於啥人咧——儂講呢，吳作家？」

他突然將座椅轉出一個小小的角度來對着我。嗯，嗯，但我已站起身來了，說：對不起，我要走了！樊……我差點兒就喚出了個「樊癩疤」這一語驚四座的稱謂來。

六

不過，那一天的蟋蟀比武會，我倒真是遭了個「滑鐵盧」式的敗局。

比武會是在 16 號門前的臺階上進行的。大家背靠着石麒麟，盤腿席地而坐，然後攤開了盤、罐、網、篩、竹管和蟋蟀引草等一套傢伙，拉開了決戰的場面。

連一隻「星級」蟋蟀都沒能捉到的我，手頭上盡是些剛出土不久的嫩頭，第一回合就讓樊癩疤的那隻兇狠狠的「青頭大王」咬得滿盆亂竄。「青頭大王」驕傲地抖撐起後腿，張開雙翼，嘹亮地叫喚着，慶賀勝利，繼而再一個回馬槍，將我的那隻嫩頭「一夾子」撻出了盆外。

「哈——！」小夥伴們一個個都變得興高采烈起來，又跳腳又拍手，還以電影《上甘嶺》中的戰鬥歌曲助興。

「來！待我將它朝空中摜三摜後再來鬥過！」吊眼皮眼明手快，一把將那隻已被攆出了盆外、正準備伺機逃逸的「敗將」蟋蟀捉住，握在手掌之中——根據頑童們的經驗，蟋蟀有點像人（還是人有點像蟋蟀？），鬥敗並不是結局，在暈頭轉向之際仍會有一股不顧一切齜牙廝殺的拼勁與傻勁的。

「不，」不知怎麼地，我有點不忍心將一隻鬥敗的蟋蟀再次投入一場殘酷的廝殺大戰，「還我，」我說。吊眼皮愣住了，而剛剛準備蓋上盆蓋，說要讓他的那隻青頭大王先養養牙，等明天再來拼殺的欒癩疤又轉而盛氣凜然起來，再度掀開盆蓋，叫道：「哪能？鬥就再鬥過——阿拉勿嚇儂格！」

我從吊眼皮手中接過那隻可憐的蟋蟀，一個手掌倒錐的動作便將它放生進了16號石庫門的門縫中去。

第二天我來聽了聽，它正在16號的天井裡歡唱呢。下個星期還一樣，下個星期的再下個星期，下個月的再下個月，根據嗓門判斷，應該還是它。直到大雪紛飛，冰棱垂掛的日子來臨，它的歌聲才沈寂了下來。然而，第二年的秋天以及第二再第二再第二年的秋月當空時，16號的天井裡總有蟋蟀們此起彼伏的歌唱——我相信應該都是我當年放生的那隻蟋蟀的後代。

1966年初秋，那個一切牛鬼蛇神，一切鼠輩蟲類，當然也包括一切蟋蟀，都要被革命的鐵掃把掃進歷史垃圾箱的時代與季節。

其實在文革之前，我已有若干次見到過她母女倆的機會，兩個相依為命的苦命人，總是女兒攙着母親的手臂在一些最不引人注目的街邊牆角走過或拐入。母親的表情依然矜持，女兒卻愈來愈抖落出一副標緻的長相：白嫩白嫩的腮幫上始終染有兩片淡淡的粉暈，白皙的手臂，白皙的腿肚細勻而優美——儘管社會不願意，然而造物主似乎對另冊人類並不存有偏見。

她們總企圖用目光來避過一切人，包括兩三次恰好與她們對面相遇的我。衹是我太敏感地感覺到，互相對面相遇的刹那間，那當母親的總會存有一種自眼角間瞟我一眼的衝動——像極了，就像那次在午餐會上的她。

說着說着就到了那一天。那一天在本來就窄小的弄堂中間搭了一座簡易的批鬥臺，木箱加板凳，以及從木材廠借來的，若干高聳的木棍間拉扯着一條誓死將無產階級文化大革命進行到底的橫幅。

范女人被揪上臺的時候，是反綁着手剃着陰陽頭的，半邊看上去像她，另半邊看上去像個美麗庵姑。她穿着一身乾乾淨淨的毛藍布衫褲，一雙方扣牽絆布鞋。一大堆從廢品回收站收集來的女人的破布鞋和男人的爛皮鞋長長一串地吊掛在她的頸脖上。

其實，在那個年頭的那一個金陽燦燦的季節，誰家還能沒點兒擔驚受怕的事？誰因此還有情緒去感受大自然，感受藝術，感受一幕幕精彩美妙的人間活劇，包括一場連一場的批鬥會？尤其是「前排洋房裡個人」，一般都很少有出來觀看他人批鬥會的心情。這次之所以會是例外，尤其是那些女人們，大家奔走相告，義務傳播的緣故是：批鬥的對象不是別人，而是范女人。

就說是潘家姆媽吧，她家也剛被抄，整條整條的「鄧綠普」被滾走，整聽整聽的「德土古」被運走，二樓的正間被封，潘家伯伯也被押去單位接受審查，就在如此心境之下，我居然也能見到站在後排角落中的她。她雙手互絞成一團，踮腳朝臺上望去。她的眼中未退的驚恐與新生的好奇交織在一起。

而我家的情形絕不比他家的好。抄家的颶風颸過，小庭院中的那棵每年五月都會在枝頭開滿花朵的石榴樹被根刨，金魚缸打爛，荷花池抽幹，連客堂間的地板也都在要掘尋「黃金與美鈔」的藉口下而被撬起，家中的那隻老花貓驚恐得「嗷嗷」像哭喊似的嗥叫了整夜。那時的父親早已去國外謀生，我與母親被禁閉在三層閣上，而整座後曬臺都堆滿了所謂「四舊」的罪證以及我父親留下的大堆大堆的「毒草」書籍。

我們惟一能走動的地方，就剩下後曬臺了，在書籍與雜物之間活動活動筋骨，有時抬頭望望，一樣是天高雲淡的秋空，呼吸一口從後弄堂裡飄來的自幼就呼吸慣了的那種氣息。鴿棚也被拆了，鴿兒們飛走的飛走，被捉去宰了的被捉去宰了。有一隻最有靈性的飛停在對面的屋頂上，望着被毀了的「家」，「咕咕咕」地叫喚着，遲遲不肯飛離。世界怎麼啦，我感到自己在突然之間長大了，並正在告別自己的童年與少年的歲月，一縷說不清是悲哀還是堅定的雙重感情從心窩裡升起。

如果說到抄家鬥人，並不是把個個人都會搞得愁眉苦臉，心驚膽戰的，也有亢奮非常的一群，他們佩戴着紅袖章，敲鑼打鼓地騎坐在三輪黃魚車上，唱着「造反有理」的革命歌曲，從這家抄鬥到那家，仿佛在享受一個歡騰的節日。衹是能到達此層境界的人，「前排洋房裡」的人一個都找不到，後弄堂的住客們中還算能數出一些來，諸如弄堂口的小皮匠，治保主任張媽一家，還有那個當時一提到他的名字我就會恨得牙根癢癢，當然事隔多年後的今日回想時，也不過付之一笑的樊癩疤。

其實，我家被抄，假如不是他應是可以避過這一劫的。原因是父親一早已脫離了大陸的工作單位，母親也已退休多年；但萬萬想不到抄我家的「革命行動」是由樊癩疤帶領的一群紅衛兵完成的。說來，他還是我的同班同學。「捉強盜寨」的多少年後大家又被統配到同校的同一個班上了。我看見小時候的夥伴興奮地上前去親切招呼，沒想到他臉色蒼白地低着頭，斜視了我一眼，一副從未曾相識過的模樣，叫我自討了個沒趣。他出身好，老師說他根正苗紅，就是學習成績不太理想，老彌留在升級留級之間直到文革爆發。

他，於是便完全變了個人。一頂軍帽，一身軍服，一雙軍球鞋，與正規的軍人也衹有兩片紅領章的差別了。他整天忙忙碌碌地奔進奔出，他的手中始終握着一本紅寶書，一遇爭論，便能馬上從其中找出對應的章節來，準確而有說服力，讓人見了不禁肅然起敬。

他覺悟很高，他說，像前排洋房裡吳家這種沒有所屬單位的人家，這種遺老遺少的社會暗角，我們不管，誰管？我們不去打掃乾淨，誰去打掃乾淨？而吳家的那位所謂「少爺」，在這場史無前例的文化大革命中，他的靈魂不觸及，誰的靈魂才該被觸及？他又念了一段最高指示來增加他的論據力度：掃帚不到，灰塵照例不會自己跑掉。於是，敲鑼打鼓的抄家隊伍便光臨了。

最令我不能忘記的是我家的那隻深棕色桃花心木的玻璃書櫃，這是我父親留下的最喜愛的一件傢俱，裡面裝着除了全套的《紅樓夢》、《史記》、唐詩宋詞外，還有老托爾斯泰文集，巴爾扎克、雨果文集以及左拉和大小仲馬的部分名着。就在樊癩疤斜乜着眼的一聲陰沉沉的「推！」字中，書櫃就被五六個青壯大漢「一、二、三」地給推倒了。隨着一聲巨響，書櫃散了，玻璃碎了，書頁飛了，那也衹能作罷——誰叫這些都是些「四舊」的證物？惟有那把我最心愛的小提琴，看來，我衹能求他了。我說，看在我們童年的交情和老同學的份上，是不是把這隻小提琴……？

「嗯？」他始終斜低着的頭自一個角度抬高了起來。

「這衹是一件樂器而已，沒有什麼階級性，」我喃喃地說着，儘量地擺出一種輕鬆的姿態，並與他們保持着一致的革命立場，「我們也一樣能用它來演奏革命歌曲……」

誰知不提不要緊，一提倒反而使他異乎尋常地激動了起來，他蒼白的頰上飛來兩片醉紅色，「沒有階級性？哼！能演奏革命歌曲！」他立即舉起琴來，「——就砸爛你他媽的狗頭！」他把琴狠狠摔在地上，再踩上一隻腳，「金鐘」提琴「吱吱」地慘叫着，裂開，露出了白肚。

然而此刻，當我在後曬臺上來回走動時，書籍與雜物已被運走，黃魚車上的鑼鼓聲又從弄堂的另一個方向傳來。16號的那扇後窗敞開着，窗洞間撐出兩面紅旗來，一面寫着「××木材廠革命造反隊」，而另一面上則是「××中學衛東紅衛兵團」。從兩面豎飄的旗幟之間可以瞥見那塊被打得稀巴爛的橢圓型的化妝鏡。

我急忙奔下樓去，全不顧母親在背後的大聲叫喚：「別人家的熱鬧不要去湊！別人家的——」

果然又是他。

樊癩疤的那張蒼白的、汗涔涔的臉在黃魚車與批鬥會的臺前臺後閃動着，認真地指導着一切大會的須知和細節。甭說是同級同班的我，就是比我們小了五級的范小妹家的事也有他的份？究竟是他的階級直覺告訴他要做好出身不好子女的工作，讓她與其家庭劃清界限，反戈一擊，是他義不容辭的神聖革命使命呢，還是因了他老子是斬肉的，故而他便天生擁有了一個可向一切人開刀的紅色遺傳呢？這倒是個過三十五年後的今天我仍未找到答案的懸疑題。

口號聲此起彼伏，批鬥會的臺下站滿了心態各異的觀眾——包括我。批鬥會的高潮是隨着一個十四五歲的少女跳上臺去，對着被批鬥對象「啪啪」地抽了兩下耳光而開始的。這是個穿着一身女軍服，紮着一條馬尾散辮的姑娘，白皙俊俏的臉蛋酷似她的母親。

她的揭發自然會很有說服力，而且很系統又頭腦清楚——顯然事先是接受過某種教誨的。她用激昂的、那個時代慣用的大字報的語言訴說了她的那個壞分子的母親，如何在那間八米見方的房間裡，與一個又一個的野男人做出的種種淫蕩事件的細節，其中居然還包括她母親工作的那家木材廠的某廠長。每當要幹這種事的時候，她就打發我去睡地鋪，他們都以為我睡着了，但我醒着——醒着！！她無比憤怒地說，這是對革命後代的腐蝕！爹親娘親不如毛主席親，我要跟着毛主席鬧革命，我要與這壞分子的母親徹底劃清界限！

她投入而生動的發言，讓臺下眾人聽得刺激、緊張又興奮莫名，竟然到該呼口號時都還保持鴉雀無聲狀。還是張媽首先清醒過來：「打到腐化墮落分子羅玉芬！！」第一次，我算是知曉了范女人的真名實姓。

張媽說，今天的批鬥會開得很好很成功，不僅批臭了壞分子還挖出了走資派。她還表示革命陣營願意接納范雪伊同志作為一名堅定的成員，於是，我也第一次知道了范小妹的真姓實名。

三十五年後的那次，我的確真有過究竟是喚她范雪伊還是羅玉芬的選擇間的某種衝動，但就在猶豫時，她已長髮一甩地將偷偷睨我一眼的目光又持平了，我喚出口的最後一絲勇氣，也消失在了祗是抖動了兩下的唇片上。

使我猶豫的另一個原因是：她手牽着的也是一個八九歲的女孩，童花髮型，手中抱了個長絨毛的公仔。我一下子迷惑了：她就是她？她也就是她？她以後會不會是她？而她以後會不會又再是她？范雪伊是她的名字，還是她的？那羅玉芬呢？似乎，那個遙遠如夢鏡一樣的名字總應該是與「雪」與「伊」帶給我的感覺相吻合才對。

而樊總，現在已經是個肥頭胖耳的傢伙了，身高馬大，臉色不再蒼白，眼神滿懷自信地直視着你，絕對也不斜乜一丁點。癩疤？我不知道小時候是如何給他取了個絕不合適，也不公平的綽號的，他梳得烏油溜光的發叢間哪來什麼癩疤？他的外貌與他的地位是相吻的，當他在一個社交場合突然興奮地跑上前來雙手與我緊緊相握時，我，真是大吃一驚。「吳作家！」他興奮地叫喊道，「早就聽說閣下的大名了。我到處同人說，他不就是我老同學的那一個吳某某嗎？他還是我小時候最要好的玩伴呢——怎麼，不認識我啦？」

他坐下，將手那麼不經意地靠彎在椅背上，一副大人物的架式。他說，他畢業那年請求去黑龍江邊境打算與蘇老修大幹一場的決心書是用血來書寫的。（雖然，我至今仍在懷疑：以他當時的臉色之蒼白，書寫血書是否合乎情理？）唉，他說着說着就感慨萬端起來，還是你老兄有眼光，有遠見，什麼反動學生不學生的，去他娘的，不理睬它！待分配回家正好讓你有了寒窗十年的大好機會。時機一到說聲「拜拜！」便去了香港大展拳腳。真的，我們都比你晚醒了十年哪——整整十年！那年兵團鬧回滬運動時，我已打聽到了你的下落，全班老同學聚在一起，對你是羨慕又感慨，人說，君子報仇十年不晚，而你是君子受屈十年出頭啊——你不怪我當年的無知吧？

我說，怎麼會呢，怎麼會呢。

但我去香港的時間也就在你走了之後的再十年。是嗎？當然是啦！他哈哈大笑起來時，除了在眼角上放射出很多條令人印象深刻的粗皺紋外，倒是相當有些大人物們非凡的氣勢了。當年范大塊頭范老闆因此而遭難的這份派頭，偏偏如今又吃香起來，並且還遺傳給了那個不太相干的他來繼承一種二十世紀九十年代末期的中國特色式版。

管道不同，但可以殊途同歸麼。我是在十三年前代表上海××進出口公司的駐港機構在香港長住下來的——我的老丈人當時還沒退下來，是主持該局常務工作的局長。

噢，是這樣。

你不要看噢，我現在也是香港的長期居民了，同你一樣，身份證上有三顆星。再次的大笑，再次的粗皺紋，再次的氣勢不凡以及肥頭胖耳在笑聲中的大幅度抖動。公轉私，私轉公，我現在是代表我自己在境外的公司回來與上海方面談合作項目的；太太坐鎮那一頭，我回來穿梭之外還要在這裡，嗯！——他做了個莫名其妙的臺底移物動作，意味含糊。

我想我的眼中一定是露出了某種欽佩的神情，裝也得裝一裝麼，在這麼多年後的，這麼個意想不到的場合，遇見這麼位老同學。

比起那些黑插兄與下了崗的老同學，我還不算太差吧？——All Right？他突然將頭側向一邊，說了句英語，叫我吃驚不淺。

Ye，ye，All Right，我衹得結結巴巴地點頭稱是，除了點頭，我幹不了什麼。

衹是忘不了雪伊啊。

雪伊？噢，是的，是雪伊。忘不了？噢，是的，忘不了。

其實，我第一眼認出的（還是認錯了的？）就是他身邊的她。當我像被釘在了原地時，他便已哈哈大笑着，伸出兩隻大手掌迎上前來與我相握了。

你也看上她了？他的笑裡藏着一種狡猾。看上她就告訴我麼，你有名有利有地位，她會喜歡的。我不在乎，她也不會在乎，已經這麼些個了，還在乎添多一個？

什麼？！我有些憤怒又有些膽怯更有些迷惘，我還有一種有口難辯的慌亂。一個生活在三十五年前的她，一個活脫脫的她，一個悲慘的她，一個因此才會令人如此盲目地沉醉於其中的她，一個甚至令我與太太作愛時都常會走神的她——

她，她呢？

誰？

我衹是用眼睛凝視着他，決定採用無聲來代替有聲。

噢，死了，死了好多年了，他說着，顯得有些漫不經心。他的眼神望向了別處，而且又開始有些斜視起來。衹有在此時我才復活了他從牙縫中擠出個「推！」字的記憶來。

不能忽略這個記憶中深藏着的某種潛在動能。這正是那次在正式晚餐開始前我決定離開的根本原因。室外天色還早，是五月的春末的黃昏，天氣有些悶熱也有些潮濕。

我下決心了，我要回到某處去，或者說要倒回時光隧道的某段中去，我要證實一些夢與非夢間的剪裁圖像。

我是瘋了還是傻了？我一塊磚牆一塊磚牆、一道磚縫一道磚縫地勘查。我堅信自己一定是有些記憶遺失在了那裡，諸如樊癩疤與范小妹同睡一張棺材的「宣傳畫」。我告訴自己說，所有這些祇是對我太珍貴太重要太不可缺少了，它們或者會像一個心理精神科醫生催眠他的病人一樣地，有助於解開我的某個精神錯結。

我走到潘家後門口時，天空還有些微光，四周的電燈卻已開始陸續放射出光芒來。一切沒錯，就像我在夢中常見到的那般，潘家的兩扇後門祇打開了一半，一對穿着入時的青年男女推着一輛「霸伏」輕摩托站在門口談話。他們很詫異地望着我大明大方地走入潘家後門。這人是誰？他們在想；而他們又是誰，或是誰的誰？我在想。隔代間的互相好奇，祇是在此時，才有了在時光隧道間重逢時的那種光陰重疊效果。

一個頭髮蓬亂的駝背老嫗顫顫巍巍地拄着杖在天棚射進來的微弱光線中站着，她白花花的髮絲有一些逆光的暈味。

「潘家姆媽——」我用自己五十歲的聲音叫了一聲。

七

當時的她應該就是現在的她的年紀。

她被拖下臺去，在兩岸樹林般豎起的手臂與口號聲中通過。她害怕嗎？她仇恨嗎？她痛苦嗎？她在想些什麼？這是我與她第三次如此近距離地面面相對；她面無表情地用目光掃過周圍的一切人，包括我。

世界在表演，她是觀眾，還是正好相反？

膚色依然白皙，在秋陽下，甚至還有些透明。而那股幽蘭之香即使在濃濃的人腥味中我仍然可以辨別出來。但人們卻企圖吞沒她，男人加女人加小孩的人潮湧過來又湧過去，甚至連讓她有一條窄窄的通道來通過都捨不得給。樊癩疤和范小妹並肩在她身後走着，一臉雄赳赳和雌赳赳的模樣，仿佛是打贏了一場苦戰之後押着俘虜回營地。身後跟着張媽，她的手中捏着一本紅寶書，動不動就會喊出「要文鬥不要武鬥！」的口號來。其實，根本就沒人要去武鬥，人們湧來又湧去的原因衹不過是希望能近距離看望她一眼，尤其是在經過批鬥和親生女兒揭發後的她。

應該說，我當時佔有的視角是最佳的，押着她的兩個戴紅袖章的造反隊員恰好沖着我的視線走過來。

她被左臂一個右臂一個押着，恰似當年的她的「范哥」被警察帶走時的架勢。她的兩隻腳，一隻還穿着鞋，另一個已被擠掉，嫩白的腳背踩在烏黑骯髒的泥地上，反差得讓人有些不忍心。然而，他人是絕不會去注意這個細節的，人們祇是向上望，望她的臉，望她的表情，望她的眼神，每個人都想從中汲取不同的心理需要與感受：在那個時代，人鬥人之後又輪到自己被人鬥，成為一個太常見了的恩怨輪回。

但突然，我決定放棄那個優佳的視角位置。

我貓着腰從人群之中擠鑽出來，大口地喘着氣。分明是明晃晃的秋陽在頭頂上，怎麼就一下變成了黃澄澄的圓月？分明是人群的衣角的飄動，怎麼就幻覺成了那條在夜風中舞動着的泡泡紗窗簾？甚至連天氣也有些春末式的潮濕與燠熱起來，我渾身汗粘粘的，我無緣無故地將手指攥得很緊，緊得手心之中都有些汗水沁出來了。一隻精巧白嫩的腳丫在一條毛茸茸的腿肚上來來回回地搓動，就是眼前的這一隻嗎？當它從泥地上踮掀起了時，我能見到它烏黑一片的腳板。於是，一切便呈現出慢動作，仿佛生活的攝像機突然在此刻作出了某種技巧處理。周圍的人群以及揮動着手臂以及擎着的小紅書都虛擬成了一種背景，一種流失了所有色彩的黑白背景，惟那隻一點一起，一起又一沉的光腳丫十分清晰。白腳背，黑腳板；又起晚風，又感燠熱；又是汗粘與心跳，又是彩條簾的激動舞起與平靜垂下。圓月，毛腿，弧度精巧的腳掌曲線互相疊化，消失，重現，複合，始終無法定格在一個固定時代的某個固定的場景的螢幕上。

一隻被眾人之腳踩癟踩髒了的方扣牽絆鞋被踢出了人群的現場，它在陰溝的邊上躺着的目的似乎就是為了讓我能發現它，並將它拾起來。我用力地拍打去布面上的泥印，然後再度鑽入人群中去。

是的，在長長的三十五年之後的今天回想起來，一切都很有點像是在做夢。我覺得自己當時的連串動作都是下意識的，很有些夢游患者的病態；而且愈是病態，便愈能準確無誤地完成一系列的高難度高險度動作，並具備了某種十分強烈的潛在的目的性。這是一段非常往事，每每想起它環扣一環的細節時，我都會產生出一種驚異面對一個從不相識自己的奇異感。

我繞到了押送對列的前邊去等候他們的來到。快到弄堂口了，我不知道他們將把她押往何處，公安局？拘留所？還是原單位的隔離室？反正那兩位押送者也開始呈現注意力鬆懈狀態，他們已沒有了剛把她押下臺時的那股不把她制服不能稱作革命派的強大氣勢。他們讓她在他們之前的三四步外走着，垂着臉，也垂着手，一拐一瘸的原因是一隻腳上穿着鞋，另一隻腳沒有。

我採用的是一個半蹲的姿勢，一下，就將那隻方口鞋塞進了她垂下的手中。這是個刹那間的小小動作，事後回想起來有點像將一塊番薯幹偷偷塞入一個即將餓倒的人的手中相類似。她一臉驚奇地掉轉頭來望着我。注意：我用「着」字是代表一個長長的心理流程的連續性。其實，一切都是那樣地短暫，短暫到這片混亂而沸騰的環境中，根本不會有誰去注意到。她望着他的時候，她真實的眼神又開始醒來，望着這個曾與她在弄堂拱門處有過一次偶遇的、在木棧堆下被她銀鈴一般的聲音打發走的、比她小十六七歲的男孩（還是男子？）。憑她這麼個女人的直覺，她明確無誤地知道，他現在正用眼神與動作在告訴她些什麼？可惜他卻沒有了機會知道；而她，再也沒有了機會讓他知道，他告訴了她些什麼？

於是接着，接着她便走了過去。

走了過去，從此走進我的記憶。

直到「她」突然再現的前一刻，他一直將之視為一場愈來愈浩煙渺茫的夢鏡，連同那些瘋狂了的人們，那片揮動着小紅書的海洋、軍服、馬尾紮辮、黃魚車、大字報、漿糊、墨汁等等等等。他有時真會懷疑，他是不是真經歷過這一切的一切？以及這一切，難道真的與他的那段最燦爛的歲月聯繫並結合成了不可剝離的同一塊生命斷岩？

但潘家姆媽堅持告訴我說，是的，這一切都是真的。

那一年的那一天她就親眼看着如何被鬥後的她被押出去，上了停在弄口的一輛吉普車——一如當年的老范，她還記得她走路時是一拐一拐的，因為她一隻鞋穿在腳上，另一隻鞋，不知怎麼竟拎在手中。她相信，全場人衹有她才注意到了這個細節，這令她印象深刻，也令她在十三年後再見到她時便立即有了談話的切入口。

儂看，儂看，她先用手杖輕輕地敲擊着我家那後曬臺的水泥地面，繼而再顫顫巍巍地舉起手來指着前方的某個含糊不清的目標。在剛降臨不久的夜色之中，有兩三幢燈火輝煌的，仿佛是雕空成了千窗百孔的高層建築矗立着。這些據說不會少於兩萬幢，已建成或正規劃要建的，二十世紀末的，新上海的標誌，如今哪怕是在再偏遠再貧窮再「下隻角」的市區，你都可以隨時找到目標來仰首觀賞一番。

「看啥？潘家姆媽？」

後窗

「地個三堂大樓叫『虹豪花苑』，是高級商品房，買起來個價細居（貴）得嚇煞儂人……」

「我曉得，我曉得。」我曉得是因為她已提過此房身價至少不下三次。

「嗨，以前是〝前排洋房裡個人〞，現在成了〝後面大樓裡個人了〞，阿拉大家才窮下去了啊，下崗個下崗，退休個退休，死脫個死脫。儂個潘家伯伯，假使勿是文革把伊當作特務關了六年，又挨餓又遭打又被折磨，還勿至於咖早就……就……」

「勿要難過了，地個時代倒楣個人還勿止潘家伯伯一個……」我想不出太多的話來安慰老婦人，尤其在這種不太知內情的故事面前，我通常顯得笨嘴拙舌，無能為力。老婦人用手指使勁揉着她凹癟的眼瞼，滿布白內障的眼眶裡有幾滴老淚沿着臉部縱橫交錯的溝壑淌下來。「難得儂還勿忘記得來望望我——此地塊弄堂裡出去個下一輩當中，要算儂頂有點……」

「儂千萬勿要這樣講，潘家姆媽，外頭有出息個人多的是——」我決意打斷她的話的緣故是：在這段短短的相會中，她至少提及上述主題的次數不下十回。

「這倒也是，據說發了大達的還有一個。人家叫伊樊總樊總個，其實還勿就是當年個樊癩疤？——伊個爺老頭子在小菜場斬肉來個？」

「我曉得，我曉得，我最近還碰到過伊。」

「是哦？」她用兩隻佈滿了白內障的眼睛認真地望着我，祇是我不清楚它們究竟能不能聚焦。她的背後除了三幢一扇扇窗口燈光開始通明起來的「虹豪花苑」外，還有一片殘光未退的青白色的天空。

「同范家個小妹姘上了，儂曉得哦？」她自顧自地說，「長得同伊娘活脫活樣……」

我感到心臟跳動的頻率有些不尋常的變化，但我等候着，平靜地等候着，在這夜與黃昏的交替時分，在這夢與非夢的灰色地帶，等待着她的話題有可能進一步的延伸。

然而，老年人的思路往往是不按常規邏輯推進的，尤其是不會按我的思路推進。她羅囉嗦嗦地談了一大通有關當今的樊總已如何了不起，如何氣派十足，如何揮金如土之後又點土成金的種種以訛傳訛的巷聞坊談，詞彙重疊詞彙，語法複合語法，但我總保持耐性，保持笑容，保持願一切聽下去的表情和姿勢。

她說，樊癩疤每天都開一部「奧什麼迪」的烏亮烏亮的轎車將她迎來又送去。我故作驚訝狀：是哦？是哦？

她說，一樣是兩個女人，一個大明大方，一個偷偷摸摸。

我說：是的，是的。

她說，一個睡木柴堆，一個睡席夢思。

我說，啊？啊？

她說，一個吹空調，一個受野風。

我說，對，對。

後窗

她說，世道變嘍，世道真變嘍——變得比我們年輕時更不成體統。勿，勿，勿，她又忽而糾正自己的說法，更開放了，應該說是更開放了。

我說，對，對，更開放，更開放。

她說，以前是一個男人可以討幾房女人，像阿拉當人老婆的最大個事體就是要管好自家屋裡個男人，現在是一個女人可以同一打男人睏覺，還沒有任何人去管伊，還蠻有面子還蠻光彩還蠻叫人眼紅。地個叫開放，地個就叫開放嗎？

我說，是個，是個。

她說，以前范大塊頭勿管怎麼講還算是明媒正娶，勾着伊老婆個手膀子進進出出還算名正言順。現在樊癩疤地個瘟生倒好，雖然勿是伊老公，但總歸是包伊吃包伊着包伊住，有啥個理由？……嗨！

儂勿是講現在開放了嗎？

是嘍，是嘍。——這會兒輪到她來附和我的話了。

我覺得自己的心跳頻率正逐漸趨向於正常。

儂看，儂看——老婦人在稍作一刻停頓後，又重新端起那個用顫巍的手指指向前方某個目標的含糊動作。

看啥？我祇能再一次重複自己的那個小心翼翼的發問。除了「虹豪花苑」亮燈的窗孔比以前更多更密之外，我看不出有什麼變化。

然而，她複將手臂抖抖顫顫地放平下來，並不對我的發問直接作答。她白內障的瞳仁在夜的暗光中幽閃幽閃的，思路似乎又溜滑去了另一個方向：「那一天，伊回屋裡向來，坐在一架殘廢車上，自家推自家，剛好推到弄堂口就碰到我。」

「啥人？潘家姆媽，儂講個是啥人？」我祇有再一次輕聲提示。

「范女人。」

我心臟的頻率一下子又有了緊迫感，「殘廢車？」我問。

聽來應該是一隻曲折、內涵動人的故事，卻在老婦人的口中化成了一些簡扼平淡的斷斷續續，她漫無目標的思緒就如她不能聚焦的眼神一樣，提醒人們，人老之後的回首，記憶在遠方會呈現一種什麼模樣？然而，這並不礙事，可以在她四十來歲的記憶的間隙中插入我十一二歲的記憶；同樣也可以在她的六七十歲的記憶中滲入我三十多歲的想像，有時故事反而更像故事。

范女人是在十三年後從安徽白茅林勞改農場回來的。那時的她的年齡應該是介於五十至五十二之間。她一樣的膚色白皙而細膩？她一樣的鵝蛋臉型？她一樣的矜持表情？她一樣的綿綿目光之中包含着某種內疚和誘惑？對這一切，潘家姆媽都斬釘截鐵地說：是的。

惟一失去了也永久失去了的，是她的雙腳。

後窗

就是在後窗燈光的襯托下浮雕着一彎弧線的那一隻嗎？就是在彩條簾舞起垂下、垂下又舞起之間，在一隻毛茸茸的腿肚上來回搓動的那一隻嗎？就是在夏日午後的陽光中白嫩趾甲閃亮着誘惑的那一隻嗎？我當然無法問潘家姆媽，但我問自己的記憶，記憶說，是的。

她在弄堂口遇見了她，她望着她空蕩蕩褲腿的下半截，呆住了。

她向她說，老姐妹，能見回你，真好。

她將一隻手提包放在膝頭上，拍一拍說，平反嘍，沒事嘍，回來嘍，以後可以永遠同雪伊生活在一塊嘍。

她注意到她的老姐妹正注意她的褲腿。她蒼白地笑了笑，「其他倒是什麼損失也沒有，除了這一樣。」

那一年冬天，天氣陰冷，雨雪紛紛，在農場的一條泥濘小道上，她被從身後駛來的一輛手扶拖拉機撞倒了。拖拉機駕駛員是個年輕的新手，心慌意亂中的一個急剎車，竟將拉運的一車木材都傾壓在了她的兩條蜷曲的小腿上，她痛暈了過去。

醒來的時候，她發現自己正躺在縣醫院外科病房的走廊的一張加位牀上。牀沿的左上方有一隻輸血袋，正將一滴一滴的鮮紅輸入她的體內。一個坐等在走廊遠端的青年人見她醒來急忙奔跑過去，他臉色蒼白：「對不起，阿姨，全是我的過錯……」

她原諒他了，她以她永久地失去了雙腳的代價原諒了他。她說，他是個蠻可愛的大男孩呢，二十出點頭，紅紅圓圓的一張臉，竟為了一時起貪，偷挪了國家的財物，因此也被落到了與她一樣的命運。「其他倒沒什麼損失，除了這一樣。」仍回到原先的結論上，她說「這是命啊，有的自己不能掌握，比方說，命；但有的，自己還是有堅持自己一份執着的權利。」她解開了自己膝頭的那隻包袱，在其中摸索了好一會，取出了一雙方扣牽絆的布鞋來。

我覺得自己的心率跳得更緊迫更快速了。

老姐妹一眼就認出來。她說，是啊，正是這一雙！那天，我就是穿着它直接被遣送到白茅林農場。現在回家，即使失去了雙腳，也不能失去了這雙鞋啊！您說呢，老姐妹？

我真很想詢問一些有關這雙鞋的細節，以便與對它祇有過一瞥的記憶之中的某些部位一一對照，不過，我克制住了自己；我甚至覺得自己有些心理麻煩，我不想將它們在一個莫名其妙的老婦面前輕易曝光。

但她說，她一定是要回來的——說什麼也要回來！即使斷了腿，即使沒了腳，她也都要回來。

望着老婦人此刻的表情與手勢，我能想像出說話者在訴說一番話時的難得的堅定與剛毅。范哥他沒能趕上這個平反的時代，但她趕上了；范哥他沒能死在自己的家鄉，但她擁有了這個權利。就是自己推自己，即使要將殘廢車推上幾百里路，她也要推回上海來，推進這條弄堂裡來，推回16號來，推回那八米見方的後廂房去。她不能像范哥，她死，也要死在自家屋裡來！

而她，真也做到了。那年她六十三歲。

她患肺癌，卻在那間帶後窗的廂房中堅持到不得不送醫院的最後一刻。那時，還沒有「虹豪花苑」，那時，甚至在後弄堂還沒聽說有拆遷的規則。那時的我？那時的我早已離開上海，在那後曬臺的欄杆邊上因此再不可能會有我中年的身影。我可能在異鄉某條繁華的街道上，拎着手提箱，行色匆匆？或者在海鮮舫的一桌五彩繽紛前與人寒暄碰杯？或者正埋頭在一篇小說的稿箋上，投入自己的靈魂？而她，正在猛咳，在咯血，在氣喘吁吁地低低呼喚着：雪伊啊，雪伊，快給我充個暖水袋來吧。

她被救護車的擔架抬到弄口時，正巧又遇上了剛從小菜場買菜回來的潘家姆媽，她的兩隻骨瘦如柴的手從白布單中伸出來握住了她的手：再見了，老姐妹，再見了……兩顆豆粒大的溫淚從她蒼白深凹的臉頰上淌下來。

「人是個好人哪，老鄰居畢竟還是老鄰居。」白內障再一次認真地望着我，趁着她的思路還沒有走神之前，我認真地回望着她，「見勿到伊了倒還經常會想起伊。人老了，勿曉得是哪能搞個，動勿動就會想到點再還尋勿回個老事體，老朋友，老鄰居來，儂講怪勿怪——虧得儂還記得來望望我，阿拉個條弄堂裡出去的下一輩當中，還要算儂頂……」

我忙說，潘家姆媽——

嘟！嘟！從弄堂口傳來了汽車喇叭聲，但不是吉普車，不是，絕不是。

一定是烏亮烏亮的「奧什麼迪」來了。她說，她辨得出這叫聲。衹要樊總在上海的日子，每天送伊回來，車總要在弄堂口，那麼嘟吧嘟吧地叫幾聲。眼睛白內障了，耳朵還好使，她說，她可以斷定。你要下樓去看看那場面嗎？她問。

我說，不用了，不用了吧。再說，您老人家的腿腳也不放便，祇怕等阿拉下到樓去個辰光，車也已經開走，人也不見了蹤影。但我的腦螢幕上放映出來的卻是一柳玄湖綠旗袍包裹着的她，臂勾着中分頭斯迪克粗雪茄的他，自人們目光的匯流之中航行而過。

這倒也是，這倒也是。她笑了，這是三十五年之後我第一次見到她的笑，滿臉的粗細皺紋綻放在夜風裡。她在通往三層閣的臺階上跨上了一級之後又跨上第二級了。然而，她的拄杖卻在原級之上停下，並不見有再跨上一級的意圖。她轉回身來，第三次向前方舉起了顫顫巍巍的手：儂看，儂看。

莫非有什麼玄機隱藏其中？

我決定保持沉默。待她將手臂完全放下後，我才說：「虹豪花苑的窗口真多，燈光真亮，潘家姆媽——」

不就是那一扇窗嗎？對正這後曬臺的。

在眾多的窗洞之中，幾乎立即，我認定了那一扇。那窗口的燈光似乎剛亮不一會兒，有人影在其中晃動。透過擺動的樹影能見到有一橢圓形的化妝檯鏡正好對着窗口，鋁合金的窗戶打開着，夜風灌進去，將半截尼龍質的透明窗簾舞起了又平靜下，平靜後又舞起。

後窗

就是樊癩疤替伊買個一套房子，老婦人說：「放着這麼多好地段好房子好朝向不揀，偏要買回這裡來，而且還指定要那套朝北的單元，窗口一定要朝向阿拉前排洋房，朝向儂地間老屋裡個後曬臺——是童年的記憶呢，還是一定要向誰來爭口氣呢？人個樣麼事，有辰光實在是有點講勿清爽。」

人回首的感覺，有時奇特得有些叫人毛骨悚然。時光隧道從你眼前呈「V」字形，無限深遠地展現開去，你可以看着自己如何迷失於現在，走走走地走回少年，走回童年，直到消失於已經喪失記憶功能的深黑深黑的遠處。我說，是的，上海的弄堂也太多太多了，上海的窗口則更多。祇要你熟悉它們，每一扇窗或許都可以告訴你一個十分市井化卻又會令你一世難忘的動人故事。這話我是說給潘家姆媽聽的，明明知道她聽不太明白，也要說給她聽。這話其實我是說給我自己聽的。

圓月升起來了，澄黃澄黃地掛在東北角。天氣有些燠熱，又一個春末夜，一個與三十五年前的那一個沒有什麼兩樣的春末夜。

2000年6月30日於上海

腎

2007

上　腎

沈局長從她依靠着的長沙發上驚醒時，是伴隨着一個短促而劇烈的痙攣動作的，牆上的時鐘正指着中午的十二點剛過五分。滬生呢？滬生他就這樣走了嗎？就像經她手批勾了紅筆的那些人名所代表的一具具的肉體一樣？她覺得一陣眩暈，接着便是左下腹的一種凝塊式的疼痛，她知道：這是腎的部位。

她迷惘如夢的目光突然聚焦在了那條從房間中央天花的四翼吊扇上懸掛下來的蜘蛛網線上，一隻年青瘦弱的蜘蛛正沿絲而下。沈局長踉蹌着奔過去，將蜘蛛一把握在空心了的手掌中，然後張開。奇怪的是：蜘蛛竟然依在她的手掌中央，不動了。

是他！一定是他！他回來看他的母親來了——她奇怪，她居然會產生如此聯想。

從偌大的局長室的大玻璃窗望出去，是一幅典型的上海深秋的景象：幾棵還未掉淨黃葉的梧桐樹兀立在院子中，有麻雀「嘰嘰」叫着，在樹枝上落下，又起飛。對面一排紅磚牆拱形廊的法式老洋房現在正充當「上海市第X看守所」，鐵柵將昔日洋房的居室廳房間隔成了一小間一小間的結構堅固的牢房，佩戴武裝帶與手槍的員警不時在走廊中來來回回地走動。一條「穩、準、狠地打擊一小撮」的橫幅被淩厲的西北風吹得「啪啪」作響，再之外，便是她工作單位的進口處的門拱了，一塊白底黑字的豎牌不分白天黑夜春秋寒暑地站立在那裡，曰：上海市ＸＸ區公檢法革命委員會。

至於鐵柵之後的面孔以及表情，她是從沒去注意或想像過的。從她局長坐的那張老式柚木轉背椅望出去，偶然也能見到冬日陽光裡的蒼白的面孔或手臂之類一閃而過的鏡頭，但她厭惡見到這些東西，她對佩槍者們有一種先天性的親近感，她下意識地把這比喻成是兩隻拳頭間的搏擊，她與佩槍者是屬同一隻。而那些鐵柵之後的人們代表另一隻。

祇是這種感覺在滬生也淪落到被關進鐵柵之後去了後，在發生着本能的悄悄的變化。她開始對那些神情鉛重的手槍佩戴者們產生出一種莫名其妙的恐懼來，她恐懼總有一天，有一顆致命的子彈會從他們之中某一個佩戴的手槍的槍膛中飛出，去射中那顆自幼就被她撫摸慣了的頭顱——她不敢往下想下去，她突然極想從局長室飛跑出去，去取了一串門匙來，打開那些鐵柵中的某一扇。她要問他們之中的隨便哪個誰：你們究竟在想些什麼？你們究竟幹了些什麼？你們，你們也有母親嗎？

但她努力使自己鎮定下來——這是她在滬生事件發生前一直保持着的良好的職業習慣：冷靜如冰，堅定如鐵。這種職業慣性至今還在發揮着餘力。她走到窗前，拉上了厚厚的絲絨簾，她寧願室內光線暗一些，她也不願再見到窗外的那些景象了。她扭亮了湖綠罩的雙頭工作燈，黃光強烈地投射在那些紅頭文件上，機密與絕密的字樣東倒西歪地互相重疊，粗黑沉重的鉛印字體在她眼前跳躍，每一頁紙件的字裡行間都隱藏着——殺機！她如此想，並感到了一種被鎮定強壓住了的恐怖。

她在一張離檯燈光源較遠的，打着黃銅泡釘的皮質三人沙發上坐下來，靠沙發邊而擺放是一張柚木茶几，之上，半杯早已冰冷了的濃茶被她隨手取來喝了一口。

一股清醒灌入胸中，她怔怔的兩眼望着對面的那幅被石灰水刷白了的牆壁：一幅上海市街道的詳細掛圖以及一盤日曆恰好撕下到今天這一日：1968年11月7日。之上一條鮮紅的最高指示：政策和策略是黨的生命，各級領導同志萬萬不可粗心大意。五十一年之前的彼得堡，天氣可要比現在冷得多了，但就在這滴水成冰的城市和季節裡，在那一晚，阿芙樂巡洋艦向着東宮的一聲炮響，便有了蘇聯，有了中國的蘇維埃政權，有了老賀十四歲參加革命，有了她十七歲的「馬背女英雄」的稱號，有了草鞋和土黃軍裝跨進大上海，有了她倆第一次在南京路的一家照相館拍攝的雙人照，她剪着短髮，他戴了頂別着五角星的圓頂軍帽，她倆都穿着一套帶有部隊番號的戎裝，於是——便有了滬生。

「滬生，你又去哪裡啊？——」她記得她大聲喚叫他的時間是在今年的盛夏。她在二樓陽臺的欄杆上向下俯瞰，幾乎上半個身子都傾斜了出去。樓下花園裡的樹冠叢中一片熱鬧的蟬聲，年近四十的她仍是相當有風韻，假如平日裡她不被她的那套寬大的蘭卡其工作上裝所完全覆蓋了體態曲線的話。該凹的地方凹，該凸的地方凸，一件緊身的體恤衫將她身段的實情透露了出來。而她中年的不施任何粉脂的臉蛋上仍有一種膚質光滑柔嫩的誘惑。

她見到幾條白襯衫的猴瘦身影從她家後門的樹叢間一閃，便消失了。不知怎麼地，她最近一直在為滬生，應該說是為滬生交伴的那夥人，擔心。

上海東區這一帶的英、法、日式洋房，在他們進城之時，十有六七已人去樓空，即使沒走的也被陸續迫遷了。軍管會的封條一貼，之後便是他們那些人的搬進與入住。司令家住樓上，政委家住樓下，在那時是很普通的事。孩子們從小於是便都玩在了一塊兒。有一次，哭了鼻子的滬生突然來到廚房裡拉住了她的衣角：「爸爸的官為什麼當得那麼小——不象海魂他爸？」

她鄂然。「……官大官小不一樣是為人民服務，你們的老師難道沒這樣說過嗎？」

但他哭，哭得很冤屈。他說，他受不了他們老那樣來嘲笑他，他贏了棋，對方就一定賴帳，還伸出一個小指頭來，在他面前晃來晃去的，說，你算了吧，一個小處長的兒子，就甭來瞎充老大了，行不？

她將滬生的頭——就是那顆現刻已被子彈洞穿了的——頭，擁入胸前，輕輕地撫摸了又撫摸。那是童年時代的他，伏在她胸前，身高還不到她的肋腋處。她感到一陣難過，歉疚和一種小小的憤怒。

他最瞧不慣住在她家對花園的那個海軍司令的兒子了，趾高氣揚，跋扈飛揚。到了青春發育期更是長了一臉帶膿頭的粉刺，遇到漂亮一點的女孩子打對面走來，就會發出「嘰！——嘰！——」的挑逗聲，嚇得人家趕緊鑽弄擇道地避開。一直到他的老子那年因「反林（彪）事件」被隔離，之後又從隔離室中逃跑出來投了井，他的氣焰才收斂了些。

與這種人打交道，滬生自然不會是對手。他從本質上就有一種老賀的耿直和俠骨，這點知子也莫若母了。

其實，她嫁給老賀也就是在那麼一刻鐘的時間內，一句互道心思的對白就解決了所有的問題——決沒有丁點兒像現代男女間的那種連續劇的劇情。衹是他們倆都覺得，而且組織上也認為，大家都到了該成個家，有個革命後代的年齡了，否則老一代開創的共產主義事業又靠誰來接班？

老賀說，沈菊如同志，就請你嫁給我吧，我們有着共同的理想，而在今後的歲月裡，相信我會盡我的一切來待好你的。她點頭，僅用眼神來表達了一種堅定的意願。她覺得她的表態得體，從內容到形式都合符一種標準。她沒過線——她一生從沒過線，即使在老賀被捕之後，即使在滬生被槍決了之後。甚至在很久很久之後，那時的中國已經改革開放了，她孤獨地生活，以她少得可憐的離休工資，她都生活得心安理得。她從來沒有，也從來沒有想過要，過線。

她覺得問心無愧，她這一生人都對得起……對得起誰？在幾十年後的今天，她對一切空洞肉麻的言辭都產生了一種本能的抵觸，哪怕衹是自言自語，她也衹願意說，她至少對得起自己的良心。

這種對得起的最重要的考驗一環便是那次有關她終生幸福的默默地點頭。當時，她並不是不覺得有某種內容是被強壓在心底的。這是個女人的本能，而愛情，尤其是當它突然來到時的心理與生理迸發力畢竟是巨大的，但她自豪自己闖過了這一關。

相愛，這是在婚後的事了。真正的感情從那以後開始培養。

至少，她敬重他。他大她十多歲，但他卻有令她仰視的資格，覺悟以及絕對無私的工作責任性和決不計較個人得失的革命大度和大節。市裡將組織部人事處長這個職位讓他去擔當時，市委書記親自找他談話。老賀啊，大官盡讓別人去搶着當吧，組織上將這個重要的部門交給你去把關，這是對你最大的信任哪。他默默地點頭出一種堅定——就如她對他求婚時的表態。她嫁給了他，而他嫁給了黨。

這可能是市委書記沒說出的一句潛臺詞：這個職位重要但也最易得罪人。66年底老賀被隔離的最大罪狀便是「整黑材料」，他被定性為劉少奇司令部裡的「黑線人物」，否則，他怎麼會這麼多年以來就儲心積慮地去整某個無產階級司令部的重要領導人的材料？

她被獲准去探望老賀。他用雙手抱住了自己的那顆腦袋，（從前，她沒見到過他會有這種舉動），我哪會反對毛主席呢？最令他感到痛苦的無非就是這一條罪狀。整理材料就是我的工作，任何人的材料我都要整理，整理不為了什麼，整理是為了讓組織上過目，為了黨組織能對自己的每一個成員都有一個徹底的瞭解。而他，祇不過不想知道也不得不知道，不想讀到而不得不讀到這些材料的第一個人罷了。她讓他再想想還有什麼要交代的？他說，都想了快半年了。她說，那你我都應該相信組織，相信黨——她還能說些什麼？

當然，幾十年後的今天，她才真相大白，原來將她提前解放出來，三結合進革委會班子的本身就是對她倆夫妻關係的一種離間，一種表現造反派氣度的手法。他們要往死裡打的是老賀，老賀才是他們的心病。

她成了他們棋盤上的一顆棋子，滬生呢？滬生是另一顆。他們讓她上了一條光明之船，而讓滬生下地獄，無非都是為了同一目的——她不肯朝這條思路上作回想，即使在三十年後的今天，當她銀髮飄飄地站在虹口公園的碧湖畔依欄眺望時，每觸到這個思點，都有一回錐心的痛。接着，接着那種疼痛感便會下移向那個小腹左上方的敏感部位。她不知道，這是一種幻覺呢還是真實的，反正有時她竟然也會痛苦得面色蒼白，冷汗淋漓，且眼前會依依稀稀出一些畫面來，這是一種不同場景間的無意識，無次序的剪裁，跨度了時代和空間，也跨度了那條疑幻疑真的界限。

她趕緊離開原站地，她要找尋一些思路分流的目標。

「沈大姐，怎麼整個早晨都不見你啊，來，來與我們大家合唱一首《革命人永遠是年輕》，少了你的女中音，老年合唱團的音色效果要差不少……」

「老沈，還是到我們的越劇唱班來吧，今天難得老梁當樂師，他到處找你……」。

「沈局長，」她覺得渾身上下都起了一陣輕微的震盪，這個稱謂如今已很少有人使用了，「到魯迅墓前的廣場上來跳一圈，三步舞姿數你跳得這最瀟灑……」

「沈菊如同志」，一個將銀髮梳得溜滑的老者在公園的一條幽徑上等着她。他藏青呢的中山裝略顯褪色，但卻熨的一絲不苟。他彬彬有禮地站在小徑的一邊，側歪着頭，平靜地喚叫了她一聲，等待她的反應。

「嗯……」但她慌亂地 躲避開去，不知為了什麼，可能，她又想起了老賀。她愛他，即使在過了這麼些年頭之後。

她愛他，她知道他從來就是個言出必行的人，他對她的呵護表達在一種相對形變了的自我嚴律和自我要求中。但他卻為她偷偷地安排好某種機遇，舒適與安定，而讓自己承受遠比她大出多少倍的工作與人事壓力，任勞任怨，且凡事絕不形之於色。

她看得懂這一切，從一個女人的角度，也從一個受黨教育多年的革命者的角度。她與他的愛情成份中從一開始就有一種組織觀念。唉，我們這一代人啊，這一代人！過了這麼多年後，她常會如此無緣無故地大聲向自己發出諸如此類的感慨來。

她從露臺回到室內來，就在這個星期日的早上，她難得不用上班，窗外的蟬聲仍然鼓噪非常。

這是一間十分寬敞的二樓正間，雕刻着的天花線與考究的柚木護牆板，顯示着它昔日主人的氣派與財富。盥洗室是與房間相通的，三件套的彩色進口潔具，六角形馬賽克拼花地臺以及雪白光亮的瓷牆磚中間還鑲有一條烏黑的瓷磚環帶。她走進盥洗室，用已經習慣了的軍人的速度完成了一個女人全部的梳洗程式。但她重新從盥洗間中出來時，她已一半恢復了平時的她：剪得平整的齊耳短髮被幾枝黑烘漆的髮夾叉向後去。

她站在洗手間的門口朝房內掃了一眼，感到了一種輕度的陌生感。如此裝潢的一間屋內卻配合有一套軍管會統一發配的傢俱，包括：一張木桌，四條木凳，一方連油漆都沒油一層的粗木寫字臺帶一張硬靠背的椅子以及一張硬木條雙人牀，上面褥着幾條草灰色的軍用毯。每件傢俱上都橫刷有一行墨蹟：軍字——0016或軍字——0030，諸如此類。

一個來自革命陣營，一個來自反革命陣營，就如此混合地，不協調地呈現出她的眼前。就像她每天都要騎腳踏車上班去的那一幢洋房之中的那一間房間：由某個革命的敵人留下的那一切的陳設與傢俱之中，每天，她從事着為着鞏固革命政權的殘酷的肅反工作。

一個當公安局長的女人，是的，有時，她覺得自己也太不像個女人了。

但她說服自己說：女人也是人，凡人就得有信仰。那時節，偶然往硬板木牀上那麼一靠，在那片房間裝飾的氛圍中，上海少奶奶們的那些綿綿的時光與追求也會有霎刻間的復活。而女性的天生溫柔也會自然而然地墊褥到那層硬梆梆的木板牀之間去，期待着一種模糊的什麼。但所有這些都衹是在一霎之間的情緒的潮伏，就如宗教上的那些執着和奉獻者，欲有過無數次的抬頭，但終也被無數次地壓抑和打擊了下去。初入大上海，她也曾暗暗羨慕過她們：動人的身段，蓮白的膚質，飄逸的體香，但當她明白到此類追求對她將是永遠也不可能時，她衹能在工作上發狠勁。她的羨慕和追求形變了，形變成了厭惡和憎恨。那些太多的案件，太多的殘酷，太多的你死我活，太多的階級鬥爭，令她再度非女人化起來，這是老賀教導她的，這是黨教導她的，這是組織教導她的，也是她自己覺悟到的。

但有一樣是天生的，且絕難壓制，那便是：母性。

是的，她就是在這張硬梆梆的板牀上懷上了滬生的。那在十八年前的事了。是他們之間的一些什麼才有了滬生，這個革命的後代？當然是那種在各種文藝書籍上稱作為「愛情」的東西啦，還有那一連串的動作。她覺得它們像夢，幹過了，也就幹過了，她說不清也想不清那些牀笫間的細節。除了生育後代來接革命之班外，她總不能將這些細節重疊細節的一幕幕場景歸檔屬案，或與某個崇高的革命理念掛上鉤，對上號。她也不知道階級覺悟要比她高出好幾成的老賀是怎麼想的？她從不，他也從不，談及這類話題，這是他們間談話的禁區。

但她，卻因此擁有了做母親的權利和義務以及一個當母親的強大的快樂，滿足和幸福感。她理解：原來一個從來沒有過當母親經歷的女人是枉過了一生的女人。

那一時，那一刻，滬生還沒有出事。也就是說：當她在那個星期日的早上將頭靠在硬梆梆的牀板上，作一些沒有連貫意義的沉思之時，她還有機會救到他，從而改變他們全家的命運軌跡。

但出事，就是在那個星期日的夕陽輝煌的黃昏。這是她的一位老同事，另一個區的公安分局的梁局長打來的電話：「你趕快來一趟吧，事情還不小呢。」

她突然感到一種沉甸甸的疼痛感開始在她左臂的那個部位醞釀、凝聚、膨脹。

她再一次慢慢的張開了自己緊握着的那隻空心拳。在幽暗的光線條件下，她見到那隻青年的蜘蛛依然靜臥在她的掌心中，紋絲不動。她緩緩地站立起身來，從那張打着黃銅泡釘的三人座的皮質沙發上離開，行為飄忽得像個夢遊者。她躡步經過茶几，經過痰盂，經過了一盤高低錯落着一座馬口鐵的暖水壺和若干隻白玻璃杯的茶具盤的邊上，她的動作寂靜無聲得似乎生怕會驚醒了一顆誰的，正安眠着的靈魂。然後，她來到了她的那張腰圓形的柚木大寫字臺旁，在那裡，她曾十多年如一日地審批過無數份對於某一個個人或家庭意味着霹靂晴天的慘劇性的文件！

她輕輕地打開了一隻光潔雪白的瓷器煙灰盅，將她手掌中的蜘蛛放入其中。這是在她整條記憶長廊中似乎從未發生過的事，但這一次發生了：淚，從她的臉頰上滾下來，先暖後涼，最後吹掛成了一滴冰冷、掉在了她的手背上。

冰冷，如槍筒的質感啊。

她，一個女人的生命與槍筒聯繫在一起是從四明山的遊擊生涯開始的。她曾撫摸着冰冷的槍筒，將它貼在自己少女的臉蛋上，有一種難言的親切感。因為，殺敵救窮人解放全中國就靠這麼一枝烏洞洞的傢伙，因為，毛主席教導我們說：槍桿子裡面出政權。

然而，儘管她的槍法很優秀，但她卻沒有親手用槍來殺過什麼人，除了有一次。

那是在 1947 年底的浙東根據地的保衛反擊戰中。她記得，當時她剛從樹林子裡突圍出來，騎在馬背上。就這麼一個握着駁殼槍的回身動作，一梭子彈便揮手飛揚了出去，一個國民黨士兵應聲仰面倒下，當時他正提着卡賓槍徒步追趕上來。她出其本人所料地勒住了馬韁繩，冒着極大的危險跳了下來。她祇想望一望被她射倒的那個士兵的面容。他，衹不過二十來歲，單鳳眼，長長的鼻頸，蒼白深凹的面頰仍在痛苦地抽搐。

從此，這幅生死之間的人生畫面便深深地蝕刻在了她的憶版上，無論歲月多麼長久地流逝，都不能將它抹去或者淡化。

後來，她才知道：原來這些國民黨的士兵也都是無辜的，他們的大都數都是被強拉來的壯丁。他們也都是出身貧苦，就像她和老賀，甚至還是所謂「苦大仇深」的那一類。土改那會兒，她是土改工作隊的隊副，負責聲勢浩大的鬥爭大會之後將那一個個被綁赴刑場並執行槍決的人的監刑工作。每次，當她看見那些青壯年的貧協會員都鬥志昂揚地扛着三八大蓋，押着犯人去刑場時，她都忍不住地會記起那張蒼白抽搐的臉來。同一種人，怎麼一個成了她的同志，一個又成了她的敵人？

不過，見人仰面倒下的動作僅此一回，那些被槍決的人都一律是黑棉襖，被捆成五花大綁的模樣，面朝荒野直挺挺地跪下的。然後，隨着一聲槍響與一縷青煙，便立即額頭朝前倒下了。

再以後，再以後她就來到了大上海，座進了那幢紅磚砌成的洋房的那間局長室裡。不需要再親臨行刑現場，而衹擔任圈劃被行刑者的名字的任務，而槍桿子以及政權，就這樣地與她的生命結合成了一塊岩石般的，不可分離的整體。

一直到 1968 年十一月七日，也就是與電影《列寧在 1918》所描述的那個時代與場景相隔了 50 年之後，那杆代表無產階級專政的槍桿子瞄準的物件竟然是她的愛子——有什麼出了差錯嗎？不，這是千準萬確的事實！

又一陣左腎部位上的疼痛開始漲潮，她用手撫壓住那個身體部位，靠在沙發上。一些影影綽綽的人影在她眼前浮現了，這都是些穿白大褂的醫務人員，朦朦朧朧，迷迷糊糊，而在深度麻醉中的她，很快，便失去了知覺。

當她醒來時，她已躺在華東醫院幹部病房的一間寬敞明亮的單人室裡了，她不知道他們是否替她割去了，還是給她重新裝上了一個新腎？或者兩者都有，這祇是個手術過程而已。老首長，老戰友，老同事，老朋友都前來看望她，他們給她送來了鮮花和祝辭。而她呢，真也沒有辜負這些鮮花和祝辭，她的健康和體力都恢復得很快。大家都說，這下可好了，你在戰爭艱苦年代犯下的頑疾終於給根治了，今後像生產滬生時的那種險象環生的情景永遠也不會再發生了——你真該感謝黨和組織上對你的關懷啊。

她懷着熱淚表示感激，這始終是她靈魂深處的那個最易被打動的情節。但無論如何，她都感到有些不自然：一件異物植入了她的體內。她體內的那隻腎究竟源於何處？沒人向她提及，她也從不去問人，但憑着她的職業敏感，她大概也能猜出個幾分。這種深埋於心底的猜測未必是件好事。她被治好了一個腎病，但她卻重添了一個心病。尤其是當她每次將毛筆蘸着硃砂水圈定下那些名字時，總會有一種不由自主的心跳、口渴甚至輕度的噁心，而這，在之前的她的身上，是從來沒有發生過的。

這種生理反應在瀘生出事之後更顯突出，且逐漸地凝固成了一種在那個手術部位上的遲遲不肯散去的沉痛感。她去見了醫生，醫生說，一切都很好，很正常麼，這是精神因素——放鬆點，放鬆點就沒事了。

這種痛感的首次產生就是在她接到了那隻電話後。

她往盥洗室去胡亂地取了件外衣來換上就奔下了樓去。黃昏花園裡的蟬聲叫得更歡了，一抹金色的夕輝正在消散。她匆匆地穿過花園裡仍蒸騰着暑氣的草地，走進了一條後巷，她平時每天上班用的自行車就停放在那兒。

她永遠也忘不了那個黃昏，後巷之中趁早出來納涼的弄堂居民已提前將竹榻與板凳霸佔好了最佳方位。

「沈阿姨，好……」

「老沈，這麼晚了，還上哪兒啊？」

「沈局長……」

「沈……」

她徑直往前走去，連左右之間的一個回頭的動作也不曾作出過。她的目標是停車棚裡的那輛 26 寸的鳳凰牌女輕便自行車。然而，當她將手掌習慣地按在了車墊上，用腳踢啟了支撐架推出車來時，她感到自己軟弱到了幾乎連呼吸都有些困難。

她的心中充滿了一種麻亂的預感，這於老賀被帶走時的感覺有點不一樣。當時，他們之間衹是用眼神堅定地互視了一眼：相信組織，一切都會還以清白的。

但事情，遠比她預感的更糟。

梁局長，那個與她交情甚篤，以前在遊擊隊營地，總是與她配合以胡琴以及越劇唱腔的，素以樂天派着稱的她的老戰友老搭檔，這次也神情凝重地告訴她說：「怕不好辦哪，死了人啦！」

她匆匆地看了一遍口錄。兇器是從腦殼頂蓋上擊下去的，當時，兩派人馬正在上海東區的一個蔬菜集市場「開片」（打群架），海魂是這派的頭，對方一派的頭頭，也就是那個最終的被害人，是一個出身資產的「狗崽子」。

「能不能就在他的出身問題上做做文章？」老梁用眼神試探着地望着她，他一向知道他的這位老戰友是個遇事鎮定，又極具點子生產能力的人。「是海魂叫了幾個人按住了他的手腳，而滬生則用了一把鉗工錘往他的頭上砸了下去……」

她臉色鐵青，一隻手緊緊按撫在左臂位上，一隻手則向梁局長攤伸了出來：「拘留所的鑰匙呢？我想直接見見滬生。」

滬生見到母親的動作是一頭撲進她的懷裡——就像他兒時受了委屈一樣。「是海魂他叫我砸的，我不肯，但他說：砸！這種狗崽子我們不收拾他，誰來收拾他？再說，你媽現在是三結合進了領導班子的公安局長，不用怕，砸！——」

沈菊如推開了兒子埋在她胸前的頭顱：「於是，你就砸了？」

「嗯……」他從沒見到母親的臉色有如此凝重過，17歲了，在母親面前，他從來就是個任性的小孩，這下突然覺得自己長大了，但已經遲了。

她慢吞吞地站起來，她要回去了。「哪我呢？」滬生臉色蒼白地望着他媽，從他有記憶以來，對他最慈愛最百般遷就的就是他的母親。但她，搖了搖頭。

她同梁局長一塊兒走出拘留所的門口，一個武裝帶佩束得乾淨俐落的軍警一個立正動作，向他倆敬禮。她左手按住臂位匆匆走過，連還禮，這種最起碼的軍隊禮節動作她都忽視了。她的雙眼緊緊盯住的是那個軍警腰際間掛着的那把佩槍，有一截被摸得光滑陰亮的槍柄露在槍套之外。第一次，她感到一種由槍而引起的恐怖，在這盛夏的悶熱的傍晚，一陣寒慄從她的脊樑骨的底部升起。

就此一次，滬生沒想到，甚至連她也沒想到，竟成了他們母子倆訣別的一面，待她下一次再見他，他已化成了那雙從吊扇上垂掛而下的年青瘦弱的蜘蛛了。

發現蜘蛛已趴在煙灰盅中央不動了，那是沈局長從長沙發上驚醒那天之後又一個星期後的事了。但她仍不捨得將它扔掉，她每天喪魂落魄地來上班，喪魂落魄地打開了瓷煙盅，喪魂落魄地凝視着日愈形骸骨散的蜘蛛，沉默。一個月過去了，她不捨得丟，二個月過去了，她仍不捨得。其間也常有螞蟻爬進去當場食用並企圖搬運屍骸的事件，但都被她一一掐死了。第三個月來到的時候，當死屍衹剩下若干細細的肢爪時，她將它們小心翼翼地包裹起來，帶回了家去。

她煞有其事地在她花園的一角，正對着她陽臺的位置刨挖了個洞穴將它們埋下，她覺得衹有如此做了，她魂不守舍的精神才有了個聚焦點，她才開始逐步恢復了能在名單上圈圈劃劃的那種力量和勇氣。

春天到來的時候，就在她埋下蜘蛛屍骨的位置竟然生長出了一棵石榴樹苗來——她問過所有的住客，都說，沒人，也沒聽說過有人，去栽種過。

她欣喜若狂，儘管那時的老賀已在陰濕的地下隔離室裡被打斷了一條腿，且患有嚴重的肝炎復發症。為他擔心的同時，她仍每天不忘為石榴樹苗澆水、鋤土、施肥和捉蟲。樹苗很快就長高長大了，當樹杆成長碗口一般粗，每年一到五月就會結蕾，開花和炸開一隻隻豔果，那是在二十多年後的事了。那時她早已離休，頭髮花白了的她仍然住在那間帶盥洗室的二樓，孑然一身，仍是與那些帶「軍字」編號的傢俱為伴。她平時的癖好就是坐在二樓的陽臺上，與那棵石榴樹面面相對。

這是他們母子間的相會與對話。

每天，石榴樹衹要一見到她，便會在空中搖枝擺葉地朝她問候，向她撒嬌，又彷彿在向她說：「我後悔哪，媽！」忽爾，又像在抱怨：「您怎麼這麼狠心，連看都不來看我一眼，就讓我走了呢？媽呀，媽！——」

淚花湧入了她的眼眶裡，不是媽不想來再看多你一眼，孩子，假如媽來再見你一次，衹是互相更心碎啊。媽是盡了力的，但媽救不了你，相信我，孩子。

別責怪媽了，孩子，為了你，媽付出的是終生孤獨的代價！是我錯了嗎，孩子？錯了，但我又究竟錯在了哪裡呢？或者不應從小培養你的一種仇恨心態？又或者，在四明山那會兒，我就註定會錯一世？

你從小就可愛，每天，媽衹要一閉上眼就會見到那付你孩童時的模樣。胖嘟嘟的，像個麵粉捏出來的娃兒。其實，你爸他也喜歡你，你知道嗎？衹要見到你，他從來嚴肅，思慮的臉上就會綻放出連他自己也控制不了的笑容來。你爸，你爸他是個好人哪！但他連自己都保護不了，又如何能保護得了你？反正，你們現一刻是父子團聚，一切你可以自己去問他：為什麼他會這樣那樣？為什麼他願這樣那樣？為什麼他的結果於是變成了那樣這樣？然而，你們卻把我單個兒地留在這世間，與你們陰陽相隔啊！

那天，你從松江的寄宿學校回來——媽怎麼也忘不了這一幕——束着闊皮帶，着着軍裝，還戴着什麼兵團的袖章。你滿臉殺氣騰騰，說起話來嗓門很大。你又揮舞拳頭，又咬牙切齒。想起那會兒，媽就後悔後悔哪，後悔！怎麼搞的？怎麼媽就沒制止你用皮帶去抽打那些無辜的所謂「階級敵人」？你知道嗎？你明白嗎？這便是導致你最終用鋤頭劈下那後悔莫及一砸的禍根啊。嗨，這是報應哪，報應！

我們這家人，你，你爸和我，無緣無故地仇恨人仇恨了一輩子，但結果呢？——仇恨的種子長不出好果子啊。從槍桿子裡長出來的再被槍桿子消滅掉，媽現在懂了，但媽的頭髮全熬白了呀！

媽老了，媽與硬與軟的槍桿子打了一世交道，媽的文化水準不高，但媽居然也能讀懂一些中國的古書，古聖先賢的話其實從來就存在在書中，那時從來也不讀，即使讀了也拒絕去理解。然而，年齡與孤獨能讓你生長出一種智慧來。孩子，你畢竟也長大了，衹是化為了一棵樹而已，一棵每年都要用炸開的果實來重複着一隻血淋淋故事的樹！

其實，長成一棵樹又有什麼不好？至少要比我每年都去龍華火葬場的骨灰存放處拜祭一下的你爸的那一盒冰冷而堅硬的大理石要強的多，每回他都目光恒一地望着我，這是他在闡述要將革命進行到底理論時的慣常的目光。他克己了一生，他忘我了一生，他奉獻了一生，他也傻了一生，他的所有遺產除了一個終生的問號外，就衹剩下一隻繡着荷花的針線包。這是當年監獄方面通知我說他已在隔離審查室裡「畏罪自殺」後，我在他已經僵直了的屍體邊找到的唯一一件他擺放整齊的物件。其餘的東西，他不是撕了、毀了、就是嚼爛了吞到了肚子裡去了，包括那些已寫下了的和還沒有寫下的秘密。

衹有我明白你父親的心思，這是一筆他惦掛了一生的人生債。他沒能親自去完成，但他希望我能代他去完成。於是——於是，他便留下了這隻荷包。現在，它與裝有你父親骨灰的硬盒並排放在那隻架子上，一硬一軟，每次見到它們都會讓我生長幾許頭緒來——茫茫的人海，蒼蒼的歷史，你讓我何處去找啊，老賀？硬的槍桿子與軟的人性就這樣統一在生前的他的——不，還有你的，我的——身上。我們，就這樣地活成了一代人，一家人和一種人。

當然，世道大變那是在你們都相繼離開了這個世界又再過了的二十多年之後的事了，讓我這個頭髮已花白了的老婆子來驚異，來思悟，來獨個兒地面對。你現在還可以在風中那麼自由自在地搖擺，孩子，但他呢？總是那麼沉默，冰冷地凝成一種永恆！這便是我們這一家子啊！彼此的血管中流動着彼此的血液，彼此的靈魂中滲透着彼此的思想，彼此的骨肉中隱含着彼此的成份，唯一除了我體內的那隻腎，一件異體，一塊外來物，闖進了我們這一片統一和諧的領地。這是一種暗示呢，還是一種註定？人在自己的體內可以擁有他人的一部分，不是出於友愛而是出於仇恨，不是出於捐獻而是出於掠奪，不是出於自願而是出於強迫！孩子，你呢？難道你就願意將父母遺傳給你的一部分身體也去與他人作一種非自願的對換麼——喔，不行了，孩子，媽不能再與你面談下去了，媽必須回到牀上去躺下來，因為——因為媽的腎又在犯痛了……

當她接到那隻盼望已久的關鍵性的電話時，她正在局長辦公室的那張巨大的柚木寫字臺上伏案工作。湖綠色的檯燈打開着，照射在那些印有觸目驚心的粗紅字的檔案上。那時的她已習慣將厚絲絨窗簾拉上，她害怕見到那條正對着她的寫字臺的大窗之外的拘留所的長廊，以及長廊上來回走動的警察。即使在大白天，她都寧願在幽暗的光線之中打開了檯燈來工作。

滬生出事已經三個多月了。

從來不曾如此過，但這一次她照做了，而且頗有點肆無忌憚。她發現自己有點像在瘋狂地找尋一件失物，什麼黨性，什麼良心，什麼顧慮，什麼廉恥，什麼組織觀念和規定，她都順手抓來又向身後扔去。她第一次感到了一種不可克服的巨大的焦慮和焦灼感，以及一種奇特的，像被子彈從前胸射入時的後仰和從後背射入時的前撲的強大合力。她不知道這種感受來自何處？反正，她從馬背上射出的那一槍以及行刑者向犯人扣機的那一槍，現在正在她感受的精神螢幕上，疊合為一種綜合能量，前後夾擊地折磨着她那脆弱的母性。

當然，隨便點一個什麼人的名字，她都可以輕而易舉地將滬生的命換回來。那年頭，要送入閻王府的人的名單在她的手上長長地排成了一串。但這次又怎麼相同呢？她一遍又一遍的審視着那些有血有肉的姓名，她也第一次恐怖地想喊叫出來：原來他們也都是一個個地有着一個叫沈如菊的母親的滬生啊！

但她努力使自己平靜下來。她很快就查清了被害人的家庭背景：這個叫董嘉新的被害人是一個解放前做抽紗生意的資本家的小兒子。資本家本人解放前夕去了香港，上海的那幢位於山陰路祥德路口的偌大的洋房中，就住着資本家的小老婆和被害人。

不是刻骨的階級仇恨又是什麼？不，話應該是這樣說：除了刻骨的階級仇恨，還能剩下什麼？

於是，一份「張冠李戴」了的「反動日記」便進駐了被害人的清白的檔案材料中。反正，對方人也已經死了，這是自始至終她用來自我安慰的一句心理潛臺詞。在當時，日記中的幾句反對「毛主席司令部」

的怨言都可以被無限上綱為「惡毒攻擊」，而「惡毒攻擊」的最重處罰就是被槍決。這也就是說，就算滬生不把他砸死，他也得跪挺着地由子彈自背部洞穿而死。

但這，畢竟衹是事件的牽強附會的一面。

另一個面呢？她必須去找海魂。她跑到那幢爬滿了綠藤的房子跟前，第一回地，大聲地，用她一個女公安局長親自的聲音高叫着海魂的名字。但，遲遲聽不到聲息。半晌，二樓的一扇窗才掀開了一條縫隙，塞出半側面孔來：「海魂不在家。」「海魂沒回來。」「海魂去了外地。」——這一口山東口音的，是海魂她媽。

一兩個星期過去了，始終沒能找到海魂。後來，她才轉周打聽到了，原來海魂去了北京，之後又讓他爹的老戰友吸收進了部隊。要找海魂已經不再可能，除非中央軍委下達文件。再說，海魂他爹的隔離自殺案也已逐步演變成了連周總理也都要出面來關心和干涉一下的政治事件，為了一種關係上的平衡與交易，海魂與滬生便分叉為了兩條絕然不同層面上的命運軌跡——當然，這故事的後半截都是在事隔三十多年後的今天才添加上去的。

但在當時，她是既惘然又慌亂，既慌亂又恐懼，既恐懼又焦慮，既焦慮又無助，而就在這一刻，那隻關鍵性的電話鈴響了起來。

電話中的聲音向她說，沈菊如同志嗎？

噢，是的，首長，是我。她不由自主地從椅子上抽身而起。剛在前幾天的電視中還見到穿着軍裝，戴着帽徽的他，在「九大」主席臺的那一排的那個側端起立鼓掌的鏡頭，現在竟然在電話之中與他通話了！

賀進同志還好嗎？……什麼？他出了點事？……好吧，我會去關心關心的。衹不過，電話那端的聲音沉吟了一會，這樣吧，我會讓秘書小湯來找你的。

電話要掛斷的前一刻，她發現一個似乎不像是她自己的聲音在向着電話筒說：首長，我個人還有個小小的請求……

喔？

……是這樣的，賀滬生，就是老賀與我的那個孩子，他……最近也出了點事，現在關押在第X拘留所，我想……

是嗎？對方的語氣包含了一種明顯是誇張了的驚訝。——也讓湯秘書一併解決吧。

電話在掛斷的一刻似乎有一些唐突。但她還是鬆下了一口氣來，她發現自己將黑膠木的話筒按上機座上的手背有些顫抖。

第二天上午市局有會議要開，這是關於「十一」前加強力度嚴打一小撮的動員報告。中午，她連飯都來不及吃就騎車趕去了市委機關造反派的隔離室。這是個地下防空洞，潮濕、陰暗、終日不見陽光。老賀躺靠在一張軍用帆布牀上，牀頭邊放着一張粗木的寫字臺。一疊報告紙在一盞15支光，終日長亮的燈光之下發出慘白色的反光。

他已不太能動彈了，心臟病，肝炎和風濕病把他折磨得消瘦而且有些遲鈍。「老賀」，她在他的牀邊嘰哢作響地坐下來，「滬生的事你知道了嗎？他……」

但他卻出乎意料地點了點頭。

「你是怎麼知道的？」她有些詫異。

「湯秘書上午來過。」

「你都說了些什麼了？孩子重要——孩子的命重要哪！」

他望着她，無言。消瘦蠟黃的臉面之中唯那雙深凹進去的眼睛仍然炯炯發亮。「命？我倆不都是提着自己的命出來革人家的命的？你的黨性到哪兒去了？我們互相間的承諾到哪裡去了？再說，湯秘書提的要求我做不到，你知道這是一種什麼樣的要求嗎？——」

不，她不想知道這是一種什麼樣的要求，她衹知道，她是個母親，她有一個孩子，她與他曾是同一根臍帶上剪斷下來的兩截生命啊！「老賀啊，你就開口求下人吧！……」

「求誰？怎麼求？就算我求了，有用嗎？」

她散了骨架一樣地推車出來，騎在馬路的中央。二十六路電車從她身後駛近，連售票員使勁地敲打着鐵皮門要她讓路的喊聲她都聽不到。

她推開局長室的門，發現湯秘書已在房間遠端的三人長沙發的一側坐着等候她了。

他笑嘻嘻地站起來與她握手。在這一霎間，她有過希望之光一閃而過的激動。

「別來無恙嗎，沈局長？首長讓我傳達他對你的問候。」

「謝謝，謝謝。」

「嗯……」對方吟哦着，「首長要你注意保重自己的身體，不要太擔心了……」

「謝謝首長關心。祇是滬生這件事……」

「首長讓我替他帶來了一件禮物送給你。」對方很敏捷地打斷了她的話題，並從隨身的一隻人造革公事包中抽出了一袋東西來。「毛選第五卷，這可是一件市場上還買不到的稀有寶貝哪——剛出版還不滿十日。首長讓你好好學習學習。」

湯秘書的笑臉即使是在拉上了窗簾的室內的幽暗光線之中都有一種油亮晃晃的反光。

她已忘了她是怎樣接過了厚厚的精裝版的毛選，怎樣送走了湯秘書。她祇記得那回馬一槍，那回馬一槍，那回馬一槍的人生鏡頭，在她眼前重複而又重複地翻閱。她，癱軟進了沙發之中去。

現在，當她從這同一張沙發之中驚醒時，時間似乎仍凝固在三個月前的那一天的那一刻。

時鐘剛敲過了十二點，她發現了那隻年青而纖弱的蜘蛛。

「篤篤」的敲門聲傳來時，恰好是她將蜘蛛放入白瓷煙缸，然後蓋上缸蓋的動作完成之後。這是一種用食指關節在粗厚笨重的柚木門上的輕輕敲打，微弱，朦朧，卻帶着一種你決不能否定這種敲擊聲存在的絕對的堅定與真實性。

門打開了，門口站着一個配武裝皮帶的高大個子的警察。

「老方？」

「沈局長……」

他是她的老部下，而她是他的老上級。十多年前，當她從土改工作隊調往大上海的公安系統工作時，她也將這位忠厚、可靠、階級覺悟高的貧農，從蘇北農村一同帶了出來。

他用眼睛死盯着地板上的某一點，而她的眼睛卻死盯在那半截佩戴在他腰際間的露在皮帶之外的硬涼的槍柄上。

他的聲音低沉而微弱，似乎在訴說某一樁事件。但她的耳朵卻什麼也聽不見，她衹覺得她所有的痛苦，忍耐、委屈以及愛都沉澱到了左腹下的那個部位上去了。她的眼前又飄飄蕩蕩起那些白大褂來，那些手術器械的「叮噹」聲，以及他們之間互相說話時的含含糊糊的嗡嗡聲——這是她在被麻醉之後昏迷之前所感受到的最後一幕。

於是，她倒下了，就像十年前那一次在手術臺上，她，失去了知覺。

腎

下

當晨陽已變得十分眩目，並漸漸地攀爬過了四平路溧陽路一帶高層群落林林總總的樓頂時，沈菊如從公園的大門口走了出來。

她與她的那些晨運的老夥伴們在公園的門口互相揮手道別，順便也約定明天清晨的曚曚時分再在公園的某片草坪上，某棵雪松下或某座石橋旁再見面的下一個人生循環。

耀眼的陽光鋪灑在這片二十世紀臨末的大上海的大街與小巷上。每天，她無非都是這麼個生活規律：三個來小時的公園晨運結束後，她都會繞過那座豎立在汽車總站迴旋中心的巨大的雪糕筒廣告牌，去到美國炸雞鋪對面的那家小面店吃上一碗價廉物美的菜湯麵，之後便再次拐到公園門口的那個賣茶葉蛋的老婆子的攤擋前，買二隻茶葉蛋，三五片鹵汁香豆腐乾，或諸如此類的內容，而假如有情緒的話，她還會在經過集市時買一斤雞毛菜二兩瘦肉，然後便晃蕩晃蕩着一隻塑膠袋，回家去。

又回到那條兩排杉木樹高聳的道路上了，與當年她與老賀進城的時候幾乎沒有什麼變化。她想：整個上海，也許就剩下這麼一條了吧？當她在浙東根據地參軍、入黨，當她在土改工作隊的馬燈下激昂發言，她真無法知道，原來註定要與她生命陪伴最長期的是這麼一條大上海的林蔭道。

進弄堂的時候，迎面就碰上了海魂他媽，如今，這個七十多歲的老太太一頭灰發全變成了銀色。

在兩邊被柏油油漆成簇新的竹籬笆的牆邊，她喚住了她。她問她：剛晨運回來哪，老沈？她向她笑着點點頭，表示一種認同，然後便側過身來。然而，她卻用眼光攔住了她，並不理會對方的那種僅希望與她擦肩而過的企圖。於是，雙方衹得駐足站定。

老太太有些興奮，不由分說就要告訴她些什麼。她說，海魂現在已搞得很不錯了，在洛杉磯做生意。前一段時間又離了婚，最近又娶了個新從北京出去的女孩做老婆。

她表示：嗯，那好，那好。

然而，老太太似乎猶意未盡。她說，出去也快十五年了，海魂打算最近要回來一次，他有個大項目投資在浦東陸家嘴金融區。現在與海魂在美國拍檔做生意的都是些以前軍方某要人，政界某紅人，或者文藝界某名人的孩子，當然還有目前在海外很有名氣的大老闆們。嗨，也算是對海魂他爹的一種安慰啦，革革了這麼多年，腦袋瓜兒掛在褲腰帶上，也算沒有白乾一場……可憐老賀哪，人是個大好人，衹是脾氣強了點，身體也差。熬不過這一關；還有滬生，假如不是當年那件事，恐怕現在不是去了美國，至少也在香港……

但她說，對不起，海魂他媽，我約了人，我還得趕快回去。她飛快地逃離，逃離這位囉囉嗦嗦的老太太，逃離這條春末時節有薔薇花朵垂掛而下的籬笆甬道，逃離這個當年她就在這兒推出一輛自行車來，然後騎往老梁的那個公安分局的地點。她呼吸急促，她心跳劇烈，一股沉甸甸的疼痛感又開始在她的左腹下方凝聚。

這種疼痛感消散於她跨入花園，面對那棵枝葉搖擺的石榴株的一剎那間。

三十年後的石榴樹早已粗大成才，它，是在她目光的日日夜夜的愛撫之中長大的。每年這個季節，它都會開放出滿枝滿頭的複瓣紅花，而它們其中的一部分更會結出碩大的果實來，讓她摘了去，豔紅豔紅地先擺在那扇臨窗的果盤上觀賞一段日子，然後再剝了來吃。當那股甜蜜蜜的石榴汁沁入她的喉嚨時，她有一種久枯的心田再度被滋潤的感覺。

她在公園裡遇見他那是在大半年之前的事了。

深秋的公園黃葉飄落紛紛，在正對着那個文化偉人的銅像的那片大草坪上，十一月底的太陽爬出了房頂，將珍貴的暖意投射在人們的身上。晨運者們開始除下厚厚的外套來，穿着一套套運動褲衫和毛衣的人們在手提錄放機的音樂的鼓動下，認真地，投足舉手地完成每一個練習動作。

就在這時，沈如菊見到了單個兒地，瑟然地坐在草坪遠處的一條石凳上的他。

她之所以會立即被他所吸引，是因為她總覺得他很像誰。她身不由己地走過去，在他身邊的空位上坐下來。

她望着他，笑眯眯的。他將一張蒼白得有些慘然的臉轉過來望他，眼中游蹤過一絲宿世的驚恐。這是在他們倆已十分熟絡後他才告訴她的有關他當時的感受，他說，他見到她的第一眼之所以會有這種奇特感覺的緣故或者與她曾經擔任過公安局長，這個嚴厲的職務有關？但想不到，她竟然是個如此善良，溫和的老太太！

當他在說這些給她聽時，她沉默。但在當時，她是這樣問他的：「小弟，你今年幾歲了？」

「十七。」

她抓到了一個心臟砰然撞擊在胸壁上的感覺。她想她所以會覺得他對她有一種不可抗拒親切感的原因是因為他的這個年齡：滬生假如活着，今年該多大了？但當年，當年他就是這個年紀啊。

「你身體不好嗎？」

「嗯。」他仍有些膽怯，有些回避，有些困惑，有些猶豫。

「什麼病？」她儘量將自己扮得和聲悅色，她盼望能與他開始一段愉快的交往。

「腎病」

「噢——是這樣。」

之後的每個清晨，她都會滿公園地尋找他。每天，衹要與他遇見一面，她才會感到安心。她瞭解到，他患的是腎衰竭，需要一個星期兩次到醫院去做血透。崔根生，這個男孩的名字難道與賀滬生就沒有一點暗通之處嗎？自從那次事件之後，尋找生活之中的每一個滬生的影子成了她的一種下意識的生存癖好。

這是個典型的大上海貧民家庭，在東上海的某片窮名昭著的地區，佔有了一個門牌之下甲乙丙分號中的某一個，並以此來標杆出他們在這個都市之中的生存位置。她有去過他們家一次，所謂「虹沙涇路136弄11號之乙」，衹是表示沿着蘇州河的一條臭黑的支流兩邊築搭起來的一片陋屋曲巷，頹壁、窪地、木板、鐵皮、油毛氈和老虎天窗，互相擁擠成了一大堆烏黑黑的生存環境。而「之甲」，「之乙」更表示某座還能擁一個正規門牌號的棚戶所衍生出來的二，三級數的斜庇簷蓋，一條門檻，一扇歪歪斜斜的窗戶，就圍起了一個生活的空間。

她剛進屋的時候，衹覺得眼前一片漆黑。「崔根生在家嗎？」她衹能這樣呼叫。於是，她便見到一頭蘆花白髮急急地趕上前來。後來，她才知道：這是他的老祖母。這間破屋之中，住着他們祖孫三代：他的祖母，他的父親以及他。他的母親在他出生後沒多久就因為忍受不了貧困生活的壓力而離家出走，從此便消失在了這片大上海迷宮一樣的版圖中。直到他長成十七歲，他都沒見過自己的母親一眼，他是他的祖母一手帶大的。

直到她的瞳孔適應了室內的光線條件時，她才看清了在她面前的木凳上放着的一杯冒着熱氣的白開水，以及他的白髮的祖母正與她面面相對坐着。她與她約莫差不多年紀，所不同的衹是歲月與生活的艱辛在對方臉上所刻下的記痕遠遠深過她自己的。她，胖胖矮矮的一截身材，擁有了一張讓一切人見了，都會說是和藹慈祥的臉。但就在她與她的眼神達到對峙狀態的剎那間，突然就產生了一種驚悸式的抽搐。她感覺到了，她也感到對方也正在同一刻感到她感覺到了。她急忙將自己的眼睛避開了那個鋒刃面，心中怦怦亂跳。對於她，這麼個從事了這麼一種職業一生的人來說，這十分罕見，除了在滬生出事的那段時期之中，她會經常不可自控地走神，失態甚至精神崩潰外。就像那一次，她竟然會當着老方的面暈倒，等她在醫院的病房中醒來的時候，她衹覺得自己頭眩得很厲害，而左腹下的那個部位更痛得使她連呼吸都感到困難。我是誰？誰在哪裡？她突然覺得這周圍的一切都像是一個她從沒到過的世界一樣的陌生。她用手按住了自己的痛處，掙扎着撐起身來。在室內明亮的光線中一切都在旋轉，但她還是能分辨出那一排擺放在長桌上的祝她早日康復的花籃，其中最大，最顯眼，最堂皇的一隻，便是那位九大委員送的，於是，她苦笑了一下，便又重新躺下，閉上了眼睛。

屋內彌漫着一種類似於煤油、乾草、陳年木架以及泥磚們散發出來的混合氣息。現在，她的瞳仁已經擴張到了能夠辨清屋內一切陳設的程度：一張雙人原白木牀連木框架，一頂方頂的羅紗蚊帳佈局其上。白原木已被屋內常年烹炊的煤煙薰成黝黑，蚊帳也一樣，唯新添上去的幾塊補丁顯得特別亮白。木牀是圍有牀架的那一種，有幾件形象模糊的飾物掛在牀架上。在上牀去的間隙處有兩塊煤渣質的踏腳磚——後來她才知道，這張雙人牀是祖孫兩人睡的，祖母將這個腎病的孩子一直領大到十七歲，再要從十七歲一直帶到他可能結束生命的那一天，因為，這種先天性的腎病是永遠也治不好的，除非換腎，而十幾萬換一個腎又決不是他們這麼個家庭所能負擔得起的。

靠木牀而放的是一張摺疊式單人帆布牀，再過去依次排列着一張纏布條的破籐椅，一方歪斜了腿腳的桌子，四隻方凳以及一座五斗櫥。五斗櫥可以算是這個家庭的唯一一件像樣的傢俱，深褐色的櫥面和粗銅質的拉手還有一點微亮的反光。五斗櫥的上方端端正正地掛着幅相片，這是這間屋子中的光線的死角，從沈菊如坐的那個方位望過去，像中人容貌的大部分都隱沒在黑暗之中。

從進入這間破屋的第一刻起，不知怎麼地，她就意識到其間似乎隱藏着些什麼奧秘，而且，還可能與她本人有關——是這樣嗎？是她太敏感了的職業習慣使然，還是她對崔根生，這個十七歲的患腎病的孩子太感興趣了的緣故？她有過幾個念頭幾種疑問幾許驚異同時升起的一刻，但她卻將它們一一掐滅，把自己恢復進自若的常態中。

「根生是您的孫兒吧？」她顯得笑容可掬。

「是啊，一個好乖好懂事的孩子，可惜從小就纏上了這麼個病……」，對方的眼神始終有些閃爍——一種不安定，不安神，不安分的閃爍。

「他在哪一家醫院就醫？」

「區中心醫院。」

「不行，那不行！這種醫院的設備太差，醫術也太馬虎，我可以介紹他進市級醫院——明天就去！」

白髮祖母祇是淡淡地謝了她，並不顯得很熱心或者感動。她說，你一直是那樣地關心他，他回來說過好多次。祇不過，我家太窮，我們……

這不打緊，她說。她湊上前去的語調之中，除了熱心，更摻雜着一些近乎與討好，甚至巴結的意味——她不明白自己嚴肅，高居臨下了一生的那份傲氣與矜持都擱到哪兒去了？但她有點控制不了自己的情緒，她說，錢這一層好說，反正我也是單身一人，每月的離休工資也花不了多少……

她扭過臉來望她時，她也正好定下眼神來望着她。驚愕。她是他的誰？即使她願意盡此義務，她也是否有這份權利？

祇能換個話題了。

「老家哪裡？」沈菊如讓臉上重新開放出一朵笑容來

「浙東」

「……噢。」

「來上海多少年了？」

「都有五十多年啦，那時，我還不滿二十，」說起這段往事，白髮祖母的話源似乎多了些，「拖着還不滿二歲的根生的父親——日子艱難哪！現在，你看，一個人老得祇差另一隻腳也一同踩進棺材裡去了……」

「1948 年來的上海？」她的思路似乎有些不按說話者的邏輯延伸下去。

「是啊。」她望着她，她也望着她。「根生的祖父呢？」她的提問有些唐突，有些不合初次見面時的禮節，甚至有些迫不及待。

「還不是都因為了他？他被拉去做壯丁的時候，我們衹新婚三天。第二年家鄉又遇大災荒，我一個女人家，除了逃荒，還有什麼路可以走？」

「噢，原來是這樣……」她站起身來，自言自語。

「這樣是什麼樣？」

她沒答她，開始向五斗櫥的方向走過去。讓五斗櫥上方的那幅相片一寸寸地從黑暗的陰影裡顯露出來：丹鳳眼，長鼻頸，深凹頰——一張輪廓模糊，五官相當平庸的黑白粗描相片。

「就是他嗎？」她的語調突然變得峻切而焦灼，她似乎完全忘記了她剛才要扮演的那個角色所應該採用的臺詞與臺風。她頗有點象個偵查員，在發現線索，在盤問證人，在自我推理。

「他？誰是他？」對方反倒一下子給迷惑住了。

「根生的祖父，你的男人。」倒過來，她說的應該是對方說給她聽的話。

「是啊！您是說……？」但她忽然覺得不應該再對她存有顧慮和戒心，這個與她的社會地位相差十分懸殊，而年齡又相當接近的女人對她很親近。因為衹有她才對她過去的一切感興趣，因為衹有她，或者才令她有可能將心靈深處數十年的積怨作出一些傾吐式的減壓。

她的目光中流露出一絲溫柔來，這是一絲她十八歲的，新婚不足三天的溫柔，沈菊如突然覺得她很撫媚，很有魅力，至少曾經很撫媚很有魅力。她感到一種無緣無故的警惕，緊張，一種被挑釁被刺傷以及輕度的妒嫉感。——彷彿這種遙遠了時空的撫媚也與她有些關聯。

她說，這麼多年來，她就回家過一次，這是在解放之後不足二年間的事。她衹找到了一座久因無人居住而荒廢了的屋。長及半身高的茅草覆蓋了它，她還能依稀分辨出草叢中的一排人走過的足跡，她相信，他一定回來找過她，儘管很多鄉人都說他已在打仗中被打死了，但她始終不信——她不信從此她的一生中就會沒了男人！你也是個女人，而且也是個沒有了男人的女人（對不起，請原諒我不拐彎抹角）你應該理解。一個失去了男人保護的女人，尤其是一個青年女人的日子會是怎麼樣的……

她倆互相對望着，沉默。

每個人，誰還沒一點一世都不願向人公開的人生秘密呢？我的感情決不是他們所說的那一種，什麼階級不階級的，我管不上，我衹憑一個女人的直覺。當她眼中的那點兒溫柔開始消退時，她又回到了原題上。那會兒，鄉下正搞土改，每隔三五天就有鬥爭會，完了便押人去刑場槍斃。有個鄉親半夜裡跑來敲我們，通知我說趕快走，說我男人參加的原來是國民黨的軍隊，再不走就該輪到我家啦。我這才驚恐地回想起來我男人穿了一身軍棉衣還回來見過我，我衹記得他帽子上的那顆徽章是蘭白色的。一共也衹讓我們見了二個時辰的面，我送他到村前的那口老井前，他說，你等着我，我很快就會回來的，說罷，就匆匆消失在了茫茫的雪地裡。

您說，像我男人這麼個忠厚老實的種田人，有誰還會去殺了他？但不管怎麼說，我已與他失散了整整五十年，她重重地歎出一口氣來，我還是祇能回到這條臭水的河邊來，總在想像，他或者也就生活在這附近？賣燒餅的，踩三輪的，收舊貨的，我都懷疑是他，追上前去一認，總也不是。

我們娘倆，於是，就在這裡日熬一日地生活了下來，替人洗衣補襪、拉老虎踏車、敲碎石、抬杠棒，什麼活沒幹過？什麼苦沒吃過？但所有人都另眼看待我們，社會另眼看待我們，說我們娘倆是「反革命」，是壞人。我搬了三次家，但命裡就是逃脫不了這麼一條臭水浜，逃脫不了這個「反革命」的惡夢。我挨過鬥，我游過街；掃公廁，被管制，什麼倒楣事我都挺了過來。現在社會都改革開放了，老實說，我也不用再怕了。你以前就是搞這個工作的，您是專家，您說，我們反了誰家的革命？我們手停口停，即使手不停口也不見得不停，我們是生活在社會底層了再底層的人了。我沒了男人，兒子沒了老婆，孫子沒了健康，我們還會去反誰家的革命？我們沒殺人，沒放火，是別人殺了我家的人，怎麼反而說我們是壞人？您倒來評評這個道理，沈……局長？

她突然記起了她的這個稱謂來，而停頓也圈結在最後的那個碩大的問號上。

一段長長的靜場。她明白自己可能說過了頭，說過了火，面對一個曾是那麼冷峻嚴酷，而如今又是那麼和善友助的國家專政幹部，影隨了她四十多年，而解除還不到十年的惡夢的種種細節又在回潮又在復活，她變的明顯地軟弱無力起來，她說對不起，沈局長，請您原諒我亂說一通——

「不，對的，」她站起身來，「根生他祖母，你說的全對。」

她向門口走去，她的已完全適應了室內光線亮度的瞳仁反而感到門外的明亮令她的眼球產生一種微微的刺痛感。但她卻不能再在這兒多呆下去了，她要趕緊離開這用一度矮門一扇歪窗所圍出來的生活空間。

是的，當她迴避的時候，她熱情；而當她熱烈起來的時候，她又變得冷漠下去。她說，我明天一早會去公園找根生的，儘快替他安排去市級醫院醫治。

她說，那真謝謝您了——您這麼好心……

但她連一口水都沒喝便走了，白髮祖母挽留她坐多一會兒，也沒用。她執意要走是因為她認定她已知道了真相，知道了令她產生那些奇怪預感的謎底。但就當她剛一踏離這度門檻時，她忽然覺得還有一些更多的未知遺留在那裡，她想，也許都是這樣的吧，一間幽暗、古舊、破殘的屋子一般都帶點兒不安神秘感的。

她就在那個晚春的早晨回到她獨居的二樓的住房。手中拎着兩隻茶葉蛋和三塊香豆腐乾。

陽光從虛掩着的百葉窗中透進房中來，她索性將它們推成大開，讓光線猛一下子地大規模入侵。房間的陳設與她三十年前生活在這裡時並沒有太大的變化：帶編號的木牀，方桌，板凳，書櫃，仍然高低參差地佔據了整個房間的主視面，所不同的祇是軟性物件和飾品擺件有了相當程度的改變與增添。諸如彩條牀單與軟緞被面，又如兩隻羊角的單人沙發以及沙發木柄上鋪着的半截白紗臂墊，粗木寫字臺配上了一塊檯面玻璃，玻璃之上站立着一盞塑罩檯燈。當然，還有那些自八十年代之初就開始進駐上海普遍居民家庭的電器，沈菊如添置的不多：一隻單門冰箱，一隻二十一寸的國產彩電。前者的實用價值在於能儲藏夏日裡很易變質的餘菜剩飯。後者則是她每晚能靠在牀頭板上收看新聞聯播節目的必需品。

她仍享有局級待遇：一盤紅色與一盤黑色的電話機並排放在她的夜櫃上。紅線是保證她在必要時，能及時通往上層通往權利通往無所不能；黑線的功能恰恰相反，是通向親友通向平民和通向心安理得的。除了晚飯之後與住在同一區的老梁與老方通過電話聊聊天外，她一向很少使用電話，而有了九大委員的那次記憶後，那條通向權利的紅線更是自從裝好之後就根本沒用過一次。

她就這樣靜止如深潭之水一般地生活着，五斗櫥的上方掛着老賀的遺像，每晚，當她收聽新聞聯播時，就與他面面相對，同時，可以讓他也聽上一份。滬生的像片在房內是找不到的，她為什麼要掛呢？每早，她推開百葉長窗便能見到在晨曦中等着要見她的它了。每晚臨睡前，無論風霜雨雪，她都要去到樹下站一回兒，摸一摸樹杆，就如當滬生還是個孩童時，每晚她都不忘替熟睡中的他的被子扯蓋好一樣。有時，她竟然會萌芽這樣一種想法：不一樣地長大，成材、開花、結實、一個能動作的人難道就一定要比一棵不能移動的樹更好？

但自從認識根生，尤其是從根生家的那間舊屋回來之後，她就老有一種撥一個電話號碼出去，然後便能與根生通上一段話的衝動，儘管她知道根生家其實並沒裝電話。這天上午，就當她推開百葉長窗，迎着上午的陽光將房間與盥洗間都打掃完畢之後，她發現，她的這種衝動已強烈得有點讓她難以擺脫了。她側身靠在牀頭板上，將拉扯得沒有一絲褶皺的牀罩睡凹出半個人形來，這是她在清理房間的工作完成後小息一回兒時的習慣姿勢，從這個角度望出去，她能全視角地望到園中的那棵正在陽光中怒放花朵的石榴樹，以及再過去的那座爬滿綠藤的洋房。一個工人正攀爬在窗臺上幹活，白色的窗框架被油漆一新，其中的幾扇已換成了鋁合金質的，一兩部窗式冷氣機的尾部探伸在窗戶之外。

她說，她就這樣地渡過了五十年的人生歲月，從烏絲到雪髮，從青春到老邁。但我，我又何嘗不是也這樣那般地過了五十年的？這同一間房，這同一張牀，這同一片景色——除了在很久很久以前這裡還沒有這麼一棵石榴樹之外——不同的是：她的命中是一條臭水浜，而我的，是一方花草錦簇的花園而已。每一個人的時光平面，再貼近，也絕不會相交地，平行地展開去，通過着同一段時間和空間。她以為我是的，我未必真是如此；她絕想不到的，我倒是日日夜夜在忍受。三十年前的那個星期日的上午，她不就是從這陽臺上瞥見了滬生從這後花園的樹叢間消失的最後一閃身影的？而在那同一天的下午，不就是從這同樣一個躺姿中，她跳起身來去接聽了老梁打給她的那隻從此改變她一生命運與思想軌跡的電話的？

她將目光從花園中收回來，她又有些氣喘，一股沉甸甸的痛感又開始向那裡彙集。

她趕快撐起身，走下地來。她決意要做些想些什麼來讓思路從這致命的情結中旋渦出來。是海魂他家在裝修，海魂他媽不是說海魂和他的新媳婦日內要回來嗎？是的，可能就為了這樁喜事。還有，還有為什麼我已有好多天沒見着他了？湖邊、橋旁以及他最喜愛坐的銅像前的那張長椅上，他身體好嗎？他會有什麼事嗎？她望着那兩架電話機，向它們走過去，她提起了話筒，但這一次竟是那架紅色的。

她再次見到他是在一個星期之後。

他還是坐在那張墨綠的長椅上，兩眼望着在陽光之中閃閃發亮的草地，出神。見她向他走來忙站起了身來。

「你怎麼啦——」

「住院了」。他的眼睛隨即望向了地上。他一向言語不多，他是個訥言的孩子。而且，他更很少有用眼神望着人的時候，尤其是望着她。是十七歲的敏感告訴他，眼神會向人透漏很多你希望保密的內容呢，還是他孤單自卑慣了，自信已離他太遠太遠了呢？她想起了滬生那天從松江寄宿學校回家來向她訴說揪鬥場面時的一幕，一樣的十七歲的他，眸子裡閃動着的是過氣了的自負自傲和自尊。

一股深刻的感情從她久已乾枯了的母性的心中湧出，有憐憫有悲哀也有內疚與渴望。

「醫生怎麼說？」她望着他蒼白的，冷汗淋漓的面孔。

「要換腎。」

沒有驚訝，祇有：「有那麼嚴重嗎？」她問。

「否則，……」她望着他朝下望的眼瞼之中漸漸地紅湧了起來。他轉過臉來，很罕見地用目光直視着她，仿佛要向她索取些什麼，「我的生命才剛開始——我不想死啊！」

她不由自主地從長椅上坐靠過去，摟住他，就像當年摟住了受冤受驚的滬生一樣。她覺得他全身都在抽搐，他想哭一場，想大哭一場，然而，他祇是想無聲地哭。

「會有辦法的，孩子。」她喃喃地說，「重要的是自己要堅強，要有戰勝病魔的信心。」

「不，」他的臉埋在她的胸前，發出一種含糊不清的聲音，「信心救不了我，祇有錢，或者權，能救我。」

「什麼？」她一把推開了他。

「……」他驚惶地望着她，望着這位曾擔任過公安局長職務，如今又像一位慈母般待他的女人，有某種記憶在他望着她的眼神的背後蠢蠢欲動。

「什麼——你說什麼？」她再問一遍。

「我是說……說，有錢人或者可以……可以換一個腎……」他斷斷續續地又停了下來。一陣晨風吹過來，帶着一股草地上的青蔥氣息，而偉人的銅像就座落在或者還有可能偷聽到他們談話內容的不遠的背後，它深邃的目光恒一地望向遠方；陽光在它古銅色的背肩上反射出一種光亮來。

「說下去，」她突然變得和顏悅色起來，「你說下去——噢？」

「我也是聽人家說的，如今下崗工人賣腎出來，每隻三十萬……」

「嗯。」她的眼中掠過一抹不能算驚奇的驚奇，不能算感慨的感慨，不能算理解的理解，不能算無奈的無奈。「我會替你想辦法的，孩子，我一定替你想辦法。」

「沈婆婆，不，沈局長——你有這個權嗎？」

她知道，在這一無希望的海上，一線，哪怕祇是虛幻的生存希望，對他都是太重要了。她說，有，我有。

公園大碧湖的轉彎處形成了一個環抱狀，漂亮的岸線弧度圓滑地展開去，令此一帶的湖面顯得特別開闊。而岸平面又特低，每逢春潮秋雨水漲之時，湖面上的泊泊浪漣便會溢過岸線越湧上來，使岸邊的猙獰怪石都半截沉浸到清澈的湖水之中去。

這一帶都是附近大中學院學子們習課的好場所，除了那片碧波蕩漾的湖面和可供人小憩的岸石群之外，更因為這裡還有一長排沿湖岸線而栽種的高大英挺的杉木樹，它們翠綠濃密的樹蓋拢向天際，同時也向湖面與石群投下了一大片朦朧而涼快的陰影，使這一帶成為了全公園最可人的景觀之一。

沈菊如沿着湖岸線自湖水環彎的遠景之中走來。

她提早離開了那塊突出在湖面上的半島形的平臺建築。那裡有亭簷遮頂，也有石欄杆，石凳石臺以及馬賽克的拼案地面十分平滑。一般，黑髮人群很少來這裡逗留，不知道從何時開始，這裡成了白頭人們的專利場所。他們在這裡打拳、聊天，然後牽手擁肩地跳着社交舞、健身舞；或在樹幹的叉丫上掛一大幅抄寫的歌譜，和着一隻手風琴的伴奏，一圈人圍唱着各式各樣五、六十年代的老歌。悠揚的歌聲加上寬闊的湖面，使那歌聲的效果格外動人。《讓我們蕩起雙槳》、《敖包相會》、《在那遙遠的地方》、或者是《莫斯科郊外的晚上》，曲到動情處，令岸邊與橋上的遊人都會身不由己地駐足，向着那一片花白了頭髮的歌者群眺望。

就在那麼個清澈透明的初夏的早晨，沈菊如悄悄地離開了那方半島形的平臺和她的歌伴們，沿着彎曲的湖岸線走去了。

兩旁的柳樹垂着濃密的綠陰，早生的蟬兒躲在樹葉叢間發出「吱——」的叫聲。花壇中的蝴蝶花開放正茂，一股醒神的綠色植物們所散發出來的清香，混合着湖水的略帶腥味的氣息漂浮在空中。前方的一條石凳上，一個老者欠了欠身，然後便滿臉笑容地站了起來。他，明顯褪色的藏青呢中山裝熨得一絲不茍，白襪淨鞋，花白了的灰發溜光地朝後腦勺梳去。

她一改平時見了他就躲避的習慣，這次是迎着他走過去的。她說，你好，一個人在這兒嗎？

等你啊，他笑呵呵地說，就知道你會循着這條道走過來。

她在他身旁的那半邊空位上坐了下來，開始望着粼粼的湖面出神。前幾天的同一個早晨，她以親戚——一個很親很親，親的幾乎近似於母子或祖孫關係——的含糊，然而卻是十分堅定的名義將根生送進了某家著名的市級醫院的幹部病房。

是市政府的老幹部安置辦為她作出的安排。當然啦，對於一個自從離休後就從未提出過任何私人請求的局級幹部，這麼個小小的要求理當滿足。

陽光從落地的寬大的鋁趟門中射入來，鋪滿了一室。雪白的牀單，雪白的枕套，雪白的分隔掛簾，根生躺在舒服的病牀上，望着正坐在他對面單人沙發中的沈婆婆，目光之中充滿了感激與希望。

沈菊如回望他的目光，同樣也是充滿了滿足感的。她第一次尋回了那種早已在二十多年前丟失了的感覺，她想，他就在她的對面，他正望着自己，這不是夢，這是真實的事。

而根生的祖母並不在場。

「我去通知你祖母，」沈菊如突然站起身來說，「讓她也來看看你現在住的環境，她會很高興的。」

「不……先不要，沈婆婆，」根生的說話有些吞吐，「你……你先坐一會兒。」

「有事嗎？」她用眼睛望着他的眼睛，「你在這兒先歇上兩天，治療方案待我同醫生商量後再定。」

她認為他在擔心的，其實也正是她自己一直在擔心的：她理解自己的滿足祇是暫時的，是否能與他永久地面面相對下去，她至今還缺乏膽量就這一問題去向主治醫生一探謎底。

但根生卻在他隨身帶來的挎包中掏呀掏地掏出了一隻彩繡的針線荷包來。沈菊如正準備向房門口走去的腳步一下子凍結住了。「沈婆婆，您待我這麼好，我卻沒有什麼能送給您。這隻針線包雖不值錢，但卻藏着一隻感人的故事。她是奶奶最心愛的一樣物件，她將它給了我，我再將它轉送給您。」

她接過贈品時的手忍不住有些顫抖。這是一隻與老賀骨灰盒並列而放的那隻幾乎沒有什麼兩樣的針線袋，不同的紙是它們的顏色，老賀的那隻是綠色，而這隻是紅色——這是一對鴛鴦袋。

她在沙發中重新坐了下來。感人故事？她笑眯眯地向他表示，除了喜歡這件禮物外，她更想聽那隻故事。

根生說，說起來，那還算是奶奶五十年前的一段風流史呢，衹是知道這秘密的除了奶奶本人，就剩下我了。她從沒見到笑容有在他蒼白的臉上展開過的一刻，這會兒她見到了，且還伴有一小片激動靦腆的紅暈。奶奶說給他聽這隻故事是在他十六歲生日的那個晚上。那晚，沒有月亮，衹有星光，整個大上海似乎都很安靜，衹有蘇州河水啪着堤岸的響聲。奶奶說：「那時的我，也大不了現在的你幾歲……」

上海解放前夕，市面已很混亂，人心惶惶。奶奶帶着父親逃荒逃難到了上海。在另一條蘇州河支流的岸邊，他們挨擠着重重疊疊的棚戶住下，在這些衣衫襤褸的人群間，他們衹求日能兩餐夜能一宿地活下去。白天，奶奶背着還不滿二歲的父親提了一根棍棒去替人但行李，晚上，則替碼頭工人補襪、洗衣、煮炊。一天，一個碼頭工人領着一位高大的陌生男人突然來到我家。他說，警備司令部正追捕他，他是我們的階級弟兄啊，嫂子，也衹有你能救到他，因為你家沒有男人……

於是，陌生男子便在我家住了下來，並以我爺爺的名義避過了憲兵的追捕。在這彎曲似迷宮的大上海棚戶區，其實，多一個少一個人根本不會有誰去留意，陌生男人沒幾天後就匆匆走了，然而，對於年青時代的奶奶，這卻是她一生都會刻骨銘心的幾天。奶奶說，她這一生曾與三個男人睡過一牀，一個是爺爺，僅三夜，一個是那位陌生男子，僅一夜；一個便是已成了年的根生。自從根生懂事，他便對那隻掛在牀沿架上的針線袋有了記憶，每晚臨睡前，奶奶總會向它望上一眼，歎口氣，說，這是緣呢還是命？說完便再望上一眼五斗櫃上方的那幅相片。

是啊，這是奶奶的命嗎？他一直相信爺爺沒死，他去鄉下找過我們；她甚至也相信那個陌生男人也都生活在上海，而且他也不會不去我們以前居住過的棚戶區尋找過。然而，一切都沒有結果。現在奶奶老了，這一切她也不再去想它了，她說，她的生命中衹留下了我，這麼個她一手領大的命根子，但偏偏，我又得了這個病……

沈菊如說，對了，關於你的病案，我真還沒去找醫生商量過。她說着便站起身來，打斷了他的敘述。一下子，根生的眼中放射出希望的光芒來，直刺得她的心坎一陣陣的灼痛。他是在用目光向她焦急地詢問：您有權嗎？沈婆婆，您有這個權嗎？

因為至少，他知道她不會有那份錢。她儘量把自己的神態與聲音放平靜，放得若無其事。安心睡覺，孩子，你看，這麼好的地方，安心地睡一覺，啊？——相信一切都會好起來的。

根生的表情明顯地緩和了下去。當她向門口再度走去，拉開了門把手後，她回過身來，她的嘴唇有些顫抖，但她卻儘量讓眼睛保持笑意：謝謝你的禮物，根生，也謝謝你的感人故事。

沈菊如把目光從粼粼的湖面上收回來。「你說什麼？」她問。

「我是說，你很迷人——老了還是這麼迷人，更不用說年輕的時候了。」

「是嗎？」她的蕩漾在淡淡笑意中的臉又向湖面轉了回去。

「我還說，我們現在都老了，但我們倆都有過相同的青年時代，相同的理想，相同的痛苦，相同的受騙感覺和經歷。我祇希望老了我們能生活在一起；我祇希望——希望你不要拒絕我，沈菊如同志。」

她望着他，第一次這樣認真，這樣地有過一段不算太短的時間間隔的。但她終於還是搖了搖頭，立起身來，走了。

再次見到海魂是在她去到那幢爬滿綠藤的洋房的窗底下怎麼喚也喚不出來的二十五年之後。

就是那次她從公園回來，在那個籬笆的弄口，她遇見了一身名牌西裝，皮鞋鋥亮，容光煥發且明顯發福了的他。他叫她：沈阿姨，您老的身體還那麼硬朗啊。他們互相點了點頭，笑了笑，便站定了。他的新太太挽着他的手臂，飄飄然的薄質連衣裙的上端露出一截玉頸，下截露出兩枝粉腿。她嗲絲絲的把頭靠在海魂的肩上，有意無意地讓秀髮雲鬢遮擋去了她的半邊面孔。沈阿姨啊，就是那位我常向你提起的我們的鄰居沈阿姨呢？他說。沈阿姨，她柔柔地喚了一聲，隨即就把注意力集中在了正抱在懷中的那頭穿着一襲胸衫的長毛狗身上。

但沈菊如自言自語的心理獨白是說給老賀聽的：你看看，你！究竟誰是你的階級兄弟？是根生和他的祖母呢，還是你的那些久經戰火洗禮的戰友們及其後代？

想見的人離開了也就離開了，不想見的人偏偏又一次次地再見。第三次見到海魂就在當晚的電視節目中。那天的新聞聯播後有一節財經記者專訪。專訪是在一家浦東投資者的家中進行的。

這是一位來自香港的銀髮蒼蒼的老者。他說，他的生命大致可以分為三段兩截，而中間都以四十這個數字為截切點的。八十年前他出生在上海，四十年前他離開上海，四十年後他又回來上海。之後，他便一發不可收拾地每年至少都要回來一、二次。而每次，他都對上海的高速發展既驚奇又欣喜，既高興又感慨。他說，以前在上海是做抽紗生意的，四八年底帶着一百根條子到了香港。現在他老了，他還要回歸到上海來，並帶回了萬倍於當時一百根條子價值的資金來投資上海的浦東。他說，他覺得這是他應該做的，本來這些都是上海給他的麼，一百根條子，他拿到香港去賺了錢，現在他再將它們拿回來，造福上海的子孫們。

他投資的那幢大廈位於浦東陸家嘴金融中心的尖端部位。為了向中國的最高領導人表達敬意，為了向他即將來臨的九十大壽獻禮，他決定將大廈定位在九十層的高度上。這是中國之最，這是亞洲之最，也是世界上最高的建築物之一，這意味着我們的改革開放的偉大掌舵人的高瞻遠矚的氣概。

一切都很動人動情也很動聽。他說，這幢大廈的名字之所以叫嘉新大廈，其中實在是藏有一段心酸往事的……

攝影鏡頭於是便向後退去，退去，再退去。畫面上出現了那幢位於山陰路祥德路口的英式洋房，而海魂就是在這幢洋房的花園裡接受記者採訪的。

他們一家三口，一夫一妻一狗仍然像今天早上那個模樣，祇是長毛狗放到了草地上。在四處一圈蹦跑之後，很可愛地沖着鏡頭「汪汪」了兩聲，逗來了攝影人員一陣趣笑。

沈菊如故意走下牀去，把電視機的聲響調高了一倍，她為了讓自己的記憶聽清楚。也為了讓牆上的老賀聽清楚。

電視攝影機前的海魂保持着一種良好大商家的矜持風度。他說，今次董先生與我們在洛杉磯方面的公司合作回浦東來發展這個「巨無霸」式的房屋專案，無論從經濟，社會還是政治的層面都是極具意義的。這既是中美合作也是滬港合作，董先生提供了資金，我們則提供了諮詢、評估、仲介、後勤等多項服務。

他說，董先生是一位十分愛國的老人，儘管上海給他烙上的是一處最痛苦最刻骨銘心的記憶，但那都是發生在極左年代的事啦，我們現在要做的是向前看——對了，向前看！登上這即將建成的上海之最，中國之最，亞洲之最，我們不向前看，還幹嗎？至於董先生個人的身世與傳奇，包括他的那個最痛苦的記憶在內都是足以拍一部電視連續劇的題材，假如董先生願意，同時也信得我這個後輩的話，這就在我們完成了這個項目之後，讓我來全權操辦便是了……

「啪！——」她關上了電視機的開關。

腎

她左手捂着下腹，她的老毛病又犯了。這兩天，她的老毛病常犯，雖她知道自我醫治方法是去到那棵石榴樹下站一站，摸一摸，一切都會開始平靜下來。但如要更長效及根本一點的話，她最好立即去到根生的那間病房與他面面相對。

醫生仍堅持說，根生必須要換腎，否則生命可虞。但腎呢？錢呢？權呢？她同醫生說，把她的左腎給他吧，反正，這也是別人捐給她的；反正，這麼些年來，她也一直犯痛；反正……但醫生說，沈局長，你瘋啦？割了你的腎，你還能活嗎？再說，腎又不是什麼工業產品，能一換再換的。一個他人的腎能在你的體內相安無事幾十年，已是你的一天之福了，還說要換給別人——你瘋了嗎，沈局長？！

可能，這些天來，她真有些精神不正常。那天，從根生病房裡出來，她就立即趕去了龍華火葬場的骨灰存放處，專程去看望了老賀一次，並順便將那隻針線包替他送了去。讓那兩隻針線袋一紅一綠地並排在老賀的骨灰盒旁，她才感到了一種如釋重負的輕鬆感。她對着老賀的遺像說，你要我做的事，我已經做到了。

而現刻，她的行為更古怪。這麼晚了，她竟然還去盥洗室梳洗乾淨，而且還特地從箱底翻出了那件她在三十年前常在上班時穿的卡其兩用衫，穿上。一切都仿若在那些無數個雨灰或晴朗的早晨，她又要去到那間紅磚老式洋房的局長室去上班一樣。然後，然後她站到了月色如水的花園裡，撫摩着那棵石榴樹站了好一會。這份莊嚴與認真簡直可以與她在五十年前的在那盞跳動的油燈下對着鐮斧交叉的黨旗宣誓之時相比擬。

但她，終也沒做什麼。她衹是緩慢而孤獨的推開了花園的後門走出來，進入到那條被皓潔的月光照成了一片慘白的籬笆巷弄裡。弄內空無一人，遠遠的，衹有一輛自行車靠放在籬笆上，一切恍如一局舞臺佈景。

她走過去，扶起車來。車已很舊，且無上鎖。這是一部二三十年前的舊式的 26 寸女車，車頭上的鳳凰商標仍清晰可辨。在這物質生活高速發展與氾濫的年頭，舊車的拋棄就如老人的被淘汰一樣迅速而無情。但車還是好使的，她試了試，衹是剎車性能差了些。她一個踢腿，撩起了撐腳架，推出了車來。

她將去何處？她又有何處可去？或者她的眼前目標就是那家醫院的那間病房裡的那張病牀；而她的全部目的衹是讓她突然的出現可以帶給可能已經睡着了的根生一個意外的驚喜而已。

一輛額頭上亮着燈光的的士從空曠的街上飛馳而過。恰好來到這條籬笆的弄口。隨着對街行人的一聲尖叫以及車輛輪胎與地面之間的一段高速的摩擦聲，她剛騎出弄口的自行車便與的士的車頭「嘭！」地撞上了。一個男人驚慌失措地推開了司機門奔了出來。

舊車已給壓扁，她仰面倒臥在車的邊上，一灘殷血正從她的耳邊流淌出來。應該，她也有過面頰痛苦抽搐的一刻，但現在的她卻顯得很平靜，也很安詳，就像熟睡了一般地面對着綴滿了繁星的，上海深藍的夜空。

2007 年 7 月 9 日於香港

敘事曲

2002

敘事曲

一

溧陽路 1687 弄 2 號，當他再度站在了這個門牌號前時，他已兩鬢斑白。

他將隨身帶的手提箱往地上一放，慢慢直起腰來。初秋的下午，還帶些夏之熱烈的金色的陽光從梧桐葉叢間潑濺在他的臉上，身上，影影綽綽地塗出一些模糊的斑點來。他深深地呼吸了一口從 1687 弄裡流動出來的空氣，對着陽光眯起了眼縫。

這一帶的溧陽路，樹蔭特別濃密，儘管年年修枝剪葉，但越街的樹枝已相互交錯地將整條街面都幾乎遮蓋在了它們斑斕的樹影裡。唯這種場景與他兒時的記憶有些出入，在他的記憶當中，那條大街相當寬闊，梧桐樹也似乎比現在的更粗大，衹是它們的枝葉都是筆直地伸向天空，在街的中心留出了一闊條蔚藍色的天空來，且隨街道的筆直而筆直，彎轉而彎轉，婉若一條藍色的懸河。而對街，在童年的他的眼中，幾乎就是個可望而不可及的地域，要從這個綠色的岸邊渡過藍藍的懸河而去到對面那片綠色陸地是要經過車之激流間擺渡的重重危險的。這一切，其實，都是他站在自家房間的窗口踮腳探望出去時候的一種夾帶着童話式的想像。那年代的街上通常都很安靜，且永遠是一幅陽光充沛的景像。對街有家雜貨鋪，夏日的晌午，總是支撐着一大幅藍白相間的條形帆布篷篷，從他家窗口的角度俯視出去，最有深刻記憶的便是印在篷篷頂部的那個帶火炬的商標，曰：光明牌冰棒。篷篷底下的種種他是見不到的，但他能想像。那個打蒲扇的胖老闆娘總喜歡將兩枝雪白雪白的腿腳伸進簷篷外的陽光裡去。遇到有熟顧客，她總會笑吟吟地拖上木屐站起身來，說：「任先生，好久不見了，最近忙哦？——」她對父親的一臉討好相就與偶然緊緊抓着他的小手渡街到對面去，替他買回一根冰棒或一枝汽水來的他家女傭完全不同了。她將手臂深深地伸埋進那隻澆鑄着可口可樂凹凸字體的大冰箱中，摸出一枝冰得硬梆梆的，還在冒着縷縷冷氣的冰棒來，「砰」地往櫃面上那麼一摔，一言不發，收了錢，便搖着蒲扇，頭也不回地向着擱在街樹影蔭裡的竹榻走去了。

五、六點光景，太陽開始西斜，滿街樹蔭裡的蟬兒叫喚得更熱鬧了。雜貨鋪的簷篷開始收攏，胖老闆娘已早早將一張小方檯桌和四根板凳以及碗碗碟碟的在樹蔭底下擺放了出來。任胤看不清楚他家晚飯吃些什麼，衹見一大一小的兩個赤膊男孩拼命地從碗中扒着飯，再從半碟黑乎乎的醬汁色的小菜碟中夾起一塊或者幾件什麼的來送入口中，小任胤想，這該是油豆腐燒黃豆芽吧，或者是冬瓜筍尖湯？因為這些湯菜他家煮得最多，母親說，這些菜既消暑又有營養，衹是偏偏他就厭惡吃。有時，不知是因為互相搶食而打翻了碗蝶，還是為了一些其他的什麼，惹來了胖母親用筷頭在兩個赤膊兒子的腦殼上一陣窮敲猛打，於是，便大哭小叫，哭鬧聲甚至隔了遠遠的一條街都能傳進 1687 弄 2 號的二樓來，讓童年的任胤聽得真切，心中是既緊張又興奮莫名。

兩個赤膊崽被其母親斥訓甚至遭打，任胤心中暗喜。夏天的中午，兩兄弟，一個打赤腳，一個拖木拖板，一見沒汽車經過的當兒就飛也似地奔過街來，爬過弄堂鐵柵欄，翻進他家的小庭園中來。假如遇到他父親或女傭什麼的，他們便猴似地再爬出去或龜縮下半個腦袋；假如見到是他，而且還衹是一個人的話，他們便大模大樣地爬進來，沖他做鬼臉朝他扔泥巴——他們明擺着要欺侮他一着。

而他，從小就生性懦弱，且多情善愁，敏感異常。他敏感於他人的言行，敏感於環境，氣氛，季節的變幻甚至濕度與溫度的增減。但他卻能夠將他人對於他明顯的惡意妒嫉吞咽下去，不反擊，甚至完全忘卻。他後來學音樂，又寫寫詩文；他覺得這兩樣他都沒學錯——他的靈魂似乎就是用這兩種材料鑄成的。衹是他的「學」，衹是自學，業餘的學，在他上進學業的那個時代，這種藝術門類輪不上他們那號出身的人沾邊。

1687 弄 2 號是位於一條朝馬路而開的弄堂的首幢房子。弄堂很短，總共也不過五六幢新裡結構的住房而已。弄堂口通常是裝設有一扇鐵門的，每晚八時過後，鐵門上鎖，除了本弄住客以及「火燭小心」的敲梆聲外，是沒有什麼能進入得了弄內的。這些三、四十年代在上海各處崛起的中、上戶人家居住的住房，既混合有歐美的現代生活品味，又延續有舊式石庫門住宅的傳統特色：一樓客堂，二樓正房，假三層是客房兼雜物間；亭子間通常是預留給傭人睡的，而盥洗間設在一至二樓的扶梯轉口，與亭子間的兩扇門並列，朝北開啟。

住宅的前門有一畦小花園，兩三石級，一盞奶白光的門廊燈之下是住宅向南而開的正門。住宅的後門在豎橫交錯的排污管的旁邊還預留有三幾尺的草皮和泥地的空隙，面對着後一排同類住宅的前門。夏日有雷陣雨的下午，天空突然烏沉沉地黑壓了下來，雷聲隆隆滾過，接着便是潑瓢樣的大雨，打得水窪點濺在花園的泥地裡的溜溜地轉。每逢這種時候，他家通常會把前後門都統統敞開，好讓涼風吹跑那一屋積壓的暑熱。而孩子們便會趁這虛假夜幕籠罩的一刻，發揮出各種繽紛的想像來。雨腥味很濃很濃的時候，天地間又突然撕裂開了一莖嚇人的閃電，趁着那雷聲還未劈下的一刻，就趕緊捂住兩隻小耳朵，撲倒在母親的兩膝間——所有這些生活場景，任胤可以說是太熟悉了，熟悉到了在他中年的夢中還會變了形態地一現再現，無論是在新澤西洲躍空頂的別墅，還是在香港半山海景壯麗的住宅露臺上，他都甩不掉這些已深深蝕入了他憶版上的童年生活的種種細節，叫他從一個短暫的午後打盹間猛然醒來，還不知道自己身處何時何地何年何月。

不，但他堅持說，他在夢中所經歷的一切都是確切無疑的，尤其是那一層強烈得遲遲不肯消散的氛圍，模糊了那條夢與現實，醒與非醒間的界線。正如此一刻的他，站在光暈斑斕的梧桐葉影下，仔細辨認着那塊藍底白字的弄堂標牌：溧陽路 1687 弄。沒錯，正是這一塊，就是這一塊。衹差在它的右上角被撞去了一塊烤瓷，露出了一片深褐色的鏽跡外。柵欄鐵門在任胤的記憶中是早已被拆除了的，那是在五八年大煉鋼鐵的年代，拆鐵門一則可以支援 1070 萬噸鋼這項指標的達成，再則也能破除舊時代豎立於人們之間，象徵着人際關係與地位間的隔閡與差別。於是，別說是對面街的赤膊男孩，就連與 1687 弄相毗鄰的那條橫街上的各式雜民也都能隨時隨便隨地的進入到弄內來，舀井水、抓知了、搖打那棵老桑樹上結出來的火紅色的果實，或是在夏日的夜晚，早早搶先在那些有樹蔭垂下的弄徑上占定好位置，擺出竹榻，然後伸手張腿地享受納涼時光。

但現在，任胤見到的是：欄柵鐵門又在原處豎立了起來，而且還比他兒時記憶中的更漂亮更堂皇了；烏黑簇新的鑄鐵柱頂上套着金色的帽尖，梧桐樹影綠盈盈地遮蓋下來，呈現出一派攝影取景角度上的蘊意與品味。

其實，那時的拆去與現在的裝上都各有其理由。現在的理由是：一則為恢復市容舊觀，再則也以策安全。在這外來民工大量湧入上海的年頭，如今警署與居委會強調的是治保與聯防。於是，鐵門不僅是在每晚八點後，而且連大白天也都關閉了起來，新油漆的鐵欄上寫着兩行醒目的白瓷警告牌，一曰：閒人小販嚴禁入內；二曰：擅撞必究。

1687 弄之所以特別受青睞的原故還有另一個：隔兩排之遙的同一類弄房中，有一座是某文化名人的故居。為了統一格調，位於它前後左右的姊妹屋也都占了一份被粉刷一新的光。赭紅色的磚牆間，鑲着灰色的嵌條；鋼窗全油成了綠色，以便能與路旁濃密的梧桐樹葉揉合成一種色彩上的呼應。其實在小時候，任胤對那名人故居也沒有什麼太深的記憶，一個看屋的老伯伯整日閑來無事，便從早到晚地拿着放大鏡一字一句地讀他那本似乎永遠也讀不完的《七俠五義》。八歲生日的那天早上，他穿着一套全新的海魂衫，就是摹仿新中國剛成立不久的海軍制服那一種式樣，後帽沿還飄飄蕩蕩着兩條黑色的絲帶。他從 1687 弄的弄口走出來（他記得，那時的鐵門還沒有被拆除，他是用小手扳開了笨重的鐵門才鑽出來的），初秋的清晨，時間還很早。這是四、五十年之前上海東區那一帶，朝陽升起來了，從梧桐葉叢間投下了金色的，新一日的開始。街上行人很稀少，戴草帽拉板車的人走過之後，拖黃包車的車夫又小跑步般地奔跑而過，他們的小腿肚上鼓脹着團團青筋。對街的雜貨鋪還上着排門板，若干着長衫短打的行人匆匆而過，再之後的街上便不再有生氣了，周圍安靜得祇剩下送牛奶人的自行車鈴碎響在晨風中。

任胤在人行道的最前沿站了好一會兒，覺得很掃興：並沒有人留意他那套簇新的海魂套裝。他祇得沿着人行道與街面相交的那條細窄的石徑向前小心翼翼地朝前走去，他伸出兩臂來平衡自己的行姿：兩條海魂帶一飄一蕩地，他覺得這樣很有味。

他來到了名人故居的跟前，終於見到了一位熟人。他向看管故居的老人走去：「老伯伯——」他站在了他的前面。

「哦？」老人抬起眼來，朝陽金燦燦地照落在他那發黃的武俠書頁上，而他戴的那副圓框架的老花眼鏡，一邊有腿，另一邊則是用一根綿紗線繞紮在耳廓上的。

「從今朝開始，我八歲啦。」他向他宣佈。

「你是誰家的孩子？」他一口濃濃的蘇北話，聽得任胤要好好消化一下，才能對他的話意作出反應。

「我住在 1687 弄 2 號。」

「噢，原來是任會計師的兒子啊，了不起，八歲了，啊，了不起！了不起！……」說着，又繞起鏡腿來繼續讀他的七俠五義了——他始終未對海魂衫作出任何評論。

如此可愛和善的一個老頭，任胤是到了文革爆發時才聽說，原來他是個血債纍纍的逃亡地主，繼而被押回原籍批鬥兼勞改。但後來，又說他是個老革命，在革命根據地的保衛戰中打斷了股骨而喪失了工作能力，而他為了不讓組織增添負擔，才自己來到大上海找了這份看管名人故居的差使。等到一切都弄清楚，他人也死了。倒是他的子女們，因而，便享受到了烈屬待遇，當然，那又是在文革結束後的事了。

祇是任胤對他的面對面的直接印象僅得在他八歲生日清早的那一回。

在任胤的記憶中，那時的名人故居，其實，也並不比他家石級之上，門廊燈之下掛着的那塊「任宏會計師寓」的搪瓷匾牌要顯赫多少。祇不過名人故居前栽有一棵粗大的白玉蘭樹，一到五月天就會開出一朵朵香飄四鄰的大白花；而任家門前祇有一棵骨瘦伶仃的枇杷樹罷了。枇杷樹每到中秋還能結出成串大小不一的果實來，但轉眼間就被橫街上的鄰居小孩們管它是青苦澀口還是什麼的，都摘去吃了。那時到名人故居參觀的人群還不像現在這般絡繹不絕，就像溧陽路的此路段上的車輛，除了在樹蔭下三三兩兩踩過的自行車外，半天還盼不到有一輛轎車輕盈駛過一回的機會。偶爾，也會有下着紗簾的「紅旗」或「伏爾加」轎車在弄堂門口停泊的時候，每逢這樣的場合，居委會幹部和派出所民警們必都傾巢出動，而紮鏡腿的老頭更是別有一圈紅袖章，戴着一頂褪了色的藍幹部帽，站在當街，前後左右警惕地張望，神態嚴肅而認真。

文革爆發之後，有很多名人故居都因對名人本身的定位上的爭論而暫停開放。唯任胤隔壁的那家不同：題匾換成了更大的，題字者也換了更顯赫的，下簾的轎車愈來愈多。到了改革開放後，每天更有一隊隊的少先隊員和一批批的共青團員來到故居門前排隊，等候瞻仰和接受教育。而到上海來的外地和外國遊客，更是假如沒到此處一遊，就等於是白來了上海一趟那般。故，這所名居既帶旺了市面也帶出了溧陽路的名聲。好多次，任胤在香港的電視節目裡見到自己童年的舊居所以有一瞥而過的鏡頭，多半也因了那座名人故居的緣故。

老頭被押送去蘇北老家後，名居看管人就換成了一個三代紅色的，歷史審查上的絕對過硬者；但太過硬也有太過硬的缺點，造反派奪權後，他就被結合進街革會，之後區革會，之後又是市革會，鬧了個名人居還是乏人看管的結果。當然，1979 年後，那位青雲直上的人物便一跌進谷底，成了階下囚，而那，又是後話了。反正待到任胤兩鬢斑白地出現在弄堂門前時，那家名人居的看管人又換成了一個背彎髮稀齒缺的黑瘦老人，一件發黃的汗背心套在他身上，骨瘦嶙嶙的似乎隨便一折就能斷其一根肋骨的模樣。他的兩塊肩胛骨特別高地隆起，橫肋則一根排一根地從他汗背心的兩旁支伸出來。他從梧桐樹的光影裡向他走來，說：哪一位啊？你不就是 1687 弄 2 號的胤胤嗎？

請問閣下？

我就是住你對街的「黑皮」啊——開雜貨店的呢，不記得啦？

一個爬在鐵柵端上探頭探腦的赤膊男孩的形象在任胤的腦中一閃，他趕緊跑過去，握住了他那雙硬繃綳的，像是用一根根鐵纖紮成的手。

四十五年之後，童年的夥伴便又這樣再遇了。

二

他躡手躡腳地來到 1687 弄 2 號的門前，時間是 1964 年五月間的某個月如玉盤，高懸於墨藍天穹之中的夜晚。

一件白棉「的確涼」長袖襯衫，一條深藍色的人造纖維長褲，一雙塑底碗口鬆緊便鞋，他想，應該是他在那時的服飾。他懷抱一架小提琴，左手握一厚卷樂譜，正小心翼翼地將鑰匙插入鎖孔之中。

每逢他回想起這一段時期的生活，一千個場景似乎都是同一個場景。尤其是夜晚，尤其是有月的，仲春的夜晚。他深夜回家去，路上除了偶而騎過有一、二輛自行車外，已空寂無一人了。路燈和燈柱都還是十五年前舊政府離開上海時留下的那一種：粗方的原木柱上刷着一條柏油的編號；燈罩是扁斜的，薄邊搪瓷質地的；燈泡的功率最多也衹有 25 瓦，高懸在半空，像一隻隻惺忪而又憂鬱的城市的眼睛。

可以想像，我們的小說主人公就在這麼一派氛圍中，從最後一班55路公車上下來，獨自走上了溧陽路。深夜的空氣清醒得帶點兒濕涼，透過梧桐樹葉縫，他能望見墨藍墨藍天穹上的炯炯星光，而幽幽的路燈將他的身影拉長了又縮短，縮短後又拉長去。

假如他回家再早一點，而又是在這一帶街道上步行經過的話，他能從梧桐葉影映掩叢中，兩旁躲身在幽暗院落裡的，法式老洋房的某扇仍亮着燈光的窗口間，捕捉到一曲鋼琴或小提琴的旋律。這都是些他熟悉不過的曲目，他邊哼着它們的主旋律，邊讓那些和聲豐富的樂隊伴奏部都留在了胸中回蕩、澎湃。他覺得蕭邦、巴哈、德彪西的幽靈就在那些幽暗的樹叢後忽隱忽現。

突然，一輛十輪卡的泥頭車轟隆而至，沒有月色，沒有爍星，沒有粗方木的燈柱，也沒有德彪西；祇有秋陽從梧桐葉叢間明晃晃地斜射下來，而他仍眯着兩眼，準備去提起身邊的那隻手提箱來。自行車仍有不少，但更多的是噴冒黑煙的助動車，還有幾輛紅色「桑塔那」出租，「嗖嗖」地從貼近人行道的他的身邊一個「S」型地超越到了十輪卡的前方去，令他不由得朝人行道的內裡跳移進幾步去。

是溧陽路真比他童年時代更窄了呢，還是他成年後並已開始老年了的目光的丈量上存有偏差？現在，他能一眼就看透街對面的一切，絕不存在什麼從綠色此岸渡向綠色彼岸的重重疊疊的視覺屏障。雜貨店早就不見了，現在那裡是一家個體飯店，什麼「內設空調雅座」，什麼「笑迎八方客匯納四海財」之類的廣告語東倒西歪地貼得到處都是，不肯放過任何一個能與途人目光接觸的空隙。幾個外地妹在一棵梧桐樹下揀菜，另一個正在宰雞，還有一男一女在一個塑膠盆裡洗些什麼，時而打情罵俏，互相朝對方潑髒水。

個體飯店的隔壁是一家唱碟片公司。兩隻半人高的喇叭箱擱在人行道邊，郭富城的某首「勁歌」被調至最高音量，嘶聲力竭；而穿着亮晶晶臺服的歌手們的海報貼得重疊而又重疊——甚至包括那位其實祇能稱是武打明星成龍的。再過去便是一片塵浪滾滾的建工地盤了，地盤邊上還是地盤，幾幢灰褐色的樓殼子正探頭探腦地從那片梧桐樹的綠冠之上冒出來。

任胤不由得生出一種輕度的厭惡感來——這便是他日思夜夢的家麼？說是銅鑼灣或北角或旺角的某條小街似乎還嫌抬高了它的擋次。他真不願他兒童與少年時代的那個純淨如水晶的家的形象遭受污染——哪怕祇是一點點。比如說廢氣，比如說噪音，比如說沒完工的樓殼子，又比如說外地民工拖在硬塑拖鞋中的填滿了塵垢油污的長長的腳趾甲。

他祇想回到他的那個透明的，記憶中的夜晚去。

他向正與他面對面站着的黑瘦微駝的名居看管老人說：我們再找個時間來好好聊聊吧，老耿。（那個遙遠了時空的姓氏是在他說到最後一個字眼時，突然奇跡般地跳入到他的記憶裡來的）。

「好。好。」

「你家仍住對面？」他用手指了指那家個體飯店。

「嘿——早不是啦。」他用一種略顯尷尬的乾笑摺疊出滿臉滿額的皺痕來，「在橫街上，」他的一條食指勾彎出一個從 1687 弄鄰街拐彎進去的動作，「霞芬家，嘿，嘿，霞芬家。」

他簡直有些發楞了地呆望着他——雖然時代已經遠久，人事蒼桑也一定會有過多少變動與反復，但他還是發楞——禁不住地發楞。霞芬？他問自己，霞芬是她嗎？她是霞芬嗎？哪一個是霞芬？霞芬又是哪一個？諸如此類重複而又些混亂了思路的問題。

「是的，就是這個霞芬。現在伊是我的老太婆——改日過來坐，改日過來坐，大家都是熟人，嘿，嘿。」

他又躬腰又堆笑，表示要回名人故居去工作了。他的背顯得更駝，頭髮更稀落，咧開的口腔裡黑洞洞的，讓人發覺，除了幾顆醬黃色的門牙之外，他其實已喪失了為數不少的一大批臼牙。但至少，他還是沿着人行石條向名人故居走了回去，仁慈地給任胤讓出了可以供他重新回到 1964 年那個仲春之夜的足夠的時間與空間。

「胤胤。」他聽得一聲低低的叫喚聲時，正是他將鑰匙插入鎖孔的那一刻。

他回轉頭去，見她站在月色斑斕的梧桐葉影間。

因為這時的月色很浩潔，照灑在 1964 年的上海，上海溧陽路 1687 弄這一帶。2 號前園的那棵羸弱的枇杷樹在月色中彎着細細的腰。這是胤胤的外祖母生前親手栽種的，傳說是地上多一棵枇杷樹，天上就必須多一顆靈魂。果然，枇杷樹結果實的那一年，外祖母也離開了人世。胤胤祇嘗到過一次那樹所結出來的

敘事曲

枇杷，甘甜如蜜。以後鐵門拆除了，每年沒等長熟，青澀的枇杷早已掉入了「黑皮」或他的那些玩伴們的口中。弄堂底的那棵桑樹卻顯得四平八穩的模樣，枝葉十分茂盛。桑果早已被人采盡搖光，灑滿了月色的地面上還能見到那一灘灘被踩爛了的深紅色的漿汁。桑樹的前面是一口井，井上了蓋，蓋也加了鎖，這是那一年三反五反運動中有人跳井自殺後，居委會加封上去的。

就這麼一條短短的弄堂，隱藏着歷史，隱藏着生死，隱藏着記憶，也隱藏着未可知的宿命與神秘地暴露在1964年的那個月光如水的夜色中。

周圍的房屋都已熄燈，或者還有一兩家的窗洞還亮着燈光，任胤已記不清了。反正那時的鐵門與柵欄都已拆除，弄內弄外馬路人行道都連成了一片。任胤站在水磨石的門級上就這麼回轉頭去：有月色，有葉蔭，還有她。她的身後是一條斜橫入幽黑之中去的小馬路，那兒有一些低矮的，類似於棚戶的建築，通過他家二樓的邊窗。每日，任胤都能從容地俯視着躺在大白天光亮裡的這一切。衹是現在，它們的每一個細節都各就其位地交融成了一幅水墨畫的展軸面，一幅1964年上海街巷弄坊的月色圖。之後的幾十年，無論他在何時何地何種場合，衹要有某個記憶的觸發點，都會有這麼一幅畫面在腦螢幕上的突然呈現，而且還是定了格的、沒有聲音、沒有動作、沒有彩色，除了黑（的人影樹影屋影）與白（的月色）之外。

然而，定格的畫面中出現了一個動點，她向他走了過來，手中握着一卷東西。銀輝披滿了她的全身，並在她的頸、脖、手腕和腳踝等露裸處瑩瑩着一種玉牙色的反光。仍處仲春季，進入夜深時分，空氣中彌散着一種水涼感。任胤記得她當時是穿一身自縫的深毛藍布的上裝：她的衣服一般都自縫，白線襪配一雙方口扣絆鞋：她的鞋底一般也都自納，一左一右梳兩條馬尾散辮，這是當年上海少女們流行的髮式，樸素文靜裡藏有一份悄悄的典雅與矜持。

她就是霞芬。她向他走來，並展開了她手中的握卷。這是一份手抄譜，工整的五線音譜在乳白的月色中像一條條遊動在水中的蝌蚪。

這是柴可夫斯基的一首敘事曲。

三

每個大作曲家都有他們既定得近乎於頑固的曲調風格。就如每個優秀的作家都有自己的語言與思維的特定河牀一般。巴哈的湧動深沉如海洋；貝多芬的氣勢磅礴，深刻如史詩；莫札特典雅，門德而松熱情，蕭邦陰柔，拉赫馬尼諾夫傳奇。但卻沒有一個更能像柴可夫斯基那樣打動如此年歲上的任胤的心了。他愛柴氏的作品是因為他總覺得它們似乎更能貼近人性——而且還是東方人群——中的某個切面。由於客觀原因，

敘事曲

那個歷史時期的新中國的音樂評論家們，對其他西洋作曲家的評論甚少，甚至完全沒有，唯對柴氏的作品的評論可以大膽和多一些。他們對他的評價是更接近大地更接近人民更接近生活。任胤想，事實上他真也想不出能比這個評論更貼切的用語了，可能，柴氏作品打動他，就因為了這一點？

但他還想對此作出些補充，假如他能有機會與這些評論權威們作一場小小探討的話。比方說，柴氏的所有小品（他覺得自己沒有談他大作品的資格）似乎都像是在不經意間創作的，總那麼深情，深情得叫人感動，叫人在散步時哼起他某一首作品的簡樸主題時，情不自禁的眼閃淚光。又比如，柴氏的作品主題往往都有些即興的成份，那是一種不期而至的感人情緒，原汁原味，很少包裝與做作；又好像它們總是在敘述些什麼，主題沉思，展開部卻呈現一種積極上進的意味，以此來形成一種樂曲結構上的平衡。再比如，柴氏的作品主題常常有空了半拍而起始的特點，或者說特色，似乎作曲家總喜歡在咽下了半句話頭後才開始訴說他的故事。然而，假如你仔細一點的話，你會發覺，這半拍音符作曲家其實並沒將它真正省略去，在其曲終的最後一小節，他又一定會將它悄悄兒的重新補上——就如某個生命的胎記。

任胤當然不知道自己對柴氏作品的評論對不對頭，或者根本就是胡扯；但有一點，他很肯定：柴氏的小品（尤其是特別動人的小品）會令他聯想到她。

她，就是霞芬。

其實，她並不能算漂亮，但她吸引他。吸引他就如柴氏的很多並不見得太出名的小品總會令他產生一種說不清的衝動一樣。他沒太仔細地想過或分析過這一層問題——還不像對柴氏的作品那樣，他倒真還是作過一番認認真真思考的。她柳眉細目的，算是一種古典美嗎？他說不清；她的膚色並不算太白或嫩澤如雪蓮，這是一種類似於象牙的淺啡色，卻光滑如玉瓷——是因了這一點嗎？他又說不清。但，最迷人的肯定是她的身材了。那些日子，任胤一般都習慣坐在二樓的壁爐架前，支撐起一隻黑漆的譜架來練琴，練累了，就將提琴往膝蓋上那麼一擱，讓有點兒發酸的眼睛從那邊窗之中望出去。在上海五月底的梅雨季中，他經常注意到打橫街的遠處撐着一把油紙傘走過來的她，在迷迷濛濛的雨的背景上，她那身材一擺一扭地像一枝弱柳。她在自家門前停下，收了傘，再從低矮的門框中走進去，便消失了。

他冷眼旁觀着所有這一切，閱讀着她的每一個細節，心中反復地回蕩着那首「如歌似行板」的旋律。可能，就是那麼一種記憶的一點一滴的增添與纍積，他不知道自己在有一天已經不可自拔地迷戀上了她。

但她，並不知道這一切。

他打開了邊窗，故意讓琴聲傳出去。他反復拉奏的是柴可夫斯基的那首冠名以「小夜曲」的敘事小品。就一把提琴在這霏霏淫淫的雨絲中，在這悠悠茫茫的小巷裡敘說了一句又一句，傾訴了一段再一段；每一句都相似於上一句，每一段也都略略變奏於前一段，樸素、平凡、隨緣、與世無爭，就像一則生活裡的瑣事，絕無驚天動地，但自有其感人之處。後來，任胤到了香港，進了一家樂團去訓練，工作了好多年，而這首敘事曲又恰好是這家樂團的一項保留演目。到了那時，他才明白，原來當獨奏小提琴停息下來時，是有着各式樂器們此起彼伏的交替演奏，於一問一答一呼一應間，主奏樂器便悄悄兒的攜帶着那個迷人的主題再度參與其中，那種出神入化的音韻樂感，就如一片斜坡草原接吻一潭漣漪蕩漾的碧湖面那般，理不清界線也分不出彼此。

但在當時，任胤並不瞭解這些，他衹知道根據樂譜和節奏的要求，該停的地方停，該拉的地方拉，讓琴聲在這六十年代上海梅雨季的巷子裡飄得很遠很遠。

打開窗來拉琴果然有效，不論她從雨街上走來，還是她已回家，回到了她的二層閣樓上，她都會停下來或打開窗來聽他的琴聲。他覺察到了這一點，並且對她從側面望過來的角度也很有把握：因為除了琴聲外，他還有一條很長很帥氣的鬢腳。

於是，便有了相對而行時的互望和臉紅一笑；有了藉故的搭訕，有了器具以及圖書什麼的借還，還借；甚至還有了依撐着後門的門框，一談就談到深更半夜，仍不肯散去。本來麼，大家都是鄰居，少男少女們的相互吸引，迷戀不發生你我身上，也會發生在他她的身上。再說了，其實任胤很早就已經見到過她，那時的任胤還是個比穿海魂裝的八歲年紀還要更小一些的男孩，一條「新中國好兒童」的圍兜，右上角還用安全扣針扣一塊長方形的摺疊手帕，乖乖巧巧，乾乾淨淨，每天由女傭牽着手，走過長長的溧陽路的林蔭人行道，來到街角轉彎處的那幢灰白色的鋼骨水泥結構的公寓跟前。公寓的對面有一家叫「長春堂」的中藥店，高高門廊的上方彩刻着一幅凸前額老壽星伴仙鶴的浮雕圖，公寓的底層有一家叫「靈糧堂」的教會幼稚園，而任胤就在那裡上學。

每朝，他都見到，在那條橫街上，有幾個梳羊角辮穿方領汗衫的小女孩在街的一邊玩跳「造房子」的遊戲，邋邋塌塌，面黃肌瘦，其中有一個準是她。多少年後，當他們已成了一對依框而站立的準情人時，大家都笑着，努力回想和收集當時情景的細節。任胤肯定是她，這個結論是根據了目前對她眼鼻嘴的某些特徵之判斷而下的。但霞芬則堅持說一定是另一個。因為，她說，她小時候從沒有過一件方領汗衫什麼的衣服，她家窮，她向來都穿她兩個哥哥穿剩下來的男孩子的衣服。夏天是剪去了袖口的，千洞百孔的舊汗衫，冬天則是破肘露絮的舊棉襖。他說，我那時已認識你就好了，爸媽為我買了很多新衣服，我卻哭鬧着說什麼也不肯穿新衣服上學去。你知道嗎？那時有個規矩，凡穿新衣服或新剃頭的都要讓每個見到你的小朋友拍三下腦袋或刮三下鼻子。她笑着說，我知道，我知道。他說，我把那些新衣服都送給你穿有多好啊。她說，不，假如我當時就認識你，我不單要新衣服，我還要跟你上幼稚園去——我們是多麼羡慕那些有書讀有幼稚園可上的同齡的小朋友啊。他說，其實，我才更羡慕你們呢，可以在街上一天撒野到晚，有多自由！你不知道，在幼稚園裡被管束的日子，一天都難過。她說，是嗎？於是兩人都笑開了，笑聲在夜風中被吹散了去。

朦朧初戀的日子就這麼平靜如逝水般地流動而過，對於他也對於她。仍然是練琴；仍然是開窗後的探頭；仍然是寂然雨巷間的油紙傘在門口收攏，然後揮水，然後是兩張年青的面孔一上一下的相視而笑；仍然是街角處的偶遇，仍然是物件的借還還借；仍然是夜幕下門框邊的談笑。有一次，她終於站到他家的水磨石級上，怯生生地敲他家的門了。那時節，「任宏會計師寓」的搪瓷招牌早已拆除，惟那棵枇杷樹仍彎腰站立在原地。他來應門，見是她，就請她上樓去坐。她跟隨着他，腳步輕落地沿着寬暢的柚木彎把手扶梯一路踏上樓去，說，這不僅是她第一次上他家來，而且也是她第一次去 1687 弄的任何一家人的家中，儘管她從小就生活在近在咫尺的對街。又說道，你家大喲，還一大一小的有兩套衛生設備吶，就你一個人住？他說，是呀，父母都去了香港，遲點，說不定我也得去。那房子呢？房子就都交還給房管所了不成？她收住了上樓去的腳步，眼睛睜得老大。

這是他第一次從他家的扶梯上回頭來望她一眼，他覺得她有點兒陌生。對她的提問，他沒有作答，他不太情願同她談論這一方面的內容。

進到二樓正房間了，他覺得她一定會留意那幅掛在壁爐架上的莫內的《卡普辛基林蔭大道》的複製品，或者對他擱在窗前譜架上的樂譜感興趣，但她都沒有。他說，從這邊窗能望到你家，她也衹「噢」了一聲。她用腳試探着棕褐色的打臘地板，說，真滑，真乾淨啊。

他請她在三人沙發上坐下來，沙發臨落地鋼窗而放，落地窗外是陽臺，陽臺遮蓋在一片濃密的梧桐樹的葉影下。帶點盈盈的翠綠色反射進室內來，讓人有一種被罩在了綠紗網罩中的感覺。他給她沖來了一杯熱騰騰的，正冒着熱氣的「鵝牌」咖啡。那時代的國產咖啡衹是將咖啡渣末加糖壓制成一塊即溶體，抖入杯中，兌開水，那麼一攪便大功告成。而那時的人們，也很少有幾個是講究的，有咖啡味，就算有洋味；

有洋味，就算有滋味；有滋味就能眯起眼來享受一口革命化之外的某種遙遠的感覺。邊喝咖啡邊聽拉琴自然是任胤心目中認定的最佳搭配，他說，我還是拉柴可夫斯基的那首敘事曲，好嗎？

她款款地望着他，說了一聲，好。便輕輕地用不銹鋼的小湯匙攪動着那咖啡，十分秀氣地喝了一小口，等待着，樣子很文靜。他開始拉奏，相當投入。但當他拉完，從譜架上抬起眼來望她時，卻發現她正在注意房間中的擺設或是天花頂下繁複曲折的雕花牆角線。突然發覺琴聲中止，才匆匆地說，好聽，很好聽——這，令他有些掃興。

她說，她來是想送他兩樣東西的。她取出了一件毛藍布的學生裝和一雙布納底的鬆緊鞋。他就坐在她對面的一把椅子上，學生裝和布底鞋攤開在他的膝上，密密的針腳工整而細巧，下午，陽光透過葉叢射入室內來，室內的光線一片柔和。他突然想起了什麼，說，「你會抄譜嗎？——」他祇是希望每天能用她親手抄的樂譜來拉奏這首曲調。

「什麼？」她有些聽不明白。

他將原譜擺在她的面前，說明了原委。並解釋說，其實，這並不困難，祇需按五線譜的模樣照描就是了，但必須要耐性和細心，不要抄錯了。她說，我從沒抄過，但我可以試一試。於是，便有了那回月色中的等待，互相走近，以及夜閱樂譜的那一幕情景了

敘事曲

四

說實在的，任胤絕不是那種愛占人小便宜的人。他收了她的一衫一鞋以及又請她親手抄出了如此出色的一份樂譜來的代價決不是一杯「鵝牌」就會把人打發了的。

他不知道自己是否在朦朦朧朧地戀愛？可能，這便是戀愛？但，就算是戀愛，就算是情人，又怎麼樣？來而不往非禮也，童年的任胤已經失去了一個贈她以新衣的機會，但他卻想出了另一個主意。

1964 年，中國的大饑餓時期剛過，但記憶仍在繼續。假如將時間再推前三年的話，就在霞芬住的那條橫街上有一個露天菜場。深冬，當二更天的寒星還在夜空中閃爍，菜場馬路段的兩端已開始人聲鼎沸了起來。人們互相推撞擁擠咒罵打架、排成一串又一串的長隊，目的就是為了能在菜場開賣時，買到若干不需要憑證供應的捲心菜皮，橡皮魚碎，豬油筋渣或已發酸了的豆制附食品。任胤從未受過此等罪，自從他的父母去了香港之後，除了能定期享受到他們寄自於那裡的精白麵粉和黃澄澄的花生油外，他還擁有了一厚疊一厚疊的專賣票證。這都是些國家根據每次的個人外匯匯入額而定的特殊供應品，定質、定量、定點。在那個中國極需外匯的年代裡，這種舉措，除了能使這批特權人群逃避於籠罩全中國的饑餓恐慌外，同時也標杆出了當時政府的華僑與外匯政策。

任胤取出了一疊票證來送給霞芬，說：就不知道適不適合你們用？但他想不到的是：她竟頓時興奮得臉都紅暈了起來。

自此之後，他倆的交往似乎更進了一層。她會經常來找他，在他家的那個被梧桐樹葉影籠罩的房間裡，他們也談音樂，也談繪畫，也談詩歌，也談十八十九世紀的西洋文學作品。但每次，他都不忘讓她帶些僑匯票證走。她有些靦腆，有時，也有些不好意思。她說，這都是她母親與兩個哥哥要她來問他要的。雖然，她家並沒有這麼多錢來使用這些票證，去買那麼多好吃好用的東西回來，但——她有些結結巴巴起來——這些票證的本身就能賣到錢。是嗎？他很有些驚訝，但他說，那沒什麼，沒什麼，你什麼時候需要就什麼時候過來拿吧，反正，我一個人留着這麼多也用不完……

這種情勢一直繼續着，直到某一日。

每個星期六，任胤都照例會遵循同一個習慣，拎一架提琴，握一卷琴譜，到他的一個親戚家合伴奏去。這個習慣持繼了有很長一段時期，從任胤的父母去港一直到文革爆發。他的每一個週末記憶似乎都是如此來定式和定形的：下午，陽光燦爛，他拎着琴與譜登上 55 號公共汽車，然後再轉乘 20 路，15 號電車去到那幢洋房的大鐵門跟前，按鈴。之後，又會在夜色中走過空寂的街道，15、20、55 路車地回到他自家的門口前，登上那幾級水磨石的臺階，伴着那棵彎腰枇杷樹在月光中的投影，他將鑰匙插入鎖孔。

在經過了大半個人生歲月之後再回首，他告訴自己說，是的，那次月色中的等待不也是屬於那段日子之中的某個週末夜？

敘事曲

任胤親戚家的住宅位於衡山路高安路口上的一幢爬滿了綠藤的英式洋房。洋房的一邊圍牆與馬路接壤，而洋房的正花園卻與其他洋房的花園毗鄰。這是當年，這個租界的高尚住宅段很常見的建築格局。任胤最歡喜它那斜頂的三層樓了，從那半月型的邊窗望出去，是一片綠意盈盈的林木的海洋，若干紅尖頂灰尖頂的洋房點綴於其中，婉若航帆。假如是霏雨紛紛的季節，情調當更迷人，所有的樹木都濕漉漉地碧翠欲滴，而爬牆虎的葉片已蠢蠢地幾乎伸展到窗跟前來了。

親戚家姓徐，究竟是父親面上的誰的舅父再接誰家的姑母，誰家的姑母再嫁入了誰家的門第，儘管父親有過幾番解讀，但到了任胤這一代，就不會再有人願去化精神搞清弄明瞭。他祗知道，徐家的一家之主是一位被他喚作為大伯的老人，解放前開一家很大的印染廠，股票也都上市。他有二個兒子一個女兒，被任胤喚作大阿哥的，當年已大學畢業多年，依仗着家中每月還有一筆可觀的定息可拿，便堅拒統配去外埠，浪蕩在社會上無所事事。但他卻精通一切流行的玩術：游泳、溜冰、照相機、自行車、無線電修理。小兒子祇大任胤二歲，也是個社會青年，整天跟在他哥哥的屁股後面，兩輛亮閃閃的「蘭翎」腳踏車飛進又飛出，在滿街梧桐樹的葉蔭裡搖響一長串清脆的雙鈴聲，叫路人們個個都掉轉過頭來，眼露羡色地望着他倆。而小女兒則比任胤小一歲，彈得一手正規而迷人的鋼琴，每星期六替他充當伴奏的就是她，她的名字叫徐穎嫜，而任胤也跟着她家的家人一樣，喚她作小嫜。

徐家之所以吸引他還遠不在於鋼琴伴奏。那時，任胤正念高中，徐家的生活方式無疑是當時中國廣袤社會生活沙漠之中的一塊情趣綠洲。你能在那裡聽到外界聽不到的新聞與俗語，經歷到社會上經歷不到的生活方式與情趣。一杯咖啡還是一塊自家焗爐中焙烤出來的牛油蛋糕，即使是這種再普通不過了的生活小品，假如在他家那種陳設與氛圍的上下文中被點睛出來，就能讓你享受到一份無可言達的陶醉。這種任胤還在繈袍之中的社會生活的幻影又在那裡復活，似有似無，若即若離，且被無窮倍數地放大了之後，再投射到了人們記憶與聯想的螢幕上，令人着迷。

其實，在上海，這塊外國殖民者經營了一百多年的中國土地上要完全剷除這種已經太豐厚了的生存土壤，全體改植以革命化草皮的本身，就是一件不太可能實現的嘗試，至少在短時期內。在滿街滿巷紅彤彤的表像之下，像徐家這種生活的綠洲還星羅棋佈有不少處。昔日的記憶種子仍在冰封之下努力抽枝發芽；它們像原始的蕨類植物那樣，人傳一人，代複一代，頑強地盤踞在，漫延到每一小片還可能有人性與情趣水份供應的岩石之上，顯示着自己還沒被徹底消滅的求生本能——對於這種現象的解釋，當時一句流行的報紙通用語是：剝削階級時刻在夢想奪回他們已經失去了的昔日的天堂。

徐家，便是這麼一小片生活的土壤。三十多年後，當他已兩鬢斑白地再次站在那扇大鐵門的跟前時，他要說，正是這種無孔不入的蕨類植物的生命延續力，才有效地保存了能讓上海於幾十年後再度繁華起來的可貴的活力因子；致使她在政治冰封期解凍後，又爆發出如此強大，如此驚人的改革活力的重要原因。當然，這也是為什麼中國的其他大城市總是無法與之相比擬的原故所在——不知道那麼多海派文化的研究者們有注意到了這點細節沒有？他向自己扮出了個莫明其妙的微笑來：但這些，於我回來此地尋找舊夢又有何關聯呢？

他背着手在大門口仔細端詳：一樣的梧桐樹，一樣的葉影，一樣的太陽在頭頂上明亮地照耀，但就不知道為什麼這個地段上的這一切，說什麼，總要比溧陽路多出一份高貴的情趣來——即使是在三十年後，還是那樣。大鐵門已換了一種鑄鐵帶金銅倒鉤頂的，中間還澆鑄有某種古羅馬式的圖徽設計。圍牆新刷過，赭紅色的面磚與面磚之間勾畫着淺灰色的嵌線，一塊金光閃閃的銅牌掛在牆的一邊，曰：市級保護建築。雖然，他早就知道，這座洋房在很久以前已不再屬於徐家，雖然，在他記憶的庫藏中，還完整地保存着徐家每一個家庭成員的每一隻不同的人生故事，然而於此刻，他卻拒絕去打開這個記憶角落。他渴求的祇是一種夢境的重溫，能讓他全身心地沉浸一刻於這「桃花依舊人面非」的惆悵中去：這是一種帶了點兒病態的無奈。

他舉起手來按門鈴。一個老頭前來應鈴，問：先生，你找誰啊？他喃喃的答覆像是說給對方，也像是說給他自己聽的：對不起，我祇是想來看看。很久很久以前，我曾在這裡住過……不，是玩過，是……哎！哎！這怎麼行？看門老頭用手臂擋住了他，這裡現在是××公司駐滬辦事處，他說了一句洋涇浜的某個外國化妝品公司的名字。

但瞥一眼，就已經足夠了。一條方石的小徑通往洋房的後門，有密密的碧草從方石與方石的縫隙之間擠生出來。

一樣的方石，一樣的碧草，他披着一身濕漉漉的毛毛細雨踏進徐家的花園，時間是在1964年的春天。徐家兩弟兄正準備推着「蘭翎」車出門去。

「是胤胤啊？」大阿哥是一位身材魁梧的年青人，一付深褐色的寬邊「秀郎」鏡架在他醬紅色的臉膛上顯得十分突出。他的頭髮油水充沛，髮型吹得高聳，且一絲不苟。他穿一件米黃色的風褸，敞開，內露雪白的「的確涼」襯衣領；灰綠筆嘰呢西褲筆挺，腳上着的是一雙扁翹型的船鞋。他一隻腳踩在自行車的踏腳上，另一隻則點撐在碧草深深的方石地上。他笑得很燦爛，拍一拍從右肩上垂掛下來的那隻大包頭的「萊卡」相機，說道：

「春霄一刻值千金——出門拍照去！今天就不奉陪了，反正你可以與小嬅伴琴。」

那天，他春風滿面，神彩飛揚。很久之後，任胤才知道那正是他新結識了一位漂亮女朋友的一天。女朋友後來成了他的老婆，老婆又變成了背棄、揭發他的仇人。三十五年後，當任胤再見到已盲了雙眼的他從一座小閣樓上一路摸索着下樓來時，他還提起那一個春雨濛濛的星期六的下午，他說，人的命運其實都在他的人生道路的前方，一關一卡地等着他呢。這祇有在事後的回首中，你才會明白到上蒼的意志。

他的弟弟在他的邊上，也是腳點地的騎在另一輛自行車上。他的一隻蒼白多毛的手，扶在車把上，不停地將剎車杆彈動出一種「啪啪」節奏來。他斜眼睨着胤胤，不說話，嘴角間浮動着一絲似有似無的笑意。

「胤胤！——」再次聽得背後傳來大阿哥的一聲叫喚，是在他已差不多要邁進屋去了的時候。他回轉頭去，見到在濛濛的細雨中，兩輛「蘭翎」車已從半扇打開了的鐵門中騎了出去，正準備拐上高安路。他家的老傭人阿英還拉着鐵門，喋喋不休地關照着她的兩位少東主：大少爺、二少爺，落雨天踏腳踏車千萬要小心喔……但他們對她的話似乎沒產生什麼反應，大阿哥高高鶴起的臉蛋是朝着胤胤這個方向的，他的「秀郎」架鏡片在雨光中一閃一閃：「路條的事有消息了沒有啊？」他說得很大聲。胤胤知道，所謂「路條」這是指申請去香港的通行證——這是他們之間對這一種證件的慣常稱法，似乎仍隱含了日偽時期要離開淪陷區時的某類證件的意思。

「沒有——還沒有呢！」他回答得也很大聲，而且還是用手掌圍住了嘴邊的。

「盼望能快點下來，到時，你便可以到香港享福去啦！」

「謝謝……」

胤胤見到另一輛自行車已逕自前去，拐上高安路不見了，於是，大阿哥也不得不急急地騎上車去，「再見！……」他說。他追趕了上去。

就這麼個1964年某星期六下午的春雨綿綿的場景，斷層的留在了任胤的記憶中。人的記憶功能有時很奇特，會將某一截憶況裁剪得很整齊，而讓它的上文與下文完全遺失在了忘卻的黑暗中。多少年後，他完全是憑了一種理性上的推理，才定位出了某些時空元素。因為，之後應該是還會有所下文的，應該有，也希望有。於是，他便努力從記憶的黑暗裡去收集出些亮點來，拼湊成了一幅幅流動的場景：他應該先是在他家的客廳中坐下。客廳中有一座雕花的壁爐架，有一圈沙發圍爐架而放。沙發的頸靠與臂墊處都鋪有雪白的縷花網紗，而他多數會選擇在那張面朝花園的單人沙發上就坐。有一排油漆成了白色的方格鋼窗正面對着他，中間的一扇落地，而落地窗開向一片暗紅色的方磚平臺，平臺的遠端伸入進花園的大草坪中。室內的光線一般不會太好——別忘了，這是個雨天。每逢這種日子，沙發邊上站立着的那盞落地檯燈，即使在大白天也都是打開着的。從賽璐璐印花燈罩裡流瀉下來的柔黃色的光芒，照亮了一張深棕色的柚木茶几，而茶几上是常年放有幾本外國雜誌的。其中一本美國的《生活》週刊，是1948年的年底版，擱在那裡這麼多日子，你翻我翻，連刮刮作響的硬銅版紙也都翻閱得捲起了一大片，紙角上佈滿了翻閱者們油膩膩的指紋印。然而，書頁中的淑女們依然色澤亮麗，神情款款，她們穿着圓頭圓腦的半高跟鞋，長波浪髮型和稍露胸臂的泡袖時裝，站立在一輛47年款的「別克」汽車跟前，右手叉在腰際，露齒而笑。如此這般，令生活在六十年代中期的上海青年，即使在過了近二十年後再見到她們，仍會忍不住地浮想聯翩。

阿英躡手躡腳地走進了客廳，端上一杯咖啡，說：「胤少爺，請用。」便退了出去。於是，客廳間又恢復了原先的靜謐。任胤最喜愛喝徐家的咖啡了，他家從不喝「鵝牌」，他們從淮海路專門店裡買回來新鮮的咖啡豆，自碾自磨，再用一套由兩個大玻璃球組成的煮壺，將咖啡煲出來，然後再加入幾滴白蘭地，熱騰騰地盛放在一套精緻的英國瓷杯和托碟中端出來，才算是完成了終極產品。當然，所有的這些咖啡煮

敘事曲

調器具以及那枝長頸的白蘭地都是49年之前留下來的老貨。客廳裡靜悄悄的，衹有任胤一個人坐在那裡。呷一口咖啡，覺得一股有厚度的醇香徐徐灌進他的食道裡去。他將《生活》雜誌捲起握在手中，在沙發的臂墊上那麼不經意地輕輕敲打着，眼光則從白方格的鋼窗間透視出去。在這霏霏的春雨裡，花園裡的一切：樹木、花草、攀藤以及稍遠處的別家洋房的尖頂都籠罩在一片綠意濛籠的煙雨中。六十年代中期的上海，其實，離開那些四十年代的以及三十年代的，上海自開埠以來最繁華最洋化的日子也不過差了二十年的時間。衹是前者是靜止的，後者是流動的；前者已經或正在發黃，後者卻正在向着色彩斑斕的現代化轉變。三、四十年代的上海並沒有消失，它們存在着。它們衹是被人裝在皮箱中拎走了，拎走它們的人是架着金絲鏡架的，提着文明棍的，咬着雪茄煙的，踩着高跟鞋的，卷燙着波浪髮型的，穿着高開叉細腰段旗袍的。它們被隨箱拎去了香港、臺北；拎去了紐約、東京以及大大小小的歐美城市，而讓這個黑白的上海仍留剩在這裡，發黃、變脆，變得越來越朦朧遙遠成了一塊可望而不可及的憶斑，從而倒也讓它更散發出一種陳年紅酒的魅力與醉性，讓任何一個淺嘗一口的當代青年都會產生一種暈陀陀的感覺——就如此一刻的任胤。

樓梯上傳來了下樓來的腳步聲，不一會兒，小嬅便出現在了客廳的門口。小嬅是個假如她不出聲，你就很難會察覺到她存在的女孩子——而偏偏，她又很少出聲。當大家都興高彩烈的沉浸在談興中時，她常常是手握一冊書籍，坐在房間的一角望着他人。不介入，但也不能算完全不介入；不談笑，但也不能算完全不談笑。她，不高不矮，不胖不瘦，膚色也是不黑不白，甚至也不灰不黃。她，五官平穩，沒有缺點——因此也消失了一切優點和特點。

但有一點，她能彈一手迷人精湛的鋼琴，這與她自五歲起就送去跟一位白俄教師學琴是分不開的。她是個無論家裡來了什麼客人，她都不願意出來敷衍和應酬一下的人，除了與她年齡相仿的任胤之外。當然，這與他倆要合伴奏也不無關係。尤其是當她兩個哥哥都不在家時，她便無可逃避地要擔當起了那個接待任胤表哥的主人身份了。在那一個綿綿春雨的星期六下午，在這幽幽然的室內光線中，祇見她依着客廳的門框，輕輕的說了一聲：「你來了啊？……」然後便走了進來。而記憶的軌跡就從這裡開始，又重新滑入了忘卻的漆黑隧道間。

五

現在再回想起來，人生萬事好像都早已設立了一個定論似的——莫非就如徐家大阿哥所說的那般？其實，老之本身就是一種智慧的纍積，什麼哲理什麼預言什麼宗教，謎底自然會在人生漸老的歲月中漸漸顯影出來。有時，人生就像是一個圓周，始於該點的終於該點，就如溧陽路 1687 弄 2 號之於任胤。又

敘事曲

有時，人生又像是一首樂曲，總有這麼幾重情節幾許元素幾段旋律在那裡迴旋來迴旋去，幾經變奏後，又回到了那個最原始，最樸素的主題上，就如柴氏的這首敘事曲。他拉過已數不清有多少回了：伴鋼琴的，和樂隊的。然而更多時是清拉的，絕無驚天動地的交響色彩，但卻敘述了一隻完整的人生故事。而有時，人生更像是一回既定了緣份的棋盤佈局，你跨不進去，這是因為你擺脫不了他局之故。而假如你一輩子都存有美好的感覺，則又因為你一輩子都在渴望故。

就在那個初秋的下午，當他舉首透過梧桐樹葉，眯眼遮額地仰望了一會兒之後，當他又重新提起了那件輕便的手提行李，且終於打發走了那位黑黃枯瘦的名人居的看門人之後，當他輕輕推開了那扇鑲着金銅尖帽頂的里弄鐵門之後，當他從自家門前的水磨石臺階上一步步地拾級而上之後——當於這一切的一切之後，在那個初秋的下午，他恍若在夢中，他再一次重複了那個將一把鑰匙塞入鎖孔之中去的那個動作。

鎖，肯定不會是他孩童或少年時的那一把，也不會是他在 1964 年的某個浩月之夜回家時的那一把。1687 弄 2 號裡的住客調換過許多，也曾被好多戶人家割據過。現在，房管部門說，要落實政策了，要物歸原主了，於是，他便在香港收到了一封寄自於上海的，叫他回來領取一把鎖匙的掛號信件。

是的，就是他正在塞入鎖孔的這一把。

他在進屋之前仍自然而然地復活了那個習慣：朝那棵枇杷樹掃上一眼——它仍站立在那兒，像個忠誠的衛士，祇是好像也顯得老態了些，腰也更彎了，有一棵枝丫已經枯死。

他走過狼藉着雜物、垃圾、斷木樁、與破夾板的底層客堂間，一步步地走上了已完全沒有了朧地光亮的彎把扶梯。一切恍若昨天。他想起了父親，想起了母親，甚至想起了那個緊緊捏住他的小手渡過溧陽路去到對面「黑皮」家的雜貨店替他買一枝冰棒的女傭。然而，這些面孔都消失了，永久的消失了，在這世間祇留下他一個人，孤孤單單的一個人。還有，還有就是這間風霜老屋。他覺得眼窪與喉頭處都有一股熱辣辣的氣體往上冒來，他趕緊了行走的腳步，來到了他曾生活、讀書、練琴與冥思多年的二樓正房。

正房被隔成了兩間，有兩戶人家曾在這裡生活過的痕跡。諸如窗簾祇裝一半，或灶頭設在了走廊裡等等。祇是那扇落地窗外景色依舊，梧桐綠葉向室內投來一片斑影。還有那扇邊窗，他站在窗邊，望着那條橫巷，在對面那間矮房的門框間曾有一個十七，八歲的少女的身影正拍打着一身的雨水，停下，收攏起了一把黃油紙的竹骨傘——這是三十多年前的景像了。

據說，人的夢境常會有多少年後再次續上的事，他祇是恍恍然地不知道自己仍是在夢中呢，還是醒着？

任胤潛在的做人宗旨從來便是與世無爭，他最大的奢侈也不過是能讓他一生人都那麼從從容容地依着這邊窗，望着梅雨季中的橫巷，練琴。但命運偏將他顛來拋去，讓那些不瞭解他的故鄉人還以為他在外邊幹得轟轟烈烈，充滿人生色彩。然而，他最無法從記憶之中淡抹去的，恰恰是他在上海渡過的童年和青少年期，以後的影子反而影影綽綽如天際的薄雲，也如水邊的泡沫——有了，沒了，又有了，終還是沒了。紐約、香港、東京、臺北，他總會把一些年代地點與事情交錯對號，互滲記憶。就像那一次，他去新澤西洲

敘事曲

小嬅的家中作客。她坐在一架烏光溜滑的 YAMAHA 三角琴的背後，應客人的請求再彈奏一遍蕭邦的那首升 C 小調即興曲：那天的新澤西洲的陽光特別明媚，上午 10 時許，太陽將它明亮得有點刺眼的影子長長地鋪展在客廳地板上，透過銀白色的鋁方格長窗能見到小嬅的美國丈夫正打着赤膊，一身胸毛與臂毛地蹲在花園裡剪草，然後又開啟水龍頭，讓水霧高高地噴灑下來，在陽光中婉然形成一道拱橋樣的彩虹。

升 C 小調即興曲與新澤西洲的陽光，說什麼，總不是能算太協調。以前在上海，在小嬅家的高安路的住宅裡，每逢細雨飄飄的天色，便是這首曲子最好的演繹季節了。一大段濕淋淋的指尖急奏後（A 主題），一顆憂鬱而敏感的靈魂便露面了（B 主題），這是一幅雨中少女姍姍而行的水天一色圖。少女的髮尖與辮稍都點點地有水珠掛滴下來，但她仍飄飄然然地，從從容容地，婷婷嫋嫋地在這無窮無盡的煙雨之中走呀走的，直到完全溶進了雨的背景裡去（A 主題再現）。

小嬅彈完了，將手指停在鍵盤上，從琴蓋背後抬起臉來望着胤胤。「霞芬呢，」她問，「她有消息嗎？」

他搖了搖頭：「我已經多少年沒回上海了，老屋也早已上繳，還不知道她是否仍住對面那條橫街上呢。」

那次霞芬上樓來向他求證說，徐家是否真住在徐匯區的一座大花園洋房裡時，他才記起了她好像已經有好幾個禮拜沒上他家來閒談了。

徐家？哪一個徐家？他很有點詫異。

徐維國家啊——徐維國是徐家老二的名字。

在他證實說的確是花園洋房，的確在徐匯區，的確有如此大時，她的表情有些扭妮和古怪。接着，她便說要走了。他挽留她在有梧桐樹綠意的窗口前小坐一會兒，並順便帶些僑匯券回去，她都堅定推辭。甚至在下樓時，都有些離態匆匆的樣子了。

他努力回想：也就那一次吧。那天，徐維國騎車來虹口，路經任胤家時，順便在2號靠橫巷的邊窗前高叫了幾聲任胤的名字。任胤正與霞芬對坐在臨窗的沙發上聊天，當下探出頭去，便見是徐家小阿哥。他還是那付騎車的架勢：一隻腳踏在踏腳板上，另一腳踮地，笑嘻嘻地說，沒事，沒事。我其實也是順便經過喊兩聲玩玩的，看看你會不會在家——我這就要走，還約了人呢。

但任胤卻興奮得有點紅了臉。他從不來他家，甚至連虹口區這種地段他都甚少光臨。他的到來似乎一下子將高安路衡山路的氣息都一同帶了來。他說，既來了，怎麼可以不上來坐一會呢？但對方拒絕，並似乎有一付立馬就要離開的模樣。

是誰呀？讓任胤這樣高興？坐在對面的霞芬也湊上前來，從小小的邊窗中擠去一塊臉去，而任胤仍在一個勁兒地說服他上樓來一坐。

對方的態度開始軟化，說，那好，坐，就坐一會兒吧。說完，就跨下車來，在街邊支上撐腳架，打上了車鎖。

任胤飛快地蹦下樓去把這稀客迎進門來，而霞芬則走出房門，趴在二樓扶梯的轉把上，望着他倆一路有說有笑地上樓來。他連打扮都有明顯的徐滙腔：一雙軟質澳洲皮的小方頭皮鞋，一條米色的卡其西褲燙得十分挺括，白的確涼襯衣敞開兩粒上扣，一付墨鏡從襯衣的上方筆袋中翹出一條腿來。即使在樓梯的幽暗光線中，他右腕上的那隻全鋼的「勞力士」手錶仍然在閃閃發亮。他望見了在扶梯口上趴着的她，便問道：這是誰啊？

他說，我的鄰居。在之後的細細回想中，他才想起，他腿部的登梯動作似乎有過，或者說，應該會有過，一刻間的停頓；而他那隻佈滿了密密細汗毛的白皙的小臂，在幽暗的光線之中也有過一回不知所措的舉止。

他走進房間的時候，眼光有過那麼一兩回不經意地從霞芬身上瞟過去又瞟過來，那時霞芬正襯着邊窗外的明亮的天空光的背景站着，她柳曲的身材如同一筆流暢的速寫線條。

他在沙發中呵呵呵地笑着坐了下來，將上衣襟的紐扣暢得更開了，環顧着房間的四周圍，說，這裡也不錯嘛，又安靜又涼快，還有這麼漂亮的女朋友陪你聊天。

他說，哪，哪裡。小阿哥，儂開玩笑了。不過，這倒是真的，我家沒什麼可招待你的，我家祇有「鵝牌」……

他努力地回想着，也就這一次了。

記憶又開始來作祟他了。

不知道這會不會是那同一個春雨霏霏的星期六呢，還不知道是前多少或後多少個中的另一個。已近黃昏了，在她彈完了那首升C小調即興曲之後——在這樣的氣候，濕度、光線與環境的條件下，他通常都會請求她彈多一遍的。但這一回，她沒再彈。她停頓了一下，說道：「有過多少回了，我想同你說，但我不知道我該不該說？……」

她用眼睛望着他，大大方方的，有一份矜持一份真誠還有一份遲疑。

他也用眼睛回望着她，無言。他沒鼓勵，也沒阻止，她想說的或她該說的。他當時的心中有些緊張也有些不知所措。他已不得不匆匆作好了他可能會聽到些什麼的心理準備了。

但她，還是自顧自地說了。

她說：「我小阿哥這個人，你一定要提防着點他啊，胤胤。」多少年後的那個新澤西洲的陽光客廳裡，她再次提及那個遙遠的忠告，她的臉上浮着一層無從定義的笑容：「當時，你一定不會想到我說出來的會是這麼一句話吧？」

這倒是真的，縱然他會想到一千種可能，也不會包括這一種。

他一片空白地望着她——空白，不僅指眼光，更有心情。在他們兩家的關係的共識中，他與她的將來似乎早就有了一種不成文的確立。徐家大伯，大伯母，秀郎架的大阿哥，白皙多毛手臂的徐維國都覺得這

敘事曲

是件天經地義的事。而任胤的父母也從香港來信說，都已到了MATING SEASON（交婚友）的年紀了，提早留意，才能找到一個理想的終生伴侶。又說，徐家小嬅外貌端莊，內賢外秀，又彈一手好鋼琴又門當戶對又親上加親，這是年青一輩之中難得的賢慧之才啊，云云。但任胤感覺不到什麼，他甚至不知道所謂「賢慧」是什麼？「賢慧」了又有什麼意思？但她的鋼琴的確彈得迷人，尤其在細雨霏霏的時分，他一定會央求她彈多一遍升C小調的，然而在雨中的琴聲與雨中的身影之間，任胤選擇的是後者。

那時，他畢竟還年青。

他不知道小嬅對那些他人的說法與想法的態度會是什麼，在她始終中性的臉部表情上，他讀不出什麼來。祇是在那一天，她突然表示有一件事她想說很久了，但又猶豫該不該說時，他的心頭才猛然驚醒了一種奇特的戒備心理。

但畢竟，小嬅的話還是讓他生長出一種警惕性來。他想起了有一次。有一次，他們——他，大阿哥和徐維國——結伴騎車去西郊公園春遊。他們的兩輛「蘭翎」先行，他的那輛嶄新的「永久」隨後。那年頭，一個人能單獨擁有一輛自行車，就如今日裡私人那擁有一部私家轎車一般的風光，再說了，這還是一件他用僑匯特種供應券，在南京東路七重天二樓的僑匯商店買回來的貨品。他愛車如命，每天一放學就將車子在小院裡支撐好，將龍頭把手與克羅米鋼圈擦了又擦，直到將它們擦得光耀如鏡為止。那一天，他先是騎車去的徐家，大家聚了頭之後，再從那兒出發前往西郊。當他與大阿哥兩個有說有笑地從客廳裡走出，來到方石徑上時，就見到徐維國剛好從他那「永久」車的邊上站起身來。他拍打着兩手的塵土，神色有些慌亂。之後，又擺出了一付滿不在乎的樣子，雙手叉着腰際，對着「永久」，東瞧瞧西瞧瞧的像一位資深的古董估價商，說：「現在的國產車做得還勿太板（差勁）嚟——鑾金光鋥亮格嗎！」

然後，他們便騎車出發了。一路無事。就待到要繞延安西路虹橋路交匯處的那口大花臺一個大兜轉時，任胤發現自己的車把手有些不聽使喚了。「嘟！嘟！」對馬路傳來了氣勢洶洶的鳴號聲，他急忙去揑剎車杆，但失效。一輛解放牌的十輪卡，塌扁着鼻子，迎面沖過來，就這一剎那的場景記憶。等他弄清是怎麼一回事時，他已連人帶車地撞倒在了一根水泥燈柱上，十輪卡「嗚——」地從他身邊旋風而過，嚇出他一身冷汗。他撫摸着額頭上撞出的一個大血皰站起身來，徐家大阿哥小阿哥都已調轉車頭，從花壇的那頭兜轉了回來。「沒事吧？」「沒事吧？」他們都顯得擔心而緊張。查了查了「永久」，沒什麼，衹是車把上的一顆中心螺絲鬆動了，而後輪的蟹鉗式的剎車裝置也不知在何時已經掉在了半路上。

這是一次。

另一次是有關他的那架心愛的上海牌 203 型相機的。那時，這種型號的相機剛面世，他是在第一時間就去僑匯商店將它買了回來。那一回，他正拿着相機在虹口公園的一座木橋上拍照，為了一個別致的角度，他將頭臂都傾斜出橋欄去，朝着對岸橋墩邊依柳而站的霞芬叫喚道：「再靠近點，笑！笑！——好……」時，他突然覺得手中一滑一輕：「卟通！」一聲，相機從皮殼的底板上鬆脫，跌入了湖水中。事後他反復研證相機與皮殼螺旋底板之間的關係時，肯定說，他自從上次用過相機後就一直讓它擱在五斗櫥的某一格抽屜中沒動過，除了有借給徐維國用過幾天之外。還有一次更嚴重：他從徐家吃了晚飯回家，在15路電車上已感胃部不適，20路車上疼痛難熬，55路上時，他已嘔吐不已，並人都痛倦縮成了一團。他在區中心醫院掛了兩天鹽水，末了，才算能飄飄然地站出個人樣來。「食物中毒，」一位架着一付黃白鏡架的白大褂朝他臘黃了的臉色望了一眼，說，「到哪裡去吃了些什麼沒有啊？」

他愈想愈嚴重，愈想也愈覺得有點可怕了起來。但他沒有證據，他當然不能貿貿然地將所有這些奇特事件的起因都統歸於那張白皙的面孔和那枝多毛瘦臂的名下。

包括霞芬怎麼自從那次之後，便突然不再上他家來一事。

六

有些記憶會不時來作祟，有些記憶則總是臨崖斷層；有些記憶飄忽，有些記憶又清晰如印記。記憶是一門學問，保存記憶更是。人生是因為了記憶有各色各樣，千姿百態而更顯立體、豐富，顯得來路茫茫去途迢迢。

但有的記憶，卻是無論時光流水如何洗刷，也休想將之淡化去的。

比如說雨季裡拉柴可夫斯基，比如說月色之中回家去，再比如說那一回，當晚霞燒紅了半壁天空的黃昏過後，他與霞芬正面對面地坐在愈來愈深濃起來的夜色中，誰也不發出聲息來，誰也不去開燈——那一回，那一回的全部過程就像是一個凝固了時空的瞬間。

那時，幾乎大家都已經知道，他去港的申請馬上就要批復下來了——或者說，其實已經批復了下來。霞芬的母親是里弄幹部，她當然很清楚。而霞芬的哥哥又是地段戶籍警的鐵杆小兄弟，他的消息來源更不會出差錯。衹是在1965年底的那種政治大環境下，所有的出國申請，雖已經市裡批復了，但也得一級挨一級的在各級公安機關，街道辦事處，甚至里弄居委主任的辦公桌抽屜裡分別耽擱上若干時間，顯示一種自上而下的權威，以及對於那些不願在這片紅色天空下生活的人們的，不約而同的敵意。

再說，這也是一種時間上的拖延術。萬一在這段期間內，黨的政策突然有變？萬一申請人的政審材料在這段期間內有所增減？這便可當機立斷地卡住任何一條不應被漏網之魚——那個時代人的階級覺悟，幾乎個個都有一種箭在弦上的警惕性。

至少，直到那個晚霞火紅的黃昏為止，這種情形還沒有發生在任胤的身上。

既然要走，他家的房子的去向便成了個實際問題——倒不是對於他，而是隱隱約約地對於霞芬及其一家人。任胤不知道自己對於這個隱隱約約的背後故事，以及這種背景式訴求的精確感受是什麼？他很少去想這層意思。一想到霞芬，他執着於的，仍然是敘事曲、邊窗、雨巷、身材和油紙傘一類的聯想。至於她的哥哥或者母親，他們對他的遙遠，就如他那房子之去向應該對於他們的。

霞芬到他家來的頻率更高了，除了學生裝，納布底鞋外，她還為他帶來了她母親親手做的青糰和米糕。她問，你去香港後我們如何聯繫？他說，通信唄。她說，你這一走，這整幢房子就真上繳了不成？他說，那又怎麼着？她猶言欲止，猶豫了片刻，終於還是轉向了其他話題。

應該說，他倆長長的戀愛緩跑也已經有這麼長的日子了，但仍局限於依框而談，借書還書，拉琴閒扯上。有過一次，在幽暗的扶梯上，她突然用手拉住了他的手，這是一隻冰涼冰涼的手。他轉過頭去，衹見有一些水汪汪的光芒在她的眸子間閃動。「霞芬！」他喚了一聲，擁抱住了她。他吻她，吻去她頰上濕漉漉的一些液體——僅此一次，也僅如此而已。

於是，便到了那個晚霞燦爛的黃昏。

她顫聲地問他「……你愛我嗎？」

「愛……」他覺得自己回答得很傻，很不文藝化，也毫無男子漢腔。他恨自己的舌頭，恨自己的嘴唇，也恨自己的聲帶。

又是一段長長的靜場。

「你不願坐到我的身邊來嗎？」她蚊聲說着，眼睛望着自己的腳尖。

「我，當然願意……」懷着對自己舌頭嘴唇以及聲帶的再一次憎恨，他坐了過去。在長沙發上，他使勁地摟抱住她，他覺得自己的動作狠得來有點兒做作，有點兒帶補償、贖罪兼表白的性質。但他呼器官吸還是嗅到了一股從她襯衣深層裡散發出來的，帶牛奶味的體香。以後動作的1、2、3、4條，他們都幹了些，但不連貫不自然也不太投入。他衹記得，當他倆從沙發上站起身時，他們的衣冠是衹要拉一拉，扯一扯，便可以恢復整齊的那一種。

他送走了她之後就一直很後悔，他準備了許許多多表白的辭句和解釋的理由。他也深思深挖過自己的心理根源：與他的一個美的偶像在這方面旋即進入角色，他始終藏有一份暗暗的心理抗拒。再說，這些事好像從來非其所擅長，即使在許多年後，他結了婚娶了妻，他也都經常會保守在這同一種思路慣性上。作愛時走神，達情上笨嘴拙舌，即使讓對方反復不滿，責備，乃至於取笑，衹會令他在這方面變得更加神經緊張，和動作產生不協調。

可惜的是，儘管準備再充份，他也喪失了向她解釋的一切機會了。因為自從那次之後，她再沒到他家來過，除了那回專程來詢問一下有關徐家洋房真假與大小時，露了露面外。

小嬅說，他的這種個性，其實她是很瞭解，也很理解的。他並沒有向她說起些什麼，在那個新澤西洲的陽光的上午，她突然暗示性地提及他倆遙遠遙遠的過去，以及某段沒有結果的關係，語焉不詳，含糊含蓄得帶點兒泛指性——人在逼近四十後期的年齡段時，又是同鄉又是親戚又是知己又是在異鄉，性別已不再成為什麼敏感的話題了。

她那赤膊胸毛的美國丈夫回進屋裡來，他邊抹汗水，邊向他「哈羅，你好」的打着洋招呼。然後逕自往廚房裡走去，在一座雙門大冰箱裡拿了一枝「百威」易開罐出來，複走回客廳來。他一隻手撐在門框上，一邊望着他們，一邊喝着啤酒。

「你沒帶提琴來吧？」

任胤一楞。「——那我們可伴不成 Tchaikovsky 的那首敘事曲了？」她幽默地眨一眨眼，笑了。她將柴可夫斯基的中文譯音用標準的英語發音讀出來，故意讓那位喝啤人能聽懂一點，卻不得知曉全部。她何時變得也會玩些幽默調皮的遊戲來了？於是，任胤笑了，而她的那位撐框而站的丈夫也跟着「嘿嘿嘿」地傻笑起來，他那金黃色的胸毛在陽光中一抖一抖。

話題，是在等他喝完了「百威」，回去他那地下室的電腦房中時，才又接上的。她說，現在，最可憐的要算是大阿哥了，孑然一身。老了，留在上海無人照顧，到美國來同她一起生活吧，又盲了雙眼。小阿哥反而好，死了，也乾淨了，也一了百了了。她的目光黯然了下去，又恢復了那種她在上海少女時代所常見的，矜持的中性表情。那天，她用目光凝視着她腳下棕色的長條地板，慢吞吞地說道，語音輕柔而飄忽，我們全家都聚在汽車間的那盞昏暗的 25 支光的電燈泡底下，每個人都用雙手抱捧着自己的腦袋，懵了。不是不哭，是哭不出來，也不敢哭。什麼都蒸發了，留在感覺鍋底上的衹有一場惡夢老醒不過來時的，強大的窒息感。

客廳上鎖了，飯廳上鎖了，正房偏房都上了鎖，連每間廁所也都被交叉着地打上了紅杠杠的封條。家俱運走了，存款凍結了，工資停發了——今天不知道明天將怎麼過？鐵門幾乎推不開，從圍牆上一路延伸過來的標語和大字報幾乎將門框都封死……

任胤已經不知道了，這是他的想像呢，還是她敘述的繼續：在遙遠遙遠時光隧道的那端，有一片天空，幾顆乏青輝的寒星在它墨藍色的穹頂上閃爍。路上沒有行人，在這深沉深沉的冬夜，衹有那座高安路的洋房以及從她花園圍牆中伸出頭來的，漆黑漆黑的樹影背景在這片泛着青光的夜空裡，兀然矗立。一陣悲嗚着的西北風吹來，掀起滿街滿牆打紅杠杠的紙片，像掀起一片嘩啦啦的孝服。

父親剛從隔離室放回家，每天還得早出晚歸，回原單位去接受批鬥。而我們，則從童年就已慣熟的溫馨裡，一下子掉進了這現實冰窖中，還沒來得及弄清這究竟是怎麼一回事？這間在從前誰也不會來歇一歇腳的汽車間：塌房梁，水泥地，蜘蛛網，透風漏雨的門窗以及一盞沒有燈罩的單頭吊燈，竟變成了我們全家人的棲身地！但就在那個晚上，派出所來了個民警，冷冷地通知母親說，你家徐維國攀牆逃離審查室有好幾天了，今天早上才發現他已畏罪自殺——他是鑽入街邊的一條空的水泥管道中，死去的。後來我們才知道，那是停放在你們家弄堂旁邊那條橫巷上的，一大堆地下水泥管道中的一根。這些管道都非常巨大，能

敘事曲

足足坐進去好幾個人——那時全國不正大挖防空洞嗎？我想，這些管道很有可能就是派這個用場的。

她說，嗯，可能是吧。

他們說，他是喝下了至少六瓶敵敵畏才死去的，死時一定很痛苦。我去停屍房為他整點時，見他滿褲襠的污穢物，臉也扭曲成了青黑色。她停了停：「你猜，當我們被通知這霹靂一般的消息時，悲傷恐怖不說，我們全家第一個不約而同想到的那個人是誰？」

「想到誰？——哪倒真不知道。」

「那個算命人，那個左臉頰上有着一大片青色胎記的算命人……」

「Jennifer！」地下室裡傳來了她丈夫雄渾着胸腔發音效果的喊聲，「I've left something on the gas stove, please take care of it for me, and thank you, sweet heart!」（吉妮伏，我在煤氣爐上煮了些東西，請幫我照看一下，謝謝，甜心。）

「Ok！」她坐在三角琴背後的臉朝着地下室的扶梯方面轉過去了半個角度，「Don't worry, honey, i'll do it！（放心好了，我會的，親愛的。）

任胤記起了那一天來。

這應該不是個週末，是大阿哥專門打電話來通知胤胤說，今天下午學校放了學，就到他家來一趟。「有事嗎？」他問。

「來了你自然會知道。」他在電話線的那頭「呵呵呵」神秘地笑了起來。他家的電話按裝在旋彎扶梯上二樓主人房去的牆上，下面緊貼牆身放了一張半圜型的柚木銅手柄的電話記事檯。胤胤能想像出此一刻大阿哥的神態與動作：人是靠在牆上的，手指不斷地圈弄着垂下來的電話線，他的表情是笑嘻嘻的，仿佛他能見到電話線那一頭的胤胤似的。他的一隻着拖鞋的右腳尖豎起，在打臘地板上做着呈弧圈型的旋轉動作。從電話線的那一端還能聽到小嬅的鋼琴練習聲，可見通往客廳去的彈簧門一定是打開着的，這是車爾尼的一首快速手指練習曲，一連串飽滿彈跳的音符一陣風點水面似地掠過，把某種氣氛通過電話線傳送了過來。

衹是在電話線這一頭的他所身處的世界，卻完全是另一個。

以前胤胤家也有電話，但這些日子衹是留在了任胤童年的記憶裡。那時，父親還在上海做執業會計師。以後，公私合營，業務結束，電話也就拆了。現在他使用的都是傳呼電話，電話間設在居委會，而居委會就開在那條橫街上，與霞芬家門對門。

就在一刻鐘之前，一位里弄老太太來到了他家的門前大聲叫喚：「電話！2號姓任的電話！——」他急忙奔下樓，去了電話間。因為，每次為三分錢傳呼費而來叫電話的人，脾氣一般都很大，叫幾聲沒聽見，就會在門上猛捶亂踢一通起來——橫街上的住戶一般對1687弄裡的人都懷有一種莫名的敵意，就如現一刻與大阿哥通話的胤胤，雖然聽覺已不由自主地被聽筒裡的聲音吸引了過去，但他仍如同背受芒刺般地感覺到從橫斜裡刺探過來的目光，這都是些坐在寫字桌後面的里弄幹部們。他匆匆地說上了幾句，就擱下了那隻沾有千百人口水臭的膠木黑話筒，離去了。

有什麼出了差錯嗎？本來該是很快就會批核下來的通行證非但遲遲不見回音，就連平日裡對他還算客氣點頭的里弄幹部們的臉也都一張張的冷若冰霜了起來。最奇怪的是霞芬她媽，幾次打照面經過，她竟故意避到了街的對面去。然而還不及細想，他已背着書包，直接從學校去了徐家。徐家的世界到底還是另一種世界。

花園、草坪、大客廳、三角琴和鋪着地毯的寬走廊——三十年後，他才知道，原來第一次來到這裡的霞芬也曾驚愕非常地走進了這扇大鐵門，再在這寬闊的走廊上無聲而緩慢地走過，並用目光流覽過這裡的一切。

這裡除了環境、陳設與氣氛與當時社會上的其他地方不同外，就連常到徐家來聚會的客人，也都是從上海灘的各個被遺忘的角落裡彙聚過來的稀有人物。有當年某大老闆的外室，有某軍閥的後代，有某名門的遠親，有某女星的前夫，有某年某屆的「中國小姐」等等，等等。於是，一隻隻陳年故事就會在他家的壁爐邊和咖啡杯中又復活了。這次大阿哥請來的，是一位當年曾在上海灘顯赫一時的名相術士的孫輩。這是一位肥胖的中年人，左腮上長有一塊青色的胎記，有一叢毛髮從胎記上伸出來。他目前的職業是一家廠裡的燒爐工，但據說，他仍保持有他祖父的那種能看人三世的稟賦。

「是專門請他來看看你去香港的路條有希望沒有，」大阿哥伸出一根食指來封在了自己的口上，他將話音校得很小聲，「噓！——記得，千萬別告訴他些什麼，一切讓他自己先猜——啊？」。算命選在二樓的大伯父與大伯母的正房裡進行。每逢有些神秘或者小圈子成份的活動，通常都不會在樓下客廳裡做，這是徐家的規矩，諸如算命，替人介紹男女朋友或者是每晚10點之後收聽「美國之音」和英國BBC的華語廣播之類——儘管樓下的客廳裡其實也有一座落地收音機。

大家圍小圓桌而坐，咖啡在每人面前冒騰着熱氣。「我這位表弟，你看他……」大阿哥率先進入主題，望着算命人「嘿嘿」地笑。

「想出遠門——是哦？」

果然厲害。大家面面相覷，眼露敬佩之色。「是的，是的，你看他……」

「一定會成功。」任胤一陣興奮，但，「不是現在，是要在他過了三十歲的生日之後。」

「啊？！」一桌人都驚呆了，那豈不是還要等上長長的十三年？

算命人將臉抬起來，這是他在作出某種精神溝通時的神態。他將兩眼眯成一條縫，朝着他對面窗外的淡藍色天空以及天際線上的樹木與洋房的輪廓發楞，而讓任胤與全桌人，祇能朝着他那翹起了的肥大下巴望着，等待。那叢從胎記上長出來的毛髮就像一束彎腰在孤灘上的蘆葦杆，在電風扇的風流之中巍巍顫動。

「你這表弟為人平和，與世無爭，但他前世有來頭，後世有去路，今世祇是過客，任何企圖衝激他命格的人必遭懲！」

他將下巴放平了，睜開眼來，似乎他根本就不知道自己剛才說了些什麼。他又恢復了一個燒大爐工人的模樣，他端起咖啡杯來喝了一口，盛讚咖啡之香濃和英國餅乾的奶味。但任胤不知道為什麼全房間的人，大伯，大伯母，大阿哥，徐維國，以及坐在房角裡本來就不怎麼出聲的小婢，都鴉雀無聲了？

七

他不覺得自己前世有什麼來頭——他當然更不知道自己的後世將會有什麼特別的出路——反正，假如他前世真有來頭的話，他的去港申請不會從此就沒了下文。

申請呈上分局已有一年多了，再任憑各級審核部門的拖扣與積壓，也都該有消息了。社會上，政治運動的風聲日緊，報紙上的社論，學校裡的高音喇叭，以及居委會門前神情肅穆，煞有其事趕進趕出的人們，似乎都暗含了某種預示。任胤當然不屬於那亢奮的一群——社會上和學校裡，這種人還是挺多的。49年後，所謂「翻身做主人」的諾言到了今天，似乎才真正有了點兌現的味道。不說別的，就連他，那種素來衹要一沉浸到提琴與鋼琴旋律中去，就會變得平靜如秋湖的心境，也都會產生出一陣陣不由自主的波動。如今，他真已很難再做到讓自己安坐於邊窗前，望着雨巷中的人影拉琴，而不生出一絲焦躁的情緒來了。

父親從香港那頭的來信也一封緊似一封地催促他，信上甚至說，通行證要末現在就批下來，要末，你還要遙遙不知期限地等上一長段日子——爸爸怎麼會知道的呢？

天氣開始炎熱起來的時候，他不得不硬着頭皮到市局出入境管理處的接待室去了一次。這是他生平第一次，也是最後一次去那種地方。

一個接待人員坐在一張方桌後，在呼呼的搖着頭的電風扇的風流裡，他將一條制服的藍褲腿捋得老高，露出兩枝白皙的腿肚。「什麼名字啊？住哪個區的？」他將語調拖得老長，表示一種官腔，一種懶散，一種對來訪者的蔑視和高居臨下的意味，眼睛也故意不望對方。

任胤一一報上。

他打開了一隻宗卷夾，半掩着地朝裡看，邊看邊摳鼻孔。而且，似乎看得愈專注，鼻孔也摳得愈努力，完了，說道：「你回去自己想想吧——幹過什麼壞事沒有啊？」說罷，便將鼻孔中摳出的一些什麼，夾在食指和拇指之間反復撚捏後，再點在小指尖上，朝着屋角的方向彈了。

許多年後，他才明白所謂「壞事」是指什麼。那一刻，他正將他至今還保存完好的，一份淺綠色的摺疊式「來往港澳通行證」，小心翼翼地取出來給霞芬看。而那時的霞芬已是個兩腮上都有肉球垂蕩下來的中老年婦人了，她邊在竹籮裡揀菜邊陪他閒聊。她嫩滑的象牙膚色，早已被無光澤的灰黃所替代，褐色的

敘事曲

老人斑開始在她臉額與手臂上浮現。唯眼睛還是那一對，當它們抬起來望着他時，他想到了當他停下弓子，讓最後一縷音聲都消失在琴弦上後，抬起眼來望見它們時的情景。

他指着通行證左上角那一張勃勃着青春氣息的青年人的相片說：「當時的我就是這個模樣？」「嗯，正是。」說話的就是那同一雙眼睛。眼睛希望他能追尋着這同一條思路繼續說下去，但他沒有。他掂着那張輕若鴻羽的通行證，自言自語道：「這裡疊折着的是漫長而又沉重的整整十三個年頭哪！」

其實，任胤的申請不可能獲准的消息，霞芬是知道於任胤之先的——她甚至還知道於她那當里弄幹部的母親和戶籍警鐵杆好友的哥哥之先。她起初不以為然，但後來知道消息居然屬實。她奇怪的是：怎麼第一個告訴她這個消息的人竟然是徐維國？她有過好多次想去任胤家告訴他事情的原委，並與他再共度一回日落時分的 1687 弄 2 號邊窗前的靜默相對之一刻——她後來也就此事向他解釋過，不管他信與不信——但不知怎麼地，就始終沒能去成。

他望着她的眼光有些深邃是可以理解的。那一個深夜，天很陰冷，秋已深，街上淫雨霏霏。是的，他說，我想你也應該記得？

他拎着提琴從徐家回來，經過溧陽路長春路口的一家還亮着的日光燈的夜店。一個穿油膩膩白兜的漢子在門口煎生煎饅頭，他將平底鐵鍋斜擱在旺旺的火爐上，用一隻木柄鐵勺在鍋的邊沿上響亮地敲打。他在誘人的生煎包的香味之中走進店來，一眼就望見了恰好抬起眼來望一望門口方向的她，半口生煎還咬在口中。

她慌亂的眼神告訴他，她並不想說什麼，甚至與他有任何目光接觸，她都不想。他於是便很識趣地將搪瓷盤裡的生煎端去了另一張臺上吃。但從斜橫裡望去，他見她匆匆起身，走了，將兩隻還沒動筷的生煎都留在了盤中——這在當時，似乎是帶點兒不合常理的奢侈之舉。

難道，這不是一次他倆可以再談一談的好機會嗎？

因為那時，那時她已經知道了不少。

因為那時，那時他一切還都蒙在了鼓裡。

但那時……她說，唉，叫我從何說起呢？

他笑着說，算了吧，就別說了，真的，別說了。有些，他已經知道，而有些，他永遠也不想知道，如此而已。

他永遠也不想知道的包括那個秋雨之日的上半部。

而他自己經歷的，則是它的下半部。

這一天是霞芬第一次上徐家去，是徐維國親自接她去的。假如任胤在下午去到那裡時，已經知道霞芬是剛從這扇鐵門之中離去的話，他一定能想像出當她小心翼翼地跨入這扇鐵門門檻時候，驚喜與慌亂的交織神情。徐維國帶領她參觀了這幢房子的每一個角落：客廳、飯廳、花園，徐維國父母的臥房以及他自己的，

敘事曲

甚至連每一個廁所都沒有放過。對於她，一個從小在虹口區的一條窮街上出生和長大的女孩子來說，這一切衹是像一場電影，一本小說，一個夢。下午她回家，走在往常熟悉的街巷上，竟然滋生出一種優越感來，她將小時候讀到的「灰姑娘」和「紅帆」的童話，朦朧地串連成了一隻龐大而又邊緣模糊的人生故事，在故事的結尾，她成了這幢洋房的女主人——這點似乎相當清晰。

她愈想愈遠，愈想愈激動，愈想愈浩宇飄渺。生理與心理的因素都在她少女的胸中沸騰，她夜不能成眠，第一次摸黑披衣起身，躡手躡腳地爬過了睡在了她外牀的母親，繞過靠門擱放的她哥哥的活動小牀，悄悄地打開了屋門。

門外，天色陰冷，細雨綿綿。然而，她卻感到內心熾熱得可怕，她漫無目標地在深夜的溧陽路上走着走着，就見到了長春路口上的那家生煎包的夜店。

所有這些，讓她又如何來向他啟口？

當然，他是不會知道這些的，照他的話來說，他也不想知道這些——其實，除了這些以外，他不知道的事還有很多很多，其中至少包括如下幾大部份：

一、就在那一天，徐維國告訴她說，快別去理睬任胤那小子了！不信你瞧，他非但去不成香港，哼！我還要叫他去蹲大牢呢。什麼？！她懷疑自己聽錯了，你說什麼？說這話的時候，是徐維國洋洋得意地領她剛完成了巡視大屋一遍，在客廳的長沙發上坐歇下來之際。徐維國的一張臉朝她轉過來，他自覺有些說漏了嘴。他朝她尷尬地笑笑，一隻多汗毛的青筋暴突之手伸過來捏住了她的那隻柔柔的小手。「你很美，霞芬，你美得讓我第一次見到你時已不能自制……」青筋手有些顫抖，沿着柔軟多肉的胳膊一路游動上去，點觸到了她那蘊藏在外套和襯衣裡的豐富着彈性的胸脯。他大口地喘着氣，她也開始喘起氣來。她的腦腔中塞滿了各種混亂的意象，有灰姑娘水晶鞋的，也有與任胤渡過的那些年年月月之中的那一個個渴望的時刻。當手托咖啡盤輕輕推開虛掩彈簧門進屋來的阿英見到這一幕場景時，她驚呆了。她沒有見到她，她見到的衹是她的「二少」，一條長褲還卸在腿彎間，正俯身趴在某件物體上。他削瘦的裸臂在作一上一下的掀動，聽到有聲息，才從沙發寬厚把手的掩埋裡抬起一張汗涔涔的臉來，他見到他家的老傭人的身影正從彈簧門來來回回的擺動之間慌慌張張地退出去。

二、後來，他倆從沙發上起身，徐維國在匆匆提褲的當兒已經告訴她說：「今天你還得趕快回去，胤胤一會兒就要來——今天不是星期六嗎？」而她，卻正在期望着溫柔之後的那一啧在腮幫上的淺吻，或者，她是從哪本胤胤借給她的十九世紀的西洋小說中讀到的某個細節，但她沒有能如願以償。她匆匆地理了理頭髮，整了整衣褲，徐維國已從厚玻璃門中探進了頭來。他揮一揮手，壓低了聲音：「現在沒人——快！」於是，他在前方引路，她在後面貓步而行，一直等到跨離了大鐵門，並聽到身後傳來了「砰」的一下關門聲之後，才算將一顆提着的心放平了下來。

三、就當他踏上一輛 55 路公車車階時，她也正趕搭上了一班 15 路車；而他搭乘的那輛 20 路電車恰巧就是她搭乘回來的那一輛。他們都曾坐在同一個鄰窗的座位上，望着窗外流動而過的南京路和外灘的那些花花綠綠的相同的情景，思想着的卻是不同的心事。她是從20路的那扇門下的車，車輛一個「U」字形的大轉彎，又在對街的起始站將他從另一扇門接載上了車。他倆都行走於外灘梧桐樹的樹蔭下，秋深了，江上有颼颼的冷風吹過來，他倆都不由自主地緊了緊外套。可能要下雨了吧？兩人或者都想到過同一個念頭：到哪裡去吃點熱點心——有生煎包就好了。他們在兩個不同的命運層面上，在那一年那一月那一日的上下午的交替時分始終平行卻又是逆向側身錯過。

四、他不知道的還有：若干星期後的某個夜晚，已經過了晚飯時間有很久了，但徐家的飯廳裡仍然燈火通明。巨大的橢圓型的柚木大菜臺上，他們全家人有過一次憂心忡忡的，火藥味極濃的家庭會議。橢圓大菜檯的兩端坐着徐家大伯和徐維國。徐大伯的臉漲得通紅，時而拍桌起身，指着他對面座上的小兒子破口大罵；徐維國則一聲不吭，垂着腦袋耷着頭，像個法庭上確鑿的罪證就攤開在他面前的犯人。

大阿哥和大伯母分坐在大菜檯的兩側。大阿哥前的檯面上攤放有數張類似於一封信的底稿紙，粗劣的鋼筆字體劃劃改改塗鴉一片。當母親的心情最矛盾，她一會瞧瞧暴怒中的丈夫，一會兒又望望沮喪垂首的兒子，她盼望能儘快結束這場爭吵。

飯廳與客廳間的以及飯廳與走廊間的門都是緊閉上的，優佳的房屋結構，令人祇能隔着厚粒子的毛玻璃，影影綽綽地見到坐站和指罵的人影，卻完全聽不清他們在說些什麼。

小嬅不在場。他當然不會知道為什麼單單小嬅會不在的？事實上，應該這麼來說，為什麼他們全家都會不約而同地選擇一個小嬅不在場的時刻來討論這件事呢？

他更不可能知道的是：這一切都是因他而起。三十年後的那次新譯西洲的客廳中，小嬅告訴了他這件事的始末與原委：「母親說：這事決不能讓小嬅得到半點風聲——她還是對了，你瞧，不是在過了三十年後我仍忍不住全對你說了？」

但那天下午，所有這些還沒曾發生，甚至還沒人察覺會發生，將發生，或已發生了些什麼？任亂照常，就在霞芬離開了那兒沒多久的下午，便拎着一架提琴來到了徐家。他沒見到徐維國，他推說頭痛，整個下午都躲在了自己的房中，直到晚飯時分才露了露面。他甚至敏感到替他來開鐵門的阿英的臉部表情都有些古怪，她替他端上咖啡來的手有些顫抖，但他，都沒在意這些。他與小嬅合練了包括那首敘事曲在內的幾首曲子後沒多久，天便開始陰雨了。那天，黃昏來得特別早，從徐家白漆細格的落地門望出去，雲層鉛重地壓迫在城市的上空，一陣夾雨的北風吹來，吹落了一大片黃葉。黃葉浮在了草坪上，東一灘西一灘的，雨聲打在葉片上的沙沙聲，聽起來特別清亮。

這是 1965 年深秋的上海——離開踏入 1966 年的嚴冬的門檻已經不遠了。

八

他查閱過這段記憶的每一個細節，發現這應該是個悶熱的初夏天。夜間十一點正，一段流行的爵士樂之後，一個渾厚的男中音便從「沙沙」的干擾聲中浮現了出來：「這裡是英國BBC廣播公司，主持人×××現在在英國倫敦向您播出……」

徐維國坐在紅木大牀的牀沿邊，臨牀邊放的是一座深棕色的「飛利浦」落地機。他將耳朵很近地貼放在收音機的喇叭箱跟前，他穿一件麻質短袖的香港衫，搖頭風扇一會兒將他按着調扭的手臂上截的寬大袖口吹得飛揚了起來，一會兒又平復下去，有細細的汗珠從他的發根和小臂密密的汗毛孔中滲出來。

「怎麼樣——有什麼希望沒有？」一段沉靜的等待之後，坐在對面單人沙發中的大伯終於耐不住了，他朝他的小兒子開了腔。但徐維國卻伸出一隻手掌來使勁地擺了擺，耳朵仍沒離開原來的位置，表達着：噓，別出聲！我正聽着哩。再過了一會兒，他才抬起頭來，一陣強大的干擾聲隨即從喇叭箱中轟然傳出，他迅速地調低了音量，說：「北京的街頭出現了鋪天蓋地的大字報，毛澤東發動的一場政治運動來勢兇猛，目標不明……」他用手指了指喇叭箱，「這是裡面說的。」沉默。全房間的沉默。

「——嗨，這日子可怎麼過下去噢！」老頭兒突然說道，頹然地癱靠進了沙發中去。大伯母正端着一壺煮好了的咖啡走進房來——這種場合，她是通常不要阿英來端送咖啡的——見此情景，就慌忙走到窗前拉上了厚厚的絲絨窗簾：「都什麼時候了，還不小心點？」說完，竟向在場的任胤丟來了莫名其妙的一瞥。

他無法解讀這束目光之中所包涵的意味。

這日子可怎麼過下去？其實，真正過不下去的日子還在後頭呢。誰也想不到的是：就在幾個月後，徐家全家就被勒令搬到那間年久失修的汽車間裡去住了。在正房被貼上封條之前，公安局派人來將那座「飛利浦」運走了。

「從此災禍便接踵而至，隔離、批鬥、勞改，直到小阿哥死了，一切才算圈上了個句號。」小嬅說得很感慨，「暫不要說那算命漢子說的話，其實，世上本來就沒有做了喪天害理之事而不得其報應的——我也是在他出事之後才真正知道了事情的全部真相的。他寫了一封匿名信去你居住的那個地區的公安局，揭發說你每晚十一點左右都在家聚眾收聽敵臺，寄信的時間就趕在你的去港申請即將要批復下來的前夕。後來的結果卻演變成了：你的通行證當然被扣壓了下來，但他的匿名信也成了追查的目標。家裡被抄後，收音機讓公安局情治科拿去作了查驗，結果非但證實此機短波使用頻率極高，就連那封匿名信的筆跡都是他之所為，於是，他便立即遭隔離審查了。」謎底，在三十年後也無所謂再是什麼謎底了，因為謎語本身也都已經解體。任胤笑中有些驚，驚中又有些笑，笑驚相融地望着小嬅說：他會不會是太愛霞芬，希望能得到她的緣故呢？

可能是。小嬅說，他從隔離室攀牆逃脫出來的第一個目標就是直奔霞芬家。那時的霞芬家紅得都發了紫！母親是治保幹部，哥哥是造反派司令，他們還替她找了個復員軍人黨員的對象，據說就是你們隔壁那家名人故居管理委員會主任。你想，這樣的一個家庭，小阿哥剃着這麼一顆拘留所的光頭，一身汗酸臭的白衫短褲去找她，會是什麼結果？虧得沒被其他人撞見，她將他推出門來，塞給他二塊錢，讓他走，快走！

他後來就是用這兩塊錢去買的敵敵畏和桔子水。待我到他自殺的現場見到面色已經變成了淤黑色的他時，他的身邊除了幾枝敵敵畏和正廣和桔子汁的空瓶外，還有若干找剩下來的硬幣……

同一隻故事，任胤曾聽到過不同的版本以及描述側面。大阿哥敘述的時候，他的兩眼是盲鼓鼓地朝着屋角裡的那圈蜘蛛網凝望着的，蛛網之下是木窗框，木窗框之外是新近矗立起來的幾幢大廈的灰色鋼骨水泥框架，將藍天割成了一塊塊的。天花低矮的室內，光線很差——當然，光線的好壞其實對於大阿哥也一個樣。他說，是他首先發現了那封信的底稿的，當時他是堅持要立即通知胤胤家，並應該由父母陪同寫信人親自去有關部門作出澄清。這麼大一件事，可不是鬧着玩的啊，妒嫉人，也不能妒嫉到那個份上啊。但父親說——母親也說——算了吧，不做也已經做了，假如讓胤胤的父母知道了，這份親戚還怎麼做下去？但是，害人者往往以害己告終，你看，你看，不是全讓我給說中了？這個害人的坯子自己去死，倒也就算了，問題是還連累了全家。父親因此被鬥死，母親也給急死，就連我的老婆，一見屋也封了，錢也沒收了，大勢已去，且翻身之日遙遙無期，她便來個反戈一擊，劃清界線，挺身揭發，一不做二不休地將我送進監獄，一蹲便是十整年。十年出來，家破人亡，雙目失明，就成了今天你見到我的這付模樣啦——嗨，這全是命哪，命！

霞芬提起這件事，自有她的角度和時機。

其實，他和霞芬在那次生煎店晚遇後已經很少再見到面了，而徐維國事件後，更是沒見過一次。不知是她避他呢，還是他避她，生活在同一條街上，就如生活在兩個星球上一樣。直到他在十年之後離滬赴港，他還保留着那株曲柳的身材在屋門口抖雨收傘的記憶。他覺得很滿足：打碎美好，從來就不是他性格的一部份。

再聽到她的名字，這是從路邊的那個黑瘦枯槁的看門老漢的口中。他說，她現在是他的女人了，這自然令他吃驚不小。

但在任胤的肚中始終埋藏着一些趕不走的狐疑。那個深秋的下午，街上風很大，黃葉飄落紛紛。他倆在相隔了三十年之後，又面面相對地坐在一團旺旺的爐火跟前了。

無言。

他捧着一杯帶點兒滾燙意思的龍井茶的茶杯，喝一口，再捧回兩隻手掌之間，將玻璃杯來來回回地搓動，取暖。她就坐在他對面的一張克羅米杆人造面的折椅上，默默地包捏着蛋捲和肉餃。她終於說話了。她說，這麼多年了，你還是第一次上我家來吃飯呢。天又冷，不如吃火鍋涮羊肉吧，又自助又熱身，還可

敘事曲

以盡興地喝些黃酒——讓我家那死老頭陪你喝，他一聽到有酒喝，連老婆孩子命都可以不要。

兩人都老了，如今是滿頭的灰白對峙着滿頭的灰白；衹是一個過胖了點，另一個則又過瘦了些而已。恍若隔世，恍若隔世哪！他說，你還記得嗎，我們小時候 1683 弄的那家名人故居的看門人是個和藹的蘇北老頭，眼鏡的一隻有腿，另一條腿則是用一根棉紗線代用的。

她笑答道，是的，是的——我記得，記得。

怕是現在的我們也快到他那時的年齡了吧？他覺得自己有點狡猾，他已開始在隧道間悄悄向他期望的主題推進了。

文革開始後，他好像被押送回了原籍去了，他說。

嗯。她顯得有些冷淡起來，她預感到某種可能會令她無法脫身的包圍圈正在步步逼近。

「哪……？」他的意思是指「後來呢？」——自然，名人故居必須另有其人來看管。「是麗麗她爸爸。」她索性抬起頭來用眼睛直視着他，點題到要害上去，令他反倒有了一點慌亂得想後退的感覺。這是一頭小獸，當你將她哄呀趕呀地逼進了窮巷時，突然掉轉頭來勇敢逼視着你的那付姿勢與目光。「他當時就是名人故居管委會的主任，後來進了街道當主任，再以後就區裡，市裡，中央，一路升上去。他那時是配有小臥專車的，有司機有警衛，整天開會開會開會，不是市裡就是北京，不是北京就是廬山，不是廬山就是北戴河。家中從不見他人影，他說他一心緊跟毛主席一心緊跟黨中央，一心撲在工作上。他說，他是鐵了一顆心，一定要將革命進行到底的，等等，等等。直到那一年，那一年毛主席逝世，四人幫倒臺，公安局來家中用手銬將他銬走。待到再見他時，已是在電視螢幕上了。他剃着光頭，（任胤的腦中突然冒出了個當年逃獄的徐維國的形象來——不知她會否有此聯想？他偷偷地瞥她一眼，但她似乎沒有感覺，繼續往下說去），與一排人平肩站在法庭的被告人的木攔後面，聽候宣判。」

「他一下就給判了十五年徒刑，而我，一個女人還拖着個孩子，人總要生活下去的，是吧？於是我便單方面向法院申請離婚，重新組織家庭——」

她索性一口氣將要說的話說完說透說盡說到了底——這是她的策略。她用望着他的那種眼光來代替說話：怎麼樣？這下該滿意了吧？看你還有什麼可東繞西拐來暗示的？

真倒沒有什麼可再供暗示與提問的了。

「所以說，也沒有什麼稀奇的，我們麗麗小時候也不是沒有過享福和威風的日子。」她突然停下了手頭的活兒向廚房方向轉過頭去，「麗麗——出來見見你任伯伯。」

應聲而出的是一個三十來歲的女子，雖然繫着寬大的廚圍，但仍掩藏不住體態的誘惑和風韻的流溢。她完全有她母親當年的身材，衹是稍微肥了些，垂了些，散了些，讓直線部份代替曲線的部份多了些。她向任胤笑笑：「任伯伯，您好，常聽媽媽說起您。」

任胤向她欠身一笑，算是作答。衹見「黑皮」也隨其後跟了出來，「怎麼樣，可以溫酒了吧？」「去去去！沒你的事！」於是，那顆黑瘦的腦袋又龜縮回了廚房去。

火鍋端上來了，熱騰騰的，將全屋都彌漫在了一片蒸氣之中，而紅紅綠綠黃黃白白的菜碟擺滿了一桌。

「來來來，你來陪任伯伯坐，」霞芬招呼麗麗，將她應該在任胤一邊佔有的席位讓出來給了她女兒。

一桌圍着六七個人，在動筷前，霞芬一一作了介紹。除了霞芬自己，麗麗和「黑皮」老耿外，霞芬先摸着坐在她身邊的一個十五、六歲的少年的腦袋，說：「我的兒子，耿志豪。」見他長得一付油黑精瘦的模樣就知道這是黑皮的「產品」。另一位坐在介紹者斜對面的，姓「匡」的，霞芬介紹說是她的女婿，但任胤沒聽清楚他叫匡什麼。（其實，甚至連「匡」，都是他在聽到了一個含糊的發音之後，自己設想出來的一個姓氏）他約莫四十上下，淺眉之下，一對鼠目，且閃爍不定。任胤向他欠欠身，表示結識；他也向任胤欠欠身，表示領受結識。這一飯桌上，任胤對他的留意最多：對於從來就很少留意別人舉止的任胤來說，這很特別。然而，他卻說不上，這是因為了什麼的緣故？他見他很少吃東西，劣質的香煙倒是一根接一根地抽，一會兒捏丟了一包空殼，又隨即換上另一包，撕開一角包裝，再彈出一枝新鮮的煙捲來。他極少說話——甚至他可能從沒說過一句話。席間，瞅準了一個沒人注意到他的機會去了廁所（至少任胤是這樣認為的），之後，就再也沒有回來過。

「匡先生呢？」他終於忍不住，側頭問麗麗的時候，她正往他的佐料碟中夾一塊肥美的羊腿肉，她稍稍捋起的袖口間，閃爍有半截光滑潤澤的象牙膚色。

她夾着羊肉的手有過一刻停頓——似乎她不是用腦，而是用手在作思考：「不知道，隨他去！」隨即就將一大塊羊肉按進了「川崎」調料漿的液汁中。

她除了為他夾菜之外，還勸他酒。她說，這種叫「炮天紅」的酒是一種高檔的藥酒，多喝不怕沖腦，也不傷身，對於你這樣年紀的男人還有強體、活血兼補腎之效。她將此酒的種種好處說得相對緩慢，吐字清楚。任胤聽得分明，卻將目光盯了在菜碟和酒杯上。他感到桌面低下有一枝軟軟柔柔的什麼在靠近過來，他將腿挪了挪，避開了。

霞芬也接上嘴來。她說，本來，是有在外面的飯店裡請一桌的打算的，但後來想想，外面也沒有什麼好吃的，再說也不化算，還是在家吃實惠些。

現在上海的生活水準也高啊，他說。

是啊。再說家中除了志豪還在技校讀書外，個個都下了崗，日子能好過嗎？她用眼光掃去，見她女婿的那個座位是空着的。

「就我還在崗上呢。」黑皮老耿總算也找到了個話岔口，湊上嘴來。他指的當然是他的那份名人故居看門人的差事。

「哼！你這也能算工作？一個月幾個錢，供你自己抽煙喝酒都不夠！」

不知後來怎麼說着說着就說到了任胤家的那幢房子上來。黑皮說，照現在的市價，至少也值它個百把十萬吧——所以說，有錢人轉回來轉回去，總還是有錢人。

麗麗說，有了這些錢，這一輩子還用再愁嗎？

霞芬也希望插嘴上來，但猶豫了一下，還是收住了口。

任胤感到有些醉了。他的酒量本來就不大，幾杯「炮天紅」下肚，先是體肉熱烘烘的似有一座小火山在翻騰。再幾杯後，就感覺眼前飄飄蕩蕩的，一切仿佛像是個從游泳池的水面上望出來的世界。但他不覺得不舒服，反倒有一種奇妙的愉悅感；很多從不想去做的事現在倒產生了想去嘗試一次的勇氣，很多從不想到要說的話也都有了想一吐為快的衝動。甚至包括：霞芬，你有了女兒又有了兒子，難道你就沒有替徐維國留下個種嗎？——這麼些年了，我有時真還會很想念他，很想念他哇！

當然，他還沒有失控到將這句也說出來的地步。

他一直見到霞芬的耳畔有幾根觸目的銀絲，在明亮的燈光下晃動來晃動去，他發覺自己真醉了——不可救藥地醉了。

唯她望着他的眼光中，他覺得，還包涵着從遙遠的年代裡就已經儲藏在了其中的，他倆之間的某種特殊的悟性和溝通能力：她能讀懂他的表情，也能讀懂他的目光。

「不是我說，不是到了今天我才說，胤胤，徐維國不是個好東西，尤其對於你，他是罪有應得哪，他——」

但他舉起了一隻手來，動作有些晃晃悠悠。他祇想阻止她再說下去。於是，像樂團指揮舉起了休止的指揮棒，不僅是霞芬，就連從一開始就一直彌留在席間的營營嗡嗡的嘈雜之聲也都突然嘎然而止了。

或者，她對他醉後了的目光的解讀有了那麼一點點的偏差。

九

他回到 1687 弄 2 號已經半年了，這是他第一次上霞芬家去。別說這次了，就是在以前那些長長的雨巷歲月，也祇有她來的份，他是從沒上過她家門一次的。

以前，到居委會打傳呼電話的時候，能從斜對面瞥見她家一眼。從低矮的門框間望進去，裡面黑乎乎的，偶爾，垂肉蕩皮的霞芬的母親——酷像現在霞芬的那個模樣——捋着兩筒袖口跑出來，往門口潑一盆污水，便又立即退回到門框的黑乎乎之中去了。

門口老停放着一輛鏽漬斑斑的「老爺」腳踏車，任胤認定這是霞芬哥哥的財產無疑。但她家門口佔用人行道邊的那塊面積上倒是栽種有不少綠色植物：靠牆砌了一條花槽，有一棵瘦弱的冬青站立於其中；一隻破舊的搪瓷面盆，若干泥罐，還有一列高低參差的白鐵皮罐什麼的，盛滿了泥土。春天來到的時候，有帶藤鬚的葉芽從泥土中冒出頭來，再在竹棚上攀爬上去，一直攀爬到二層閣的那隻窗口底下，再垂下一條發黃的絲瓜或幾隻青澀的無名果實來，把這所城市中的這幢矮房裝扮得頗有點兒鄉村情調。本來嚒，所謂上海人的概念就是在遠久以前來自於無數鄉村的鄉民們的集合體，在他們或他們的後代身上仍殘留些鄉村痕跡，原是件十分可理解的事。倒是這隻被垂下的絲瓜裝飾了的窗口，曾經是一隻令任胤神往非常的窗口哪——正面對着他家的邊窗和壁爐的紅磚煙囪。每次，當那身影在門口收了油紙傘之後，他就開始暗暗盼待着她的影子會在那窗前的明暗交界處晃晃動動地出現了。他打開窗拉琴，他讓他那條很帥的鬢腳側露在陽光之中，都是有他暗自意圖的。

他從來就認定，這窗口，必是她家的主房窗口無疑。

任胤又恢復拉琴了——將譜架擱在老地方，壁爐架上站立着憂鬱的蕭邦和憤怒的貝多芬。他把那些頁碼已經發黃了的練習曲找出來，上面還記載有他少年時代練習的日期和記號。他將它們逐首逐句地通拉了一遍，他覺得自己的臂腕指的關鍵已明顯僵硬了許多，但對樂曲的每一句卻有了一種豁然開朗的體驗與感動，他十分珍惜這種感覺。他將自己能再度浸淫於其中看作是一種無與倫比的享受。

他發現了一份手抄譜，上面還帶有些月光的薄荷般的清涼。於是，他複將邊窗打開，邊窗之下還是那條窄窄的橫巷。有雨的日子，橫巷的遠端照舊隱沒在灰靄靄的煙霧中。他一邊拉琴一邊留意，也有不少妙齡的女孩子打對面行走過來，他們踩着高跟鞋，穿着牛仔短裙，撐着小花點的尼龍透明摺傘，讓兩枝白花花的裸腿在雨絲之中一前一後地擺動。

但，她呢？

他還是讓他那條很帥的，或者說曾經是很帥的，鬢腳有意無意地暴露在天空光的側影裡。他還想吸引點什麼，惟他的鬢腳已霜白了一大半。

這些都是他回到 1687 弄 2 號來生活的頭幾個月間的事了。他將房子整頓了一番，該拆的拆，該補的補上；他竭盡記憶所及的將屋子恢復舊觀。他還記得他家從前的窗簾是深紅毛革質料的，上面有松竹梅的隱紋設計；沙發套是窄條燈芯絨的；牀罩是五彩條的泡泡皺紗的。他跑遍了上海所有的大商場和裝潢裝飾公司，現在的上海市場上的物資非但不匱乏，而且還豐富得幾近於泛監，令購貨者眼花撩亂，甚至都麻木了選擇的感覺。聽說他要買東西，好幾個售貨小姐一湧而上，熱情得叫他吃不消，好像不買點什麼都無法脫身似的。然而，即使如此，在他形容了他所要的貨品之後都面露難色。她們不厭其煩地翻出了倉底貨，說，是這種吧？是那種吧？但，都不是。任胤祇能一次又一次地悻悻而歸。最後，他祇得放寬尺度，祇要顏色相仿，感覺接近的，就敲定了下來。一方面，不致於一次又一次地辜負了營業員小姐們的熱情與笑容；另一方面，他也不能老在沒有窗簾的房間中一覺睡到天亮。

他的那頭完成了，但他希望他家對面的那間矮房也不要與他記憶之中的種種細節相距太遠。有一次，

敘事曲

他偷偷地瞥見對面黑乎乎的門洞中有一個身段尚佳的女子走出來，他的心猛一跳，後來才知道，她原來是麗麗。

她家門口的那些破臉盆和鏽盂罐不見了，給絲瓜攀藤的竹棚也拆了，祇有那株冬青還在，並似乎長高了不少。簇簇的鮮綠隨着秋風漸涼慢慢地轉成了深沉的褐色。門口的鏽斑車殼子也沒有了，換成了一輛污垢滿身的腳踏助動兩用車。他常見到有一個叼煙不離口的男人在那兒支架停車，然後跑進屋去，一會兒又匆匆跑出來，朝着車屁股後面的某個部位那麼一猛拉，便「突突突」地駕着噴冒黑煙的兩用車離去了。

當然，他現在已經知道他是誰了，就是那次涮羊肉圓臺面上的那位一言不發，又猛抽煙，後來又偷偷消失了蹤影的「匡先生」。他是霞芬的女婿（這是霞芬介紹時說的），麗麗的丈夫（這是他理所當然推斷的）。

他對他從一開始就產生了一種想留意他一舉一動的興趣，而且這種興趣還很持久，持久到在本小說結束時仍在延續下去。後來，他轉側婉曲地向霞芬和麗麗打聽過他的過去。霞芬說，麗麗當年打算嫁給他時，他是當採購員的——外快勿要太多喔！然而，麗麗卻告訴他說，後來很快市場就不景氣了，廠裡生產萎縮，之後裁人，之後更解體，之後，之後他就沒有了飯碗。

他跑過建材，做過小販，炒過股票和兌換黑市美金，以後又收購過外匯券以及外煙——怪不得任胤剛回來 1687 弄 2 號居住時，還能從邊窗中望見橫巷對面的人行道旁擱着一隻卡通紙箱，上面寫着收購與出售的種種內容。卡通紙箱豎立在一隻「固本肥皂」的木箱上，木箱後坐着一個猴瘦的男人，白色的菸霧每相隔數分鐘就會從他口中飄騰出來一回。

再後來，卡通豎牌和肥皂木箱都不見了，「收購站」宣告撤銷。當然是因為沒啥生意可做的緣故啦，麗麗說，他是個倒楣鬼，做一行壞一行，沾一樣虧一樣。連他自己都拉着自己的頭髮說，嗨，嗨氣！嗨氣！怎麼財神爺見了我老開溜啊？他變得自卑，變得聽之任之，變得過一天算一天，變得與麗麗的關係惡劣。

「這種男人還算是男人？」她憤憤道，「小孩送去了婆家帶，但他還養不活老婆，難道還要老婆來養活他不成？！」

包括在涮羊肉圓桌面上的那次在內，任胤與他也有過兩三回的打正照面。雖然從不曾相互對話，雖然他望人的目光總是閃爍不定，但你能分明感覺到有一種不屈與堅定包含在其中：活下去——人來到這世上，總要活下去的，也總有法子能活下去的！這是任胤對他那種目光的解讀。他幾次都有要把他的想法告訴麗麗的打算，但不知怎麼地，後來又都作罷了。

秋色漸深之後，有一日，他終於接到了霞芬家叫他過去作客的邀請——不錯，就是吃涮羊肉的那一回。之前，他決沒主動去聯繫過她，他堅持的祇有一樣：打開邊窗，從從容容的拉琴。

被差遣過來請他的是「黑皮」，她的現任丈夫。他說，上次在街口遇見你怕是有三個月了吧？怎麼也不過來坐坐？我們全家都等着你大駕光臨啊——霞芬說，看來我們不去請他，他是不會來的了。

他說，哪裡是這樣，哪裡是這樣。但心中卻有一絲得意滋生出來。

就今晚吧，今晚過來吃便飯。

他沉哦了一陣，答應了。

黑皮走後，他立即跑去客廳裡，撥通了通往紐約的長途——他也不知道是為了什麼？

紐約那頭已近半夜，但對方還沒有睡。是小嬅金胸毛的丈夫來接的電話「Hello！……Ying, ying! How are you？……What？ You are calling from shanghai？ That' s great——just a moment，」（「喂……是胤胤啊，你好嗎？……什麼？你從上海打電話過來，那太好了！——你等一等啊。」）他的聲音明顯地偏離了話筒，向着房間的某個方位喊道：「A call for you，honey，that' s ying！——Ying！He is in shanghai……」（「有電話找，甜心，是胤胤啊！他在上海……」）

當小嬅那沉靜得帶點兒中性的音色在電話線的那端出現，已是過了約莫有幾分鐘之後的事了。她告訴他說，她是從洗澡間跑出來接聽他電話的，所以遲了些，抱歉。而他告訴她說，他已與霞芬聯繫上了，她仍住在他家的對面。

是嗎？那好啊。——也就是這些話了。

他覺得自己匆匆來給她打電話的言行是不是有些唐突？但他仍吞吞吐吐，婉婉轉轉地向她表達出了這層意思來：他在第一時間就告訴她這件事緣故是因為她曾問起過這件事。

嗯。嗯。

但他至今還沒有與她本人對上話呢——他在說這些話時，其實，已表達了他要與她恢復往來與對話的強烈意願。

嗯。嗯。

之後，之後再說些什麼呢？況且還是越洋長途。小嬅說，紐約這裡已經很冷啦，氣溫掉到5℃以下。現在窗外正淅淅瀝瀝地下着冷雨，屋內的暖氣已經打開。深秋、夜晚、冷雨——彈一首升C小調吧。對方「咯咯咯」地笑，這裡是紐約，我說我的胤老兄，今年是1999年，不是1965年深秋的高安路。啊，虧你還記得這樣清晰。但現在上海是上午，陽光燦爛，溫暖如春，竟然連一點寒意都沒有。如今地球氣候反常，上海人現在常過涼夏與暖冬的日子……

電話線的那頭突然就沒有了聲息。喂！喂！他急急地叫喊了起來——我正聽着呢，胤胤，聲音似乎有些哽咽。你的幾句描述，勾起了我多少憶鄉的情懷啊——算了，別提了，不知道大阿哥好不好？我真是十分十分地想念他哪。

「我會去探望他的，你放心，我回來上海後已去看望過他兩次了。」

「謝謝你，胤胤。還有，我……」

他想，她或者打算提及一些與她小阿哥有關的題目了，但頓了下，一個話鋒的轉彎，她流利而又輕鬆地說道，告訴大阿哥，說明年開了春，我無論如何也都會回來一次看望他的，讓他好好保重自己。

電話收了線之後，他呆坐在沙發上，莫名地激動了好一陣。耀眼的陽光從窗玻璃中潑瀉進屋來。鋪陳在深棕色的打臘地板上，影出了半棵批杷樹的枝葉來。他的指關節在沙發柄上輕輕地敲打着，哼唱着柴氏的那首敘事曲的主題旋律——人物，場景，時間，地點，他覺得什麼都可以填詞進那首曲調中去。

十

當他理智還很清楚的時候，他的感覺已經開始模糊。他很少喝醉酒，應該說，他在這次之前從沒喝醉過酒。但這一回不同，至少，他體念到了原來人在喝醉之時是會進入到另一種飄飄欲仙境界裡去的。

他認定，這一切都是從那隻涮羊肉沸鍋中冒升出來的蒸汽始端的。起初，他衹是覺得這個世界有些隔霧看花花不清的不真實。就像在夢中那樣，所有人的臉都有些可愛的形變，什麼都在悠悠晃晃之中，都有一種離地騰空而去，去到另一處沒有約束，可以讓你為所欲為世界上去的意思——包括他自己在內。

但他還在一口一口地將「炮天紅」灌入自己的喉管中去。本來，霞芬母女倆是為他勸酒的，但漸漸的，變成了他祇能自己找酒瓶子來，將酒倒入自己的酒杯中去。再後來，麗麗按住了他的手，說：別再喝了，任伯伯，您已醉了。

醉了？但他不覺得哇。他覺得自己的思路清晰異常，清晰得讓他回憶過去，回憶那個故鄉，那個年代，那條溧陽路，那條橫巷，那處從前生活的環境，那時的那個霞芬以及那時的那個他自己，都變得近可觸摸。不，不，他說，我沒醉，我還能喝——我絕對還能喝！其實，他已無所謂喝不喝什麼酒了，他所追求的祇是那種感覺的更加逼近，更加真實，更加能讓他重經一回童年和少年的歲月。酒讓他感到親切，感到必不可少的原因是：因為祇有它，才能為他搭建起一座回歸昔日的橋樑，管它呢，虛不虛幻。

他又往肚裡灌了幾杯。這時，他才發現他的左右臂都已經是被人捉住了的。一邊是霞芬的那張垂皮蕩肉的臉，另一邊則是麗麗的那張嫵媚的，有一綹髮絲甩在她的前額，隔着騰騰的霧氣，看上去，就像他童年家中，掛在彎柄扶梯口上月份牌上的那幅古典美人照。

你不能再喝了，胤胤，再喝下去傷身體。這是霞芬的堅定不移的聲音。

嗯，嗯。他含糊地應答着，他覺得自己的舌根已經膨脹得有些不聽使喚了。

再以後？再以後的他的記憶已完全模糊了，他祇記得有人將他攙扶起身送回家去——至少，他的理智是這樣告訴他的：他應該是在回家的路上——然後回到自己的房中，躺下。

朦朧中，他感到他摸到了一條光溜溜的，類似於女人大腿的形態、線條以及質感什麼的，他想，這應

敘事曲

該是屬於他那早已離了婚的妻子的。我們不早就分開了嗎？他這樣想着，隨即又昏沉睡去。

後來，他聞到了一股熟悉的帶牛奶味的異性的體香。突然，記憶從遙遠的時空隧道的某處向他電傳過來一個銳利的信號，他猛然覺得自己清醒了不少。

他在迷朦中睜開眼來，見到一絲不掛的她——她，是指麗麗。

他身處於一個陌生的房間裡，躺在一張鋪花牀單的雙人牀上。房間中開着一隻電熱取暖爐，窗簾沒拉上，深藍的天穹之上有眨眼的寒星從窗框間望着他倆。而對面，烏黑了燈光的，才是他家邊窗的窗口。街燈微弱的光芒從窗口透射些許進來，混合着電熱爐的橙色的輻射光，側投在她白玉質的肌膚上，有一種溫軟的反光。

此刻，她正騎在他身上，不重也不輕，不強也不弱，不偏也不依，不很自然但也不太強迫。她「嚶嚶」地細喚着，半睜半閉着雙目，幽暗之中，她嫩紅色的乳頭在周身的抖動之中一顫一悠。她將赤裸柔曲的身軀扭動得十分有節奏也十分優美。

他睡朦惺忪地望着那屬於她的一切：肩膀、乳房、肚臍、膝蓋以及由膝蓋部位向後彎曲了的大腿，體會着她每一回的上升與下落動作給他生理與心理上帶來的巨大衝激。他感到那股由「炮紅天」攪起了的火山岩漿正朝着那一個致命的部位輸送過去——她要他給予她些什麼，她要他滿足她些什麼，她要向他榨取些什麼，帶點欺騙也帶點兒強迫。

他想抵禦嗎？他能抵禦嗎？他想抵禦，但他不能抵禦——已到了這等田地。他銷魂蕩魄，他，已不屬於他自己。而她，她的一切形態、動作與表情都結構成了一個美妙無比的旋渦，一個無底的，深淵般的旋渦，要將他扯下去，扯下去！

她見到他睜開眼來了，帶着一絲狡黠的笑意，她順便將他的雙手提起來——這是一雙軟弱得再也不剩下一絲兒力氣的手。她將它們抵在自己的雙乳上，她用自己的手把住了它們，再讓它們在這兩團無骨的柔軟之上使勁地搓揉。在一聲更緊迫似一聲的，似痛苦但又更似歡樂的叫喚聲中，他感到滅頂之浪正向自己撲蓋而來。

當他酒意完全消退，再度清醒過來的時候，天已放亮。低矮的木窗框上已拉上了一層尼龍質的紗簾。有晨光透過紗簾滲入到這半明半暗的室內來。她還是一絲不掛，她小而精緻的乳房擠壓在他的手臂上，形變為一團可愛的形狀。他沒有去摸——雖然他有點想——他祇是靜靜地瞧着，帶一點兒欣賞。假如沒有眼前這一幅場景，他真會懷疑，昨夜，他會不會祇是作了個夢？

她也醒來了，在清晨的微亮中向他笑了笑，一切，於是盡在了不言中。任伯伯，她說，這是我們一家最後的機會了；媽媽說過，她欠您的，我可以代她來償還。您把我當作女兒也好，當作什麼也好，反正……

她還能叫他說些什麼？

後來，那是在相隔了相當一段日子的後來，她才問他：任伯伯，我跟您上您家去見識見識，行嗎？

敘事曲

他當然衹能說：行。

她隨他上樓去的時候，他記起了在這同一條扶梯上的他與她的母親。她差他二十歲，也就是說，當她母親還沒有完全脫離那杆柳曲身材之時生下了她來；也就是說，當她母親的心中還沒完全消退了他的影子時已懷上了她。於是，他發現，他便對她有了些許不屬於那夜幹那事時的感情。他起身，穿衣，下樓去。在這全部過程中，他始終沒朝她望一眼。她仍躺着，起初是毫無遮掩地躺着，之後，又拉了一條毛毯將自己蓋上。他感覺她在望他，望着他的每一個動作的起始，延續與完成，直到他走出房門，將門輕輕帶上。

他不是後悔，他衹是有一種強烈的惆悵感。

他衹希望在離開這間屋子時不要再遇見任何人。他如願以償了，直到他走到大門口。霞芬正向街心潑了一盆污水之後回進屋裡來，她的晨掃工作進行了一半。她沒有什麼不自然，當然，也不能算是很自然；她衹是隨便地望了他一眼，說，起身啦。

嗯，他一步，便跨出了屋去。

天氣還很早，但朝陽已經上升到開始放射出有點兒帶眩目光芒的高度了。除了買菜與晨練的之外，路上的行人稀少。風已停，估計又會是一個溫烊烊的深秋的日子。從橫巷的這端望出去，溧陽路的主杆道上鋪滿了梧桐黃葉，此刻都在朝輝裡金燦燦地捲躺着，等待着上班時分的那一雙雙匆忙而過的沙沙作響的步履。他想起了八歲生日的那個穿海魂衫的小男孩，沿着石壘邊緣平展雙臂而過的情景，他微微地笑了。

他走上了溧陽路，但他並沒有回家去——離開了它僅這麼個夜晚之後，老宅對他似乎都有點兒陌生了起來。他見到路口有一個穿了舊藍布工作裝的男人正在掃落葉，他用嘴唇老練地叼着一枝煙，白色的菸霧每隔幾分鐘就會從他的兩唇之間飄騰一回出來。他剛好抬起頭來——在這行人稀少的街口，每一回沙沙走近的腳步聲都會引起清道夫的注意——而他想回避，已經太遲了。

他一夜之間似乎老了許多，須茬點點，黑蟻似地爬滿了半個臉腮。他望見他從這條橫巷中走出來。他望他，用眼睛，用眼睛裡的眼神，用眼神背後隱藏着的一些更深邃的什麼。僅很短促的一瞬間，便隨即低下頭去，而煙蒂，也在其嘴唇的幾個哆嗦間掉落在地。他迅速地轉過了臉去，繼爾便過到街的對面去，打掃那裡的落葉。

「任伯伯，」是世豪，穿着一套火紅色的大翻領運動衫褲上學校去。他的右手提一隻粗布圓底桶的球袋，挎肩而過，某個誇大了色彩與設計圖案的冒牌商標醒目在球袋的背面。「您早。」他向他展開了滿臉的笑容，這是一種勃勃着生氣的年青的笑容。

「早。」——他覺得他同他的父親像極了，簡直就是年青了幾十歲的黑皮老耿。

他也過到了街的對面。他側眼望了望他的那位正在打掃落葉的姐夫，並沒有互相招呼。

任胤開始胡亂地向前走去，連他自己都不知道自己走的是哪一個方向。待到他稍有了方向感和思想空間時，他發覺自己是站在了溧陽路長春路口的一幢高層底下。應該就是那家生煎包店的舊址，但現在，生

敘事曲

煎包店不見了，換成了這幢巍峨的大廈。這是一幢擁有了紅白相間外牆設計的高級商品樓，商品樓有好幾排，而這是沿街那一排之中的第一幢。一扇很有氣派的雙開鑄鐵大門將你的視線引進一個住宅社區：修剪得十分整齊的草坪間種植着粗壯的香樟樹和黃楊樹，白漆長椅，抽象雕塑以及矮矮的黑烘漆的射地園林燈，構成了一派十分優雅的高尚的居住環境。一個穿深藏青長呢大衣的大蓋帽門衛站在鐵門旁。畢竟是深秋的清晨，他用兩隻手互相搓動着地取暖，高幫皮鞋把人行道的水泥鋪板跺得咚咚直響。

廿世紀上海的最後一個深秋，他如此想，站定了腳步。一曲小提琴的練習旋律，正從公寓底層某單元的一扇僅開啟了一條縫的視窗中潺潺地流動出來，流進了這帶點兒寒意的澄清的空氣中，令這清晨靜止的空氣產生出了一圈圈擴散開來的波紋效果。

曲調拉奏得相當的幼稚和蹩腳，一聽，就知道是一位初學者。但他還是被深深地吸引住了：這是柴可夫斯基的那首敘事曲。四十年了，曾經，他不都也如此這般地，幼稚兮兮地，一遍又一遍練習過這位大師的這首不朽的小品的嗎？從窗口望進去，他能見到一位八、九歲的少年，正背朝窗口拉琴。成人琴扛在他的肩上略顯大了些，於是，他祇能伸直了本來應當有相當彎曲度的左手前臂來彌補這個缺陷，從而令他的拉奏動作更顯笨拙、彆扭和艱難。

從他站立的位置仰視上去，他望不見拉琴人的臉，卻能瞧見正面對着拉琴者的，擱在立地譜架上的白色譜頁。他太清楚那一節又一節的樂句了，他祇需用他的精神視力就能清晰地閱讀到那些遙遠渺小如幾百光年之外的星辰般的音符。他用右手拍打着左手地為他打拍子，他甚至為年幼練習者的每一處停頓與錯音而叫惜，而心焦，而神經緊張。

他甚至覺得那白色譜頁上的音符正像蝌蚪一樣，一條條地遊動了出來。

樂曲繼續着，一句接一句，一段續一段；每一句都酷似於上一句，每一段也衹略略變奏於上一段。平靜，平淡，平和，流水一般地在敘述着一隻平凡不過的人生故事。曲終時，他等待着，等待着那半拍省略了的起始音終於出現，在末尾那一小節中，自然而恰如其份地鑲入到了樂句中去——就如某段倒敘的緣份，為了去補缺人生的遺憾。

太陽愈升愈高了，早晨的帶點兒刺骨的寒意和濕漉漉的霧汽開始消退。愈來愈多的晨練完畢後的歸家者出現在了那條通往公園的林蔭道上。一個佝僂老者逆着晨陽向他走來，他的面孔藏在了一團帶光暈的黑暗裡。

他走到他面前駐足，讓任胤不得不側往一邊去，好奇地望着他。他，毛髮稀少，耳聵目昏，在他的左臉腮上有一灘青色的胎記。

他抬起臉來向他說：「先生，你前世有來頭……」

「是嗎？——」

「……來世有去處，今世衹是過客。」

敘事曲

他祇讓他仰望着他那曾經可能是相當肥厚寬大，但如今已變得皺皮重重了的下巴，以及那張微微張開了的，掉盡了門牙的黑洞洞的嘴巴。幾條銀白的長須從那塊胎記上探伸出來，在這晨風之中晃晃顫顫，像幾枝白了頭的蘆葦。「但你的根在這裡，」他用手杖咚咚地敲着他腳下的地面。「枝葉卻長出了牆去——都結果子啦，先生，小心要讓它們掉到自家園裡來才是啊……」

他不太明白他在說些什麼，或打算要說更多些什麼，但他說：「你，不認識我了？——我們曾見過面啊。」

但他惘然地望着他，久久，搖搖頭。他能看清他的三世，卻不認識眼前的這個他。

不知怎麼地，有一股悲情湧上了他的心頭，他突然很想念孑然一身的大阿哥，就像小嬅那天在電話裡說的：「真的，真是十分想念他。」

該是我再去探望他一回的時候了，現在已經秋深。我答應過小嬅的，我還得多給他些零用錢，也好讓他過上一個溫暖的冬天。

他定了定神，辨清了他該走的方向原來是應該向後轉的。遠遠的，公寓窗口間的那把小提琴又將那首樂曲從頭來過，再練多一次，這種缺乏了伴奏的清拉，聽上去很有些悲愴。而這條弧線型的溧陽路就這麼樣地一路通出去，道路盡端的轉彎處有一座灰白色的公寓，對面是一家名叫「長春堂」的中藥鋪；公寓的底層開設有一家名叫「靈糧堂」的教會幼稚園——這都是四、五十年前的情景了。如今的那一帶，他祇聽說變化很大：吳淞路拉直了，四平路上高層林立，而55路公車可能連路線也都撤銷了。回上海後，他真還沒循這條路走過一回呢，他不想搭車或乘的士，他衹想親身走一次，看看童年還有些什麼影痕留在了那裡。

他調換了個方向，向前走去，早上的陽光從側面照射過來，他長長的鬢腳衹是比半年之前他剛回到上海時又霜白了許多。

2002年7月31日完成於上海西康公寓

敘事曲

《敘事曲》後記

我有一個中篇叫《敘事曲》，三萬二三千字的樣子，寫成於 16 年前的 2000 年。記得也是在那梅雨季的一個個首尾相銜的日子裡：灰稠稠的光線，瀟瀟雨歇的愁思，把人心都揉碎了——況且我還在寫那小說。

小說是半虛半實的那種——當以虛構為主。我日以繼夜埋頭在近百頁的稿箋上，半個多月的功夫便完工了，遂鬆下一口氣來。而此時，氣候也已出梅，豔陽高照，酷暑降臨了。那個暑天，我汗流浹背，挾着疊書稿，到處奔波、打聽、求人，看看能不能在上海的哪家雜誌上先發表一下？但吃的盡是閉門羹。

這是我的老遭遇了：一個圈外人，看眼色，仰鼻息，乃意料中事。但，羞辱也受了，笑臉也賠了，不知是不是我天生就不是個賠笑臉的料呢，還是甚的？終還是以失敗，失望和失落告終。又過去了多少年，大概要到 2007 年了吧？承蒙杭地的一位年青文學評論家的熱心相助，小說才得以在寧波地區的一家叫《文學港》的刊物上發了出來。隨後的一個月中，又被《北京文學》的中篇小說選刊轉載，再後來，複又被收錄到山東文藝出版的我的那本定名為《後窗》的中篇小說集子裡去，且還在北京的「文采閣」開了個似模似樣的研討會。這是這部小說的命運歷程：要麼不來，要來一年之內一同來。

其實，這個中篇的面世經歷是頗有點兒特殊性的，至少在兩點上。

首先，絕不是我的每部小說都會像它那樣的。能有機會在雜誌上先發了，後再集冊出書者，肯定屬於少數。通常是，寫完了就直接找家出文藝類書的出版社，談妥條件——衹要不傷害到我作為一個作家的自尊心就行——出了書，完事。也衹有這樣了，誰叫你除了一厚疊破稿件外，在毫無優勢和資源可言的前提下，執意要去當個作家的呢？挫折遭多了，也就習慣了：就像屋裡的幾隻「嗡嗡」亂飛，找不着北的蒼蠅，我，算是其中比較聰明的那一隻。分明見着那裡有一扇鑲着玻璃的亮堂，但這衹是一種誘惑，絕非出路。蒼蠅們一隻隻的飛撲過去，被撞回來，忘了，再次撲過去。我不同，索性就安安靜靜地停泊在牆上，以逸待勞。啥時，見有人開門進屋來了，就「嗖！」地一下，從門縫裡溜飛了出去。外面的世界啥模樣，咱不知道。反正也算是一片新天地，到時見機行事便是了。再說了，從此便可免去再與那些刊編老爺們打交道的難堪了，於我，也算是一種解脫。

第二個不同點是在對於這部書稿的處理手法上。迄今為止，我所寫成的小說作品，共有10個中篇和3個長篇，約百幾十萬字。其中，除去《敘事曲》，還有若干篇也曾在其他外地雜誌上，得以先於書版前而面世的。衹是，誠如我在前段的不知是哪節小文裡說起過的那般：讓編輯們給截肢鋸腿，削足適履的事是經常發生的。上粘下貼，衹要把故事給說通了，就算完事。如此之「發」，既欠了人情，還弄了個寫書者本人的啼笑皆非。說實話，發比不發真也好受不到哪裡去。然而《敘事曲》有點不同，雖也被刪去了若干千字的「枝枝蔓蔓」（當年編輯的告知語），但故事還是給講好講完整了。最重要的是，竟然絲毫無損於

敘事曲

小說的原結構，於我的小說，僅此一點，就很不易為。原因是：我的那些小說從來就不是平鋪直敘地來講個故事的那一種。總感覺，那似乎離小說藝術遠了點，而靠「說書」娛樂近了些。而是在在處處，都會藏着點掖着點，每每都以時空次序的打亂與重拼來換取那種語言上的傳統鋪陳。不知首不知尾的亂刪胡砍一通是很容易鬧了個砸盤之結局的。但那一回不是，可見此文的裁編者是個個中高手 —— 至少也是個看出了其中名堂的人。我至今不認識他，也沒覺得有什麼必要非去認識他不可。但他讓我刮目相看，心存敬意。由此，無論是《北京文學》的轉載，還是我那本小說集子的出版，凡有問到我意見的，我都建議還是使用那刪節版，以示其於敬意。

然而，「認祖歸宗」總有時，此次文化藝術社出我中篇小說全集之際，經斟酌，我還是決定換上了那個「原枝原蔓」的原版本。「枝蔓」者，如是真有，一探其枝其蔓究竟攀援、「瘋長」到了何等程度，也不失為是一種興趣之所在。有意者不妨可以找出兩個不同的版本來比讀一下，結論不就自現了？其實，文之好差，本不是問題的關鍵所在，讓人明白說是，噢，原來作者的那個沒經裝扮過的孩子的真貌是如付模樣的啊，這才最重要 —— 你說呢？

2016 年 7 月 31 日滬寓

我生命裡的那扇「後窗」

後記

偶然打開它，那是二十多年前的事了。我必須說，這是一扇奇妙之窗，在小說中，它雖是扇具象的「窗」，但在我的認知裡，它卻是抽象的，無形的；且至少在如下三個方面，予我以無價的幫助和啟迪的：醫治疾病，洞察人性以及窺探文學、美學與宗教間的那種「不可說，不可說」的奧妙。

當年，已在海內外各大出版社，出版有五本詩集，兩本散文隨筆集，一部長篇和三部譯著的我，在社會上，也算是個小有名氣的作家了。與此同時，我還在香港經營着一盤由父輩留下來的生意。但，我卻病倒了。我罹患是一種叫作「白日夢魘」的焦慮型抑鬱症。人說，「抑鬱症」這種病，是作家和詩人們的「職業病」，是耶非耶？雖說，此非我得病之主因，然而，它與我長期浸淫在詩的意象中，多少應該也是有點兒關聯的。唯此病一旦患上，其痛苦的程度令人難以想像和不堪承受，這點，肯定是事實。儘管每日每晚，我都要將一大把一大把五顏六色的各式藥丸吞下肚去，但情勢似乎毫無改善。我灰心了，我喪氣了，一種強大窒息感的包圍圈從四面八方朝我緊縮過來，它們要把我逼到崩潰的懸崖邊上，然後呢？然後終會有墜入絕望深淵的一天！

每天，我呆在自己的那間只有六米見方的小辦公室裡，癱瘓在了一張大班椅中，聽音樂，喝紅酒，吞藥丸。其實，我已做了最壞的打算，我已放棄了自我。黑影繼續向我逼迫過來，我退退退的，已退無可退了。但我發現，我退往的並不是崖邊，而是牆角。那兒也沒有深淵，而是有一扇後窗。我於慌亂中，一把推開了它，而奇跡，就在那一刻間發生！驀地，一股神奇的氣息潮湧進了屋裡來：這是我童年的氣息，這是我青少年時代的氣息，這是上海普通了不能再普通的，上世紀六十年代的弄堂氣息。它們是如此的遙遠，又是如此的貼近，它們深藏在我心的某個角落裡，被記憶的泥層覆蓋後複覆蓋，而我稱之為某類「能量」的東西，便於那個瞬間，突破層層覆蓋物，被激活了！這種感覺實在是太棒了！像是蕭邦的旋律，像是德彪西的和聲，又像是莫內的色塊，這些存在於西方十九世紀時空裡的精靈們，一下子都來到了我的跟前，來到了我伸手便可以觸及的跟前！直覺告訴我，如何嘗試着將這種旋律、色彩與和聲轉換成文字的呈現和語言的流動——而不僅僅是講故事和塑造人物之類的常規的小說創作手法——假如這種嘗試真能得成的話，我知道，我便擺脫了，我便釋懷了，我便得救了！而那團無時無刻不籠罩着我的「白日魔影」也會立即消殆於無形！

後來的事實證明了，我的判斷是準確的，而且，我的嘗試也成功了。惟那真相，卻是在我學佛了多少年後方才明白的道理：我的末那識（即第七識，或曰：潛意識）就在那一刻被打開了！我不需要，事實上，我也未曾去過任何心理醫生的診所，來讓他或她給我做什麼「催眠」療法，然而，我竟然自己「催眠」了我自己！多少年後，有一位資深的文學評論家在談到我作品的幾次風格轉型時，說過這麼一句話「……至此，吳正便開啟他的『後窗』時代。」是的，就是那扇「後窗」，正是那扇「後窗」，也是那扇「後窗」，讓我在寫就該部小說的同時，也驀然闖入了一片全新的美學領域。原來，文學、音樂、繪畫、哲學與宗教本來就是互通的，它們在深層次的底部盤根錯節，互相糾纏，他便是你，你也便是他，分不清，也無須去分清彼此。而這，才是一種最佳的美學生態，或稱之為美學的失重狀態，當任何表達手段的星球引力都不再對你起作用時，你便解脫了，你便可以浮塵在無際的太空裡，遨遊。這項大白了的真相既醫治了我的病，也完成了我的一次在美學認知上的體悟和創作風格上的蛻變。所謂「山窮水盡疑無路」，造物主出其不意的安排，往往都是在你惶惶不得其門而入時，便不失時機地為你打開了一扇「柳暗花明又一村」之後窗的！

我就這麼地一路寫下去，不甚清楚自己究竟都寫了些什麼？但有一點是可以肯定的，那便是：我獲得了宣洩、釋放和解脫。一種成功的欣喜感在我心之隱處蠢蠢欲動。這是一種極為良好的自我感覺，所謂心病還需心藥醫，之於我，抑鬱症的緩解，藥丸的功效又如何能與此相匹？二十年後，當我從《法華經》上讀到了那個譬喻：那顆無價明珠，原來已由佛菩薩系於你衣裡了，而你卻渾然不知！我想，這不是在說我嗎？

不管別人怎麼認為，反正，我的美學觀和宗教觀是高度一致的——尤其是當我意外地打開了我生命中的那扇神秘的「後窗」後。我問自己：逝去的光陰果真逝去了嗎？而未來的歲月只能是一道不確定的解題嗎？答案都是否定的。何以故？因為過去、現在、未來都相交在一點上，那個由你自個兒為你自個兒設定好了的某一點上，那一點就叫「當下」。「當下」寸更一寸地向前推移，於是便形成了一種虛擬的時空概念。而造物主就是借我被抑鬱症折磨得痛不欲生時，猛地向我揭示了這件事情的真相。無論是《周易》上所說的無極生太極，太極生兩儀，兩儀生四象，四象生八卦的嬗變；還是佛學裡的「緣起性空」，或，「何其自性／本無生滅；何其自性／能生萬法」，最淺近、最貼切、最入世的詮釋，我以為，也就寓於此了。

讀一部耐讀的小說，看一齣感人的影片，欣賞一首動人的樂曲，究竟是什麼真正撥動了你的心弦？就是那種特色的「氛圍」（或稱作為「氣場」），而不是那些個繁雜的細節與情節，細節與情節都可以忘卻，可以修改，可以張冠李戴，但「氛圍」不行，它只存在於某個特定時代裡的某種特定的語境裡，它是獨一無二的，它無可替代。這是借由時空構建出來的一個虛擬世界，它讓你深陷於其中，不可自拔。於是，你的心靈便自然而然地被俘虜了。佛家的所謂「過去心不可得，現在心不可得，未來心不可得」，正因了其「不可得」故，它們也能在同一刻讓你悉數得到。咋一聽，此說似乎有點荒唐，也有點邪乎，然不入其境界者無法解其玄妙。而每一位打開了末那識來進行創作的藝術家——無論他是詩人，小說家，作曲家還是畫家——其實都在有意無意地實踐這同一項法則。否則，蕭邦的作品又如何能讓一代又一代的聽眾癡迷、陶醉？不就是因為它們超越了時空？

打開了第七識，時空已不復存在，更何況一旦打開了阿來耶（第八識）呢？其能量場的涵蓋範圍與強度值自然是大到不可思議！而那，不正是佛家修行者們的終極目標嗎？惟於我，真正有機會觸及到佛法巨大而又朦朧的邊緣，也就是在那一回。

小說《後窗》就這樣誕生了。其實，就當我在安眠藥與酒力的雙重催化下，暈陀陀的在紙片上胡亂地塗鴉着我的那種所謂「印象稿」時，我已經能清晰地傾聽到我的那個新生兒的「胎心音」了，她註定將會是個不同凡響於普通嬰兒的嬰兒，因為她生命力中的某一個部分是神賜予的。小說在 2001 年六月期的《中

後記

國作家》上，以頭條位置面世了。當人們驚訝的注視着我這麼一個，在他們的眼中一早已被定位為了「儒商」的文學票友，如何將小說創作風格，從《上海人》時代的成功轉型為《後窗》時代的時候，心態各異。其實，自從十六歲的某個上海的冷雨霏霏的傍晚，我在我老家三層閣樓的那張湖綠色的書桌上，在一圈杏黃色台燈光的呵護下，寫下了第一行自以為是「詩」的文字至今，時光已流逝過去了整整一個甲子。而我在作家這條路上摸爬滾打，期間所遭受的傷害、羞辱、陰損、封殺與打擊的狂風驟雨可以說是從未曾止息過：日復一日，年更一年，次勝一次。有來自於同行的也有圈外的，有個人的也有組織的，有陌生人的更有密友乃至至親者的；唯從今日裡的，一個相對成熟了的學佛人的立點來反觀，我覺得所有這些挫敗都是必然的，命定的，有益的，且充滿了強烈的助緣色彩的，因而也應該是叫我心存感恩的：假如沒有他們昔日的「施暴」，又哪來我今日文學園地裡的小小收成？就好比，十六歲的那一年，你報名參加了一個特種兵訓練營，在往後的日子裡，你接受了嚴酷的訓練。終於有一日，你畢業了，你以優異的成績畢業了。你成就為了「第一滴血」中那個史泰龍。那些曾在訓練營地上嚴酷要求過你的教官們，他們究竟是你的恩師呢，還是折磨者？此刻的你當然不會再有異議了——這原是一個硬幣的兩面，一個面的存在是依賴了另一面的存在而存在。而這一條，也不能不算作是我生命中的那扇被偶然推開了的「後窗」，所帶給我的另一層啟悟。

扯旁了去，仍回到我的那扇虛虛實實，亦實亦虛，故也無實無虛的「後窗」上來。

為什麼說我們的物質世界，時空境緣都是虛幻的呢？為什麼說「夢裡明明有六趣，覺後空空無大千」

呢？為什麼佛陀他老人家反復叮嚀我們要隨緣，無須較真，無須執着，無須不肯取捨，無須不願放棄呢？為什麼佛陀又說「應無所住，而生其心」呢？要說清道明這麼個大課題，真還頗有難度。大科學家如愛因斯坦和霍金們猶感力不從心，更枉談我等之輩了。但我倒不妨試着用兩扇窗分別來說說事，一扇是「後窗」（小說《後窗》中的「道具」），另一扇是「邊窗」（小說《敘事曲》中的「道具」），惟不知看官們能否一品個中禪味，一窺其間奧意呢？

那兒有一扇邊窗，正面對着一條煙雨迷茫的，悠長悠長的小巷。小巷的另一端有一個打着油紙傘的，丁香花一般的姑娘柳曲而來。有嗎？並沒有。那是詩人戴望舒意象的重現。那兒又有一扇後窗，一條半拉開了的，泡泡紗窗簾在五月的熏風中揚起了又垂下，垂下後再揚起，從梳妝鏡的反射中能見到一隻精緻、白嫩的光腳丫在一條黑毛絨絨的腿肚上搓動、搓動複搓動，而一朵水墨畫般滲透開來的燈花正在房間的另一個角落裡開放，而一輪澄黃澄黃的圓月正掛在窗外西方的天邊。這些，又都真有嗎？沒有，也沒有。有的只是一個十四五歲青春萌動期的少年的想像，有的只是一顆多愁善感、躁動、儒弱而又帶了點病態的年輕的靈魂。它非但有，而且還留存在了那些書冊的頁碼之中，永不會缺失。

2022年1月25日於
香江 Tanner Hill 寓所

後窗

作者　吳正

策劃　拇指工作室
編輯　Michelle Lee
設計　Arthur Denniz
排版　吳江濤
出版　人文出版社（香港）公司
地址　香港新界白石角香港科學園西區 19W 大廈 981 室
網址　http://www.hphp.hk
電郵　info@hphp.hk
印刷　中華商務彩色印刷有限公司
版次　2022 年 6 月初版
分類　文學小說
ISBN　978-988-74703-0-4
定價　HK$148　RMB¥128　NT$558

發行　香港聯合書刊物流有限公司
　　　台灣貿騰發賣股份有限公司

Facebook

Wechat

人文出版社
HUMANITIES PRESS